# 老关中
## LAO GUAN ZHONG

吕向阳 ◎ 著

西安出版社
西安曲江出版传媒股份有限公司

图书在版编目（CIP）数据

老关中 / 吕向阳著. 一西安：西安出版社，2016.4（2022.6重印）

ISBN 978-7-5541-1456-8

Ⅰ.①老… Ⅱ.①吕… Ⅲ.①散文集—中国—当代 Ⅳ.①I267

中国版本图书馆 CIP 数据核字（2016）第 095629 号

# 老关中

| 著　　者： | 吕向阳 |
|---|---|
| 策划统筹： | 史鹏钊　范婷婷 |
| 责任编辑： | 张增兰　邢美芳 |
| 责任校对： | 陈辉 |
| 装帧设计： | 艺杰设计 |
| 发行出版： | 西安出版社 |

（西安曲江新区雁南五路 1868 号影视演艺大厦 11 层）

| 电　　话： | (029) 85253740 |
|---|---|
| 邮政编码： | 710061 |
| 开　　本： | 710mm × 1020mm 1/16 |
| 印　　张： | 19.25 |
| 字　　数： | 190 千 |
| 版　　次： | 2016 年 6 月第 1 版 |
| 印　　次： | 2022 年 6 月第 2 次印刷 |
| 书　　号： | ISBN 978-7-5541-1456-8 |
| 定　　价： | 58.00 元 |

读者购书、书店添货或发现印装质量问题，请与本公司营销部联系、调换。
电话：(029) 85264440

望秦岭

崑崙立天綱中土自為王
太白兮地氣華岳鎮大荒
臂長挽隴蜀勢壯接瀟湘
炎黃開草眛周秦學翱翔
渭汉爭表里江河护明堂
散關隱道宗法門降佛光
絲路萬里外長城遙相望
天府十三朝絡繹撐我皇

丙申年午月向陽書

# 序一

## 书写风土人情之美

—— 有感于吕向阳散文新作《老关中》

**周 明**

近日，很高兴读到了作家吕向阳创作的系列散文《老关中》。

吕向阳是陕西宝鸡岐山人，年少从军，曾经做过教师，后来在报社工作。他坚持从事散文创作三十多年，丰富的生活阅历为他的文学创作奠定了扎实的基础。他的作品不仅内容广泛，而且多从细节入手，以民俗为视角，形成了独特的"吕向阳文化"。

吕向阳的文章，语言质朴，地方特色浓郁，字里行间体现出他深厚的文学功底。

我曾经读过他的作品《神态度》。那时候，我就认为他的创作与一般散文写小情调明显不同。《神态度》一书，内容借古讽今、别开生面、弘扬正气、呼唤正义，有很强的现实意义，是一本大书、好书。吕向阳不同于一般的创作风格，也形成了特有的"吕向阳现象"，甚至值得散文界思考：今天，我们究竟该怎样来侍弄散文这个"鬼"？

与《神态度》相比，这一次吕向阳创作的《老关中》系列散文，不仅延续了他一贯的创作风格和特点，而且有了新意和深意。

《老关中》系列散文由《涝池》《窑洞》《厦房》《门楼》《戏

楼》《祠堂》《油坊》《磨坊》《庙会》《拴马桩》《泥老虎》《臊子面》《铁匠》《木匠》《石匠》《骟匠》《簸箕匠》《樵夫》等十八篇文章组成。这十二万字的散文，记录了吕向阳眼中、心中浓浓的乡愁，也记录下关中在新时代的变迁下曾经的乡野风物。

他用散文的方式为乡野风物开始了文学"申遗"。

吕向阳说："在这个创新与毁弃同在又日夜加快的今天，如何给乡愁搭建巢穴，给逝去的民风留下酵母？我用拙笔写下一组老关中的往事，立此存照，使后来者知道我们的祖先生计艰难且智慧卓绝，我们的来路并不平坦也不轻松，我们需要留住根、守住魂，更需要借助先前的遗风民俗之大树来庇护我们、保佑我们。"

为此，他用独特的视角，回望陕西发展、变化的历史。他以笔为刀，在纸上镌刻下曾经的历史变迁。他以自己的魂灵为牵引，为已经逝去的陕西乡野风物招魂，为即将逝去的陕西乡野风物作一曲深情的挽歌，为濒临消失的记忆和几近失传或者已经失传的众多传统手艺作一曲深情的挽歌。他的每一篇文章，几乎都发人深省。

在《门楼》中，他写道：门楼"是一个家的脸面。"然后用细腻的笔触饶有趣味地写出了穷人和富人在门楼下不同的生活状态。然而新时代新气象，被关中人视为"脸面"的门楼也在发生着变化。但这变化，却让作者担心和忧虑，甚至是反思："为什么没有门楼的延安窑洞却聚集了中华民族最优秀的子孙！""关中的老门楼留下的很少了，能看到的却格外古色古香，格外让人恋恋不舍。据说公家把超过五十年的建筑列为保护建筑了，却不知道乡间风雨侵蚀了上百年的老门楼，还算不算文物古迹？能不能列入保护名单？"

在《祠堂》中，除了记述了那些与祠堂相关的有趣的往事之外，他肯定了"祠堂的消失，无疑是中国乡间政治进步、文明开化的结果"，但同时也提出了祠堂消失后，因为没有"族长管管事""祠堂罚罚跪"，所以"乡间出现了教化缺失、传统丧失、伦理颓废"的现状，由此提出"祠堂倒了，魂灵不能丢；族长走了，乡风不能败"的主张。

吕向阳不仅擅长"舞文"，还擅长"弄墨"。他不仅自写而且自画，这与我以往看到的散文作品绝不相同。

十八篇文章，他给每一篇文章都配了一幅画。在每幅画上，他又题上一句话。往往这句话就成了"神来之笔"，真是让人读完作品看插图，有哭有笑，有悲有喜，有遗憾有思考。而这，也正是彰显作者功力的地方。

他为《涝池》配的画上有一位农夫，肩扛锄头，涝池边一头牛正在饮水，春风拂动岸边的柳树，柳枝随意地飘动。他在画上题写"涝池是一个村子的脐眼"，仅十个字就把涝池和人们生活息息相关的重要性凸显出来。由此再联想画中的农夫，大约也是因为涝池水满，所以才能悠然自得吧。

他为《窑洞》配的画上有一位系着羊肚手巾的老汉，端坐在窑洞前边的小山上，布满皱纹的脸虽然印下了岁月的沧桑，却仍旧透露出一份知足的幸福。他在画上题写"窑洞是村庄的嘴巴"，则把窑洞在先人们进化历程中的重要性和对现代文化的思考传递给了读者。

他为《庙会》配了一幅怪诞的画，画中八个人物神态各异，更有如人似鬼的面孔。他在画上题写"庙会让各路神仙轮流坐庄"，虽是俏皮的话语，却把作者对庙会活动发人深省的反思表现得淋漓尽致。

看《老关中》就会觉得关中很好玩，关中很有趣，关中的涝池、窑洞、厦房、门楼、戏楼、祠堂、油坊、磨坊、庙会、拴马桩、泥老虎、铁匠、木匠、石匠、骟匠、簸箕匠都各有味道，各有说法，各有故事。但同时又会有警醒和反思：老关中即将逝去，关中那些即将逝去的东西都不应该逝去。只有"老"关中在，关中人才显得有才情、有个性，关中才有关中的模样。

《老关中》的十八篇文章，看似平铺直叙，其实娓娓道来；看似小事一桩，其实蕴含深意；看似波澜不惊，其实暗流涌动。

十八篇文章，像是十八幅关中的素描画，勾勒出关中的地方风物史志，连续成关中民风民俗从古至今、由远及近的变化，向人们展示了一幅关中变迁的长轴画卷。它是具有文学性、文献性和鲜明地方特色的新式地方史志。

吕向阳摒弃了地方风物史志惯用的创作手法，而采用散文体裁的形式，以清新的笔触记叙关中旧事趣事逸事，书写风土人情之美，对关中的风俗民情、古今居住环境的沧桑变幻、来去踪迹、古容新貌，都做了生动的描述，且娓娓道来。

正是这种来源于生活、着眼于小处、以小见大、看似容易却崎岖的写作方式，让吕向阳的作品被读者喜欢。同时被喜欢的还有他的文学作品中浓浓的乡土气息，这使得他的作品更加"接地气""土掉渣儿"，地域方言成为吕向阳作品不可或缺的标志。

《老关中》提醒我们：当下，尽管处在高速发展、世界大同的时代，但我们不应该盲目地趋同化，而应该考虑保留、保护一些特有的民俗风情，保留下自己文化的独特性，这是《老关中》系列散文带给我们的反思。同时还提醒我们，在民俗文化中，不只有老关中，还可能有老东北、老华中、老华南……这些不同地区的民俗风情是否也跟老关中一样，正在慢慢消逝或者已经消逝？我们应该怎样保护它们？这是值得我们反思的。"民族的才是世界的",留下"我们"的"个性",才能让世界更关注我们。

在这个时代,以文字记录下曾经美好的事物,让它永远停留在人们的记忆里,这是每一位有良知的作家应尽的文化职责。吕向阳就是这样一位作家。

(周明,作家,编审。中国散文学会常务副会长,中国报告文学学会名誉会长,冰心研究会副会长,《中国报告文学》杂志社社长。)

# 序二

## 忧虑的乡愁是济世的抱负
—— 读吕向阳《老关中》系列散文

王宗仁

乡路遥远,少有交往,我没有机会看到吕向阳这些年来是怎样扑着身子深入生活收获文学的,但是我欣喜地看到了他积累生活的果实。翻开这本散文集,关中大地炽热而丰沛的阳光,带着浓烈乡土气息的生活扑面而来。那一向被误认为落后、贫穷、愚昧,却奠定了我做人基调的故乡风土人情,被向阳活灵活现地展示在我面前时,我倍感亲切、温暖,又百感交集。乡愁,是用铁勺从水井里舀在心里的月亮,是村妇棒槌低一声高一声中的嬉笑。数十年了,远走他乡,常常觉着漫长,读着向阳的散文,方觉恍在昨天,我又回到了故乡。

吕向阳在这些追述关中民风村情的散文中,将自然美与人之美融为一体,或者说他很善于写自然美中的人之大美。他将被人们遗忘或者丢失了的乡野风景唤醒,呈现于忙忙碌碌不曾记得回家的乡路的人面前,让他们沉吟和思索:

古庙会上要唱大戏了,乡间土路上飘扬起几人高的尘土,跟会的人"担上挑着凉粉,车上拉着箱柜,车辕上坐着小脚老太婆,篮里装着香蜡,手上牵着牛羊,怀里抱着吃奶的娃。人挨着人,猪拱着猪,乡间路上胶轮车、架子车、硬轱辘车、地老鼠车，车水马龙……"。人丁兴旺的家庭"一般都有三四孔窑洞，而且洞洞相连，洞中有洞，别开洞天。主洞上又有半人高的小窑洞，又叫'高窑'，里面藏有粮食和值钱的东西。遇有土匪打劫，全家人从梯子上爬进去，再把梯子藏进洞中"。平常的日子，崖背的"石头上坐着抽着旱烟、眉头紧锁的老汉，窑洞中传出妇人家喋喋不休的抱怨声"。村人盖房子的土坯，俗称"胡基"，是怎么踏出来的呢？这是体力特别好的人才能完成的"最出力"的活："把唤作'夹板梯子'的四方形模子放在平平的青石板上"，"填上湿土，跳起来踩踏三脚，拿石锤'嗵嗵嗵'用力猛砸，一块胡基要七八锤子打成，一人供土，一人提锤，精干劳力一天可以打一千个"。

记忆里飘散的故乡的人、故乡的事，渐行渐远。吕向阳把土炕上的那盏煤油灯提到我的面前，让我闻到泥土的暖、炊烟的香。

骟匠，这个几乎被人们淡忘的眼下在乡间"少得可怜"的匠人，被他从记忆的深处挖掘出来，让大家明白今天的文明社会就是从"牛犁地、驴拉磨的时代"走过来的。你看，乡村的骟匠在他的笔下活泛得呼之欲出："走街串巷的骟匠，自行车头插根细铁棍，铁棍上飘着红红的缨子，一边得意地拨拉着自行车铃铛，一边扯着破锣嗓子高喊着：'劁猪骟羊哩！劁猪骟羊哩！'"作者直言："关中的许多老行当蒸发了风化了，但骟匠还没有消失，只要人类还饲养着牲畜家禽，还想吃上膻腥味淡的上等肉品，骟匠就一定不会自行告退的。"作者的这种自信，源于他对人类文明源头的明晰探究："我们这个历史车轮是牛马拉来的，我们这个大道是祖先牵着猪羊骑着毛驴高一脚低一脚踏开的。"不忘身后昨天的来路，才会更稳当地走向今天、明天的新路。这是作者凸现出的鲜明的现代"历史意识"，他从对历史的回顾，进入对现实的反思。

现实生活中的一些困顿和窘迫往往使人感到无奈甚至无所适从，作者从乡村骗匠这个小小的切口走进去，今天回应着昨天，历史映射着现实，用看似十分简单的道理，告诉人们什么是继承和发展：只有走进历史的深处，才能更好地继承。也许这就是《骗匠》这篇散文闪耀出的智慧光芒。

我一边读《门楼》，眼前一边变换着村庄里家家户户那些各式各样的门楼。那是我儿时看到并出出进进走过的"最土、最小、最巧也是最亲的建筑"。真要感谢我的关中乡党吕向阳，他的笔领我回了一次故乡的家门。"门楼是每家每户的第一道风景，是一个家的帽子，也是一个家的脸面。……得意时以为门楼带来了幸运，失意时以为门楼走漏了风水。"富人家的门楼："青石筑基，一砖到顶，雕字琢画，飞檐斗拱，富丽堂皇。"穷人家的门楼："三层半截砖打底，两排土胡基做腿，苞谷秆、向日葵秆当椽，几片豁豁瓦收顶。"在今天关中拆土房盖洋楼，洋门楼、铁皮门代替了土门楼、榆木门的年代，作者能如此活灵活现地、准确地描绘出当年的土门楼，足见他笔下的文字是带体温的，体温就是故乡的生命，就是乡愁。村是他的村，乡是他的乡，没有乡村哪来愁！向阳对故乡的一草一木一砖一瓦入肝渗肺地疼爱，这样他才看清了生活，把看似琐碎的东西写成了声情并茂的散文。乡愁是人类共同的情感，也是文艺创作的永恒题材。吕向阳从土得掉渣的门楼引发出的乡愁，让我不由得想到台湾诗人余光中的《乡愁》，小时候乡愁是"邮票"，长大后乡愁变成"船票"，后来乡愁"是一方矮矮的坟墓，我在外头，母亲在里头"，现在"乡愁是一湾浅浅的海峡，我在这头，大陆在那头"。多么揪人心、放不下的乡愁！其实，何止是《门楼》，其他篇章如《窑洞》《油坊》《戏楼》……都按捺不住地透射着挥不去的微茫的苦涩。乡愁！这种看似忧郁的情绪，也是济世的抱负。

黑格尔讲过这样一段话："世界精神太忙碌于现实，太驰骛于外界，而不遑回到内心，转回自身，以徜徉自怡于自己原有的家园中。"这似乎可以作为乡愁现实处境的写照。还是那话，故乡是我的，也是我们的。每个人都有故乡。我确信如果故乡哪怕有一个人缺吃少穿，那是整个国家还在穷贫。

（王宗仁，中国作家协会会员，中国散文学会副会长兼秘书长，国家一级作家。已出版作品43部。其中长篇报告文学《历史，在北平拐弯》获全国"五个一工程"奖，散文集《藏地兵书》获第五届鲁迅文学奖，多部作品被选入初中或小学语文课本。）

## 序三

# 在广袤旷远的关中大地上追寻精神原乡
—— 评吕向阳系列长篇散文《老关中》

马平川

地域文化是在一定地理环境和生产生活方式下形成的具有个性特质的物质文化与精神文化，它是特定区域的生态、民俗、传统、习惯等文明的表现。民间文化以其蓬勃鲜活的生命力和沛然淋漓的元气，呈现出一种新的审美特质，开拓了一个新的艺术天地，充分体现出地域文学的民间文化精神内核，有着更为恒久的审美价值。复旦大学教授陈思和指出："民间文化形态首先包含了来自生活底层（民间社会）的劳苦大众自在状态的情感、理想和立场；其次包含了民间社会日常生活的风俗民情、生活习惯以及民间文化艺术特有的审美功能。"整个文学界这种强烈的"寻根"意识的"根"就是深植于民族文化土壤里的"根"，"寻根"其实就是对民间文化、民间精神重新发现，从而完成人格的建构和灵魂的重铸。

关中大地上曾孕育出农业文明时代最辉煌的民间文化和乡村文明，关中大地上世世代代生活在乡土中的人们用勤劳和智慧创造了丰富灿烂的文化，这些历史文化和民间风物凝聚着他们的生存智慧和生命力量，也负载着一个民族灵魂、民族精神内在的意蕴。黄土地上传统文化和沧桑岁月的沉淀，却在城市化进程中渐行渐远。关于乡村的这份记忆终究幻化为一个个模糊的背影，湮灭在历史长河中。蓦然回首，我们终于发现，那些消失的乡村风物才是我们剪不断的精神脐带，凝聚着浓得化不开的乡愁才是我们生命记忆中最美的风景。

乡土关中，百年乡愁。怅惘千秋，悲欣交集。残碑断碣，衰草斜阳。瓦楞青苔，秋雁横空。日暮酒醒人已远，满天风雨下西楼。只落得一枕清霜，两声长叹。吕向阳挥之不去的是关中大地上民间的风骨与精神，生命的苍凉与激越。他的系列长篇散文《老关中》是用好食材熬制的一锅文化老汤，在那历久弥香的甘淳里，让我们享受来自舌尖味蕾的快感。一锅老汤在岁月的风声里煎熬，熬出来一种味道、一种情怀。吕向阳凭着这手艺安身立命，铁齿铜牙两片嘴，吃的是下锅的米。一老碗老汤下肚，手足温热，门外的寒气、浊气一扫而空，却道天凉好个秋！

在人世沧桑和虚无中，我们都来不及掩饰，来不及藏住自己的脆弱与悲伤，而老关中的背影已经渐行渐远。已经消逝的人、事和物，吕向阳凭借记忆、想象、寻觅、探访，把它们重新唤回到自己的笔下，让它们从时光的隧道里、从幽暗的岁月中一一豁亮现身，抵达我们的心灵深处。吕向阳叩开那扇尘封已久的记忆之门，油漆斑驳，铜环绿锈。风雪夜归人的温暖，风雨故人来的惊喜，历史的一幕幕红尘烟雨如在眼前，岁月的一次次花开花落恍如昨日。落日衔山，大地一片橘黄。此情可待成追忆，多少楼台烟雨中。

故土永远是散文的精神原乡，作为一种文化乡愁，已注入吕向阳的血脉。吕向阳的写作承续了散文的人文传统，他以赤子之心的温润，在质朴的关中大地上体悟生命的沧桑与永恒，让心灵自由地接通地脉，在乡村民间风物之间安妥一个作家的灵魂。

美国作家赫姆林·加兰在《破碎的偶像》一文中曾说："艺术的地方色彩是文学的生命力的源泉，是文学一向独具的特点。地方色彩可以比作一个人无穷地、不断地涌现出来的魅力。"吕向阳的《老关中》守望着再熟悉不过的老关中传统的乡村生活图景，完成了对关中的独特发掘与文化寻根，是一幅充满关中风情的斑斓画卷，是一曲直面沧桑、感喟人生的无尽挽歌。随着画卷徐徐展开，老关中世间百态、风俗人情扑面而来，一幅幅鲜活生动的生活场景、一个个惟妙惟肖的匠人，把一个昔日关中的风貌生动、准确、艺术地反映出来。跟着《老关中》，我们回到已经失去的故乡。吕向阳纵横捭阖，元气沛然，刨根问底，顺藤摸瓜，牵丝扯蔓，吹糠见米，在不动声色中，饱蕴山野之气，挥洒得如月光泻地。

哈佛大学王德威教授在《原乡神话的追逐者》一文中，把作为人类学的"原乡精神"这一概念引入文学研究范畴，他认为原乡作品中所要展现的并不是对故乡进行的写实，更需要关注的反而是作者对于故乡图像失落背后的追索。吕向阳的《老关中》确立了散文的一种"原乡精神"。这种"原乡"不仅仅是指地理意义上的故乡，"原"就是要寻求精神上的本根属性、生活的源头、灵魂上的血缘血脉。

面对现代文明不可逆转的行将消失的诗意乡土，在都市的万家灯火阑珊处，吕向阳徒然梦醒，他感叹："草割了还要长，民俗湮灭了不再发芽。于是我们的记忆不再返青逐渐荒芜，我们的乡愁概念模糊日益零散。时代在变，生态在变，三教九流的生活方式也在变，老关中正在静静悄悄却真真切切毁灭着昔日的模样。"

他在《厦房》中写道：

几十年过去，仿佛只是一杯茶、一袋烟的工夫。乡村城市化的过程，最明显的是让我们内心丢弃了神，表象丢失了厦房。厦房正从关中的村子隐退，每一户人家都以住进用砖和水泥筑起的大房和楼房为荣。这些四方形的建筑呆板木讷，也没有了高大感、审美感。瓷砖用多了就华贵多了，但乡村却变成了碉堡状、面包状的建筑。没有厦房的村子还是中国的村子吗？没有村子的中国就如同没有孩子的家庭。

是啊，多年来所熟悉的一切眼看着正在失去，往日的田园牧歌老牛炊烟正在一去不复返，故乡的熟稔亲切的面孔逐渐模糊。吕向阳带着无奈和迷茫书写着对老关中的记忆与苍凉。

在《老关中》里，吕向阳的智慧体现在他对生活细节如数家珍的滔滔不绝的叙述中，他笔下的涝池、窑洞、厦房、门楼、戏楼、祠堂、油坊、磨坊、庙会、拴马桩、泥老虎这些悄然远去的民间风物，真切地见证着农民的生死与命运、艰辛与幸福。如果说这是吕向阳画的一幅幅厚重斑驳的故乡的民俗油画，那么他的《铁匠》《木匠》《石匠》《骟匠》《簸箕匠》则是为一群乡村手艺人造像。匠人们也和乡村那些岁月一起老去。背离时代远去的手艺人们的故事，就是故乡的记忆。这些身怀绝技的匠人构成了乡村社会重要而鲜活的元素，在岁月的风雨飘摇中，他们命途多舛，跌宕起伏，游走乡间，用粗糙的充满灵性的手打造着乡村文明，然而在现代化进程的撕扯和断裂中，匠人零落故去，手艺渐渐失传，加速了乡村传统的败落，同时也让匠人失去存在的土壤。然而他们真切地见证着经历现代性蜕变的关中所承载的感情和精神寄托，永远是我们现代生活中最稀缺的东西。这些笼罩在吕向阳的惦念和追忆中，他用良知书写那些平凡的灵魂，字里行间却掩藏不住对乡土挽歌般的无奈与怆然。那种感受正是来自灿烂的田园牧歌刹那间变成废墟挽歌的虚无感。

正如克罗齐在《历史学的理论和实际》中说："其实，历史就在我们每个人身上。它的资料在我们胸中。我们的胸仅是一个熔炉。"如何在这个"熔炉"中炼出好钢，就看作家的本领了。如何淬火、回火、加工，如何把握温度、硬度、强度，这是考验一个熔炉工的关键。

我们看看吕向阳这个"熔炉工"是如何炼出"好钢"的。

如何让传统的民俗风物以鲜活的生命力满足现代人的审美和情感需要，并不断散发出新的独有的魅力，使其丰富的文化内涵更具深远的影响力？如何善于找到自己把握的独特的视角，再用属于自己的独特叙述格调和语言方式表现出来？这是摆在吕向阳面前的两个问题。

以点带面，点面结合。苏轼说："吾文如万斛泉源，不择地皆可出，在平地滔滔汩汩，虽一日千里无难。及其与山石曲折，随物赋形，而不可知也。"大意是：我的文章，好比平地起水，一泻千里，浩浩荡荡。流过石头就是石头的形状，流过深渠就是深渠的形状。

《木匠》中写道：

这几年，乡间盖房用砖头水泥，有了建筑匠自然没了木匠。家具也时兴用木屑压成的"样子货"。木匠的行当也消歇了，只有盖庙才有用场，乡间很少听到锯木声。门窗也用上了铝合金制品，木头不再是"抢手货"，林木自然得到了保护，乱砍滥伐也得到制止。"木"在乡间红火了几千年终于让位"金"与"塑"，但金属塑料是冷冰冰的东西，传递的不是乡间人的热情大方。乡间没了木匠，没了手艺人，乡间就变得寂静冷清，而国人千年绝技也面临着灭亡丢失。

"收旧家具喽！"古董贩子那不紧不慢的叫喊声，像叫魂一样在乡村里转悠，他们看中的是红木屏风楠木床，楸木立柜桐木箱，描金的妆台雕龙的窗，丈二的供桌一马跑到头的梁……

《石匠》中写道：

乡间的石匠活下的不多。再也不见戴着石头镜，背着剁子、斧子，腰弯成一张弓的石匠了。农业机械的普及，使乡间很少有人喂牛喂马了，因此也没了石磨、石槽、石碾子、石桩市场了。乡间盖房门楼也不讲究了，石门墩、抱鼓石、石盘、石门早已用不上了。院子里是青砖红瓦、瓷砖水泥台阶，打眼看很耀眼，但却没了文化味。关中符号如满天繁星在晨曦中散尽了。如果有一种显影液，能浸出石匠手挥铁锤、剁山劈石的伟岸身躯，那将是对只知享福、不知奉献的新一族最好的警示。如果有一种留声机能放出"叮叮咣咣"的声音，那将是对靡靡之音的最好回应。

可以看出吕向阳频繁地往还于当下与过去之间，出入于现实与历史之中，以个人真实的经验和追忆为主线，串联起当代生活中形形色色的蒙太奇画面，绘制出一幅时空交错的色彩斑斓的老关中民俗风俗画卷，这需要识见，需要广博的眼界。这里有乡村世风民情的描摹再现，有良知道德的观察评判，有对社会不良现象的透骨针砭。

把地域的个体的命运与日常生活、社会变迁结合起来，才能把握好地域性的根脉与神韵。吕向阳既有本土文化经验深厚的认识积淀，更有关中民俗风情的深切体验。以本土意识、文化情怀去关照民俗风情，这种文化民俗大散文写来最容易野马长江，拉不住闸，就像割麦子撒开跑镰，守不住摊子。吕向阳放得开，守得住，收放自如，举重若轻。

《骟匠》中写道：

世事变化得让人无法捉摸，我们这一代人像坐着过山车从农耕时代奔向文明社会，但我们的魂还在牛犁地、驴拉磨的时代游荡。我们生活得珠光宝气、应有尽有，但总像丢了魂似的说不清啥才是幸福指数。没了少年时人欢马叫、鸡飞狗跳的生存符号，我们像星外来客，这些现代化把我们与自然与牲畜隔离成了两个世界。如今的家畜在人眼中都成了"牛排""烤乳猪""驴肉火烧""铁锅羊肉"，何谈人与动物的和谐？而骟匠更是在乡间少得可怜。每个村子的牛剩下了两三头"牛代表"，十几头"样板猪"，倒是不看门不拉磨的狮子狗哈巴狗成了宠物也成了祸患。

由"牛犁地、驴拉磨"到"牛排""烤乳猪""驴肉火烧"再到"牛代表""样板猪"，吕向阳真切地传达了当下中国的乡村生活表层后面多重挤压下的真实和真相。在飞速发展的城镇化过程中，乡村传统文化的凋敝和消失有一定合理性。在现代化生活冲击下，乡村作为传统伦理的根基、农耕文明的发源地，人心凋敝才是最可怕的。

作家是以语言为职业的，语言就是作家的面孔。好的散文，语言本身产生的吸引力是无法抗拒的。散文被称为"美文"，首先美在语言。关中文化不仅影响熏陶了吕向阳的性格气质、审美情趣，而且影响其作品艺术风格、表现手法。《老关中》带有关中西府地域文化与民俗特点，且与惯用语、口语、谚语、方言杂糅调和，色香味俱全。

《涝池》中写道：

乡间的人把雷叫作"呼噜爷"，开始呼噜爷的呼噜声是闷闷的，如同龙在大海中的叹气声。接着，黑云既乱又怪，像石鲁笔下的黑墨，呼噜爷声音咯吧吧、轰隆隆，天与地像沉重的一对石磨在运转。

"呼噜爷声音咯吧吧""沉重的一对石磨在运转"，语言准确简练生动，有色彩和声音，情态和感觉。这种独特的语言品咂出的"味道"，是一种血脉的牵引，读者从这充满关中特色的语言中深切地体会到里面蕴含和渗透着作家的感情。正如贾平凹所言："语言是一个情操问题，也是一个生命问题……能够准确传达此时此刻，或者此人此物那一阵的情绪，就是好语言。"散文的文采、精神、内涵就是通过独有的语言文字熠熠生辉的。吕向阳这种语言韵致，其实也在寻找正在消逝的关中西府方言。

细节与场面，水乳交融。在这样一本寻找文化记忆、娓娓讲述关中往事的书中，不少章节写得本真透彻、鲜活质朴而又摇曳多姿，其中对地域习俗的展示，特有场景的铺陈和人物的描绘尤为生动。

《厦房》里写道：

"踏胡基"是最出力的活，人民公社时期给的工分最高。把唤作"夹板梯子"的四方形模子放在平平的青石板上，撒上一把灰土，填上湿土，跳起来踩踏三脚，拿石锤"嗵嗵嗵"用力猛砸。一块胡基要七八锤子打成，一人供土，一人提锤，精干劳力一天可以打一千个。

读着这样精彩的细节与场景，顿觉眼前汗味裹着土腥气扑面而来。没有长久的生存体验是写不出来的。细节的捕捉和把握，真实而又生动，根基厚实，抒情和议理更加自然，韵味十足。有了地气的灌注，自然就增加了生气；有了生气的滋润，也就有了感染力。

在当下的喧哗骚动与人欲横流中，《老关中》是一声不绝如缕的乡音，吕向阳的散文真正地写出了关中乡村土地内在的生命和力量，写出了农民在挥汗如雨中的吃喝拉撒、衣食住行、生老病死、悲欢离合，以及他们的坚韧、尊严和价值。坚贞守望着一片亲切熟悉的旧风景，把一种浸透情感的个人记忆与个人经验，浇铸在凝重而质朴的乡土民间。是陶醉感念，是期待留恋，也是招魂警醒。

吕向阳所念兹在兹的是故乡的凋零，是记忆的荒芜，是已经没有了自己精神的"故乡"。大量农民离开农村，一步步从土地上消失。因而他要打捞正濒于沉没的故乡，试图保存一代代关中人曾经再熟悉不过的传统乡村生活图景，向读者展现曾经的关中人沧桑沉浮的日常生活和精神境遇，重新建构我们与这些人、事和物的关系。正如吕向阳说："在这个创新与毁弃同在又日夜加快的今天，如何给乡愁搭建巢穴，给逝去的民风留下酵母，我用拙笔写下一组老关中的往事，立此存照，使后来者知道我们的祖先生计艰难且智慧卓绝，我们的来路并不平坦也不轻松，我们需要留住根、守住魂，更需要借助先前的遗风民俗之大树来庇护我们、保佑我们。"诚哉斯言！

纪伯伦曾经感叹："我们已经走得太远，以至于忘记了为什么而出发。在喧嚣浮华和人欲横流中，我们不知道为什么无法还乡、无根可寻。"吕向阳在广袤古老的关中大地上追寻文化乡愁，用散文为它们招魂，在皇天后土间重新发现精神原乡。留住根，我们不至于无根无蒂，随风飘荡；守住魂，我们不至于失魂落魄，跌跌撞撞。跟着《老关中》，重拾渐行渐远的关中文化印记，返乡寻根，我们走在回乡的路上，我们或许才能抵达更远的远方。

（马平川，70后著名文艺评论家。）

# CONTENTS 目录

**002 涝池** 涝池是一个村子的脐眼,是男人的澡堂,是孩子的游泳池。涝池是老天赐予关中人存取自由的银行。

**009 窑洞** 人类是从树权、窑洞走过来的,住在树权上的叫"有巢氏",蜗居在窑洞的叫"山顶洞人"。窑洞有着母体般的温暖、慈祥、宽厚。

**018 厦房** 厦房让一个村子有了高度。厦房有一种咄咄逼人的气势。厦房体现着关中人俭朴又好面子的本色……

**027 门楼** 门楼是一个家富裕与贫穷、兴旺与衰败的晴雨表和体温计。门楼是门的雨伞与风衣,是一个家的神情、表情与家情的代言人。

**036 戏楼** 戏楼是乡间的大剧院。戏楼在乡间真正的功能是"高台教化"。秦腔是戏剧界的秦始皇,戏楼是剧坛的兵马俑!

**055 祠堂** 祠堂是族长惩恶扬善、施行族法的"乡村法庭",是宣讲圣谕、劝世勉励的"道德讲堂"。祠堂是族人的旗帜和纽带。

**069 油坊** 关中老油坊榨出的油金灿灿、清汪汪、香喷喷，泼出的辣子能勾魂，炸出的豆腐赛金砖，炒出的肉片泛银光。

**082 磨坊** 倒卧在泥草中、涝池边的石磨扇，是国人吃苦耐劳的功劳簿、将心比心的纪念册。

**095 庙会** 庙会是祭祀神灵的圣宴，是安顿灵魂的圣地，是滋补精神的神泉，也是抵御风险的保险公司。

**111 拴马桩** 拴马桩不仅拴牲畜，也拴着主人的心，稳着主人的神。

**126 泥老虎** 泥土是万物之源，真正的艺术品一定是土里生土里长的。抱一只泥老虎吧！它可以给你力量，给你勇气。

**141 臊子面** 麦的故乡在西岐。臊子面是天地人的绝妙结合。

**159 铁匠** 周朝有铜山，秦国有铁矿。"手无寸铁""铁骨铮铮""铁证如山""铁打的江山"这些词却永远为逝去的铁匠活着。

**172 木匠** 盖房下料如元帅用兵、割柜做箱如绣女用针，造车制船若凿山架荒。

**188 石匠者。** 石头是宇宙派来的天使。关中是石头的天堂。石匠是真正的艺术大师,也是艺术的殉道者。

**204 骟匠** 只有骟匠那一把鱼形刀割走"赘肉",才能牛肥马壮猪长膘。没了与人厮守几千年的牲畜,人能活出啥滋味?

**215 簸箕匠** 簸箕是农耕社会的一个活化石。簸箕匠之类的百工,的确是老关中的基石与墙里面的柱子。

**227 樵夫** 樵夫者,是拾柴筑巢钻木取火的巢氏、燧人氏,是翻山越岭割茅束薪的三皇五帝……

# 附 录

**241 附录一:风考古**
——吕向阳散文创作浅识 /吴克敬

**244 附录二:用文字为民间文化"立碑"**
——吕向阳系列民俗文化散文解读 /耿翔

**252 附录三:长篇散文的文化叙事和乡愁美学**
——以吕向阳"关中三部曲"为例 /章学锋

**265 附录四:穿梭时空的老关中信使**
——读《老关中》十八篇 /宋天泉

**274 附录五:倾情铸魂老关中**
——评吕向阳长篇系列散文《老关中》的情、魂、根 /赵太国在关中地区，衣、食、住、行、乐等方面，形成了一些**独特**的方式，有着丰厚**历史文化**积淀的关中地区，沿袭历史**民俗**，形成了生动有趣八大怪，以其"古风古韵**古长安**"的独特魅力，成为外地游人探寻的一大热点。

老關中

# 涝 池

在缺水少雨的关中旱塬，涝池是一个村子的脐眼，是男人的澡堂，是孩子的游泳池。一个村子有了涝池，男人的扁担就能扇起风，刚过门的新媳妇就格外活泛，娃娃就像鱼儿一样翻着跟头，牛犊羊羔的毛色也油光发亮，连公鸡的叫鸣也比许多男高音歌唱家充满真情、纯朴卖力。涝池是太阳、月亮、星星与流云的驿站，尤其是静静的夜晚，月牙或圆月漂荡在涝池里，自然让人联想到天宫、仙女，想到吴刚、嫦娥，有一种仙境的感觉。涝池是村子的"海绵"，逢涝储洪，遇旱浇园。涝池也是村子的"婆娘会"，女人们在石板上用棒槌捶打着衣服，伴着皂角的水沫，联结着左邻右舍，飞溅着家长里短。而没有涝池的村子，树，发芽晚；花，绽放迟；连老狗的叫声也少气无力。

涝池或在村子中间或在村头，但肯定是村子的洼地，是洼地才能噙住蚯蚓状的细水。涝池这个名字在时尚的今天，显得土得掉渣。然而，涝池却是风调雨顺、五谷丰登的"吃水线"。涝池满，瓮满囤满；涝池干，牛马哭天。关中旱塬的雨比金子贵，

涝池是一个
村子的肚脐眼

向阳作于乙未年

旱塬人靠天吃饭。老天吝啬来了，三秋不雨；大方来了，阴雨数月，谁也不知道老天到底念的是哪本经！但农人也相信，雨水也是老天怜悯人的眼泪，也是痛哭人心智不开、人心不足的眼泪。关中的春天多旱，秋天多涝。因此，谁会看老天的脸色，谁能跟着老天的指挥棒转，谁就能过上"绰绰有余"的好日子。

涝池是老天赐予关中人存取自由的银行，但任何银行都不是百分之百保险。涝池会溢也会干。涝池的水一年大都是混浊的。只有春天青蛙的合唱才把水过滤得很清很绿。青蛙总是快速蹦到岸上，然后又快速蹦到水中，似乎岸上是块烙铁。青蛙在水中游泳时两条后腿像美女的长腿，灵巧纤细，一蹬一蹬，一缩一缩，时而像豆芽，时而像秧苗。青蛙把春天叫回来了，青蛙在水中撒下墨点一样的蝌蚪，蝌蚪就成了青蛙。青蛙是老天与涝池的新闻发言人。

渭南市合阳县灵泉村的妇女正在涝池边洗衣服

涝池的水，冬天看起来总是快要干了，但牛却能用舌头在冰面舔出一个大窟窿。有人说，涝池是怜惜牛哩，怕自己干涸了牛没喝的。涝池是女人洗衣服的大水盆，水虽然泛着泥土色，但洗出的衣服却是干净的。小孩的尿布、男人的裤头，都在涝池中浸洗过，却没有患什么病。涝池有着庄稼人的汗味，但却是清纯健康的。涝池有着庄稼人自我杀菌、自我消毒的魅力。实际上涝池也是野猫、野狗，包括黄鼠狼、果子狸、麻雀、喜鹊、乌鸦等飞禽走兽的天然水缸。

涝池是小孩争胜斗胆的战场。我在涝池里学会了游泳。听人说，我的三爸"三元"，在八岁时就被涝池吞掉了生命。六岁那年，我在涝池扑腾着，一脚踩进了淤泥，已经喝了几口水，阎王也准备让我报到时，被一旁的伙伴救起，我才知道了涝池的厉害。后来渐渐地能"狗刨式"游十几米了，伙伴们把我请到沟里的大口井旁，为我举行了一个"入伙"仪式，让我在三十米深、二十米宽的敞口井中游了两个来回，说我会游泳了。乡间的孩子把命看得很贱，但却把练胆识看得很重。从涝池学会的"狗刨式"，使我以后在大水库中也扑腾了多少回，再大的水库我也未畏惧过。

夏天是涝池的青春期。突然的一场白雨，污泥浊水争先恐后奔向涝池汇合。而村子像被野猪拱了一遍，到处坑坑洼洼，如果没有涝池，谁也休想三五天就推车行路。白雨是涝池的喜，却也是住窑洞人的忧。这种白雨，一般下在七、八月份。在我的老家京当镇，如果天上黑云裹着红云，并时有电光闪烁，老

年人就会喊叫着："呼噜爷来了！"乡间的人把雷叫作"呼噜爷"，开始呼噜爷的呼噜声是闷闷的，如同龙在大海中的叹气声。接着，黑云既乱又怪，像石鲁笔下的黑墨，呼噜爷声音咯吧吧、轰隆隆，天与地像沉重的一对石磨在运转。白雨来了，住窑洞的人家多会遭殃，关中人把这样的灾难说成是"灌黄鼠"。窑洞灌水还是最轻的灾，真正的大灾是窑洞坍塌。我总是怀疑，这场灾祸的元凶是黄鼠或狐狸打的洞眼。白雨来了，乌云红云的包袱中包着天公的银圆也包着石块一样的冰雹，这阵玉米豆

岐山县雍川镇楼底村涝池

子棉花往往被砸成秃秆秆。庄稼蔫了，孩子欢了。夏天的涝池，永远是光屁股伙伴的乐园。

我的村子衙里村，过去有个大涝池，在南场深壕里，有一亩见方，从未干涸过。涝池右侧的土崖下住着一个叫"大牙老婆"的五保户，老太婆慈眉善眼，饥一顿饱一顿打发着最后的时光，常常站在柳树下望着涝池发呆。我那时只有六七岁，偶然听人说她的炕总是没人烧，便和伙伴嘟噜娃每天晚上义务给她烧炕。直到那年年关，进了屋子，怎么叫大牙婆婆也叫不醒，这才知道老人咽气了。村上在涝池边搭了灵堂也垒起了大锅灶,每家派一个"劳客"安顿后事,礼毕,劳客们吃上了香喷喷的臊子面,我和嘟噜娃却被喝到一旁只能流口水。我觉得委屈,因为涝池可为我俩做证,我俩照顾老人最用心,吃饱的应该是我俩,要是老婆婆突然回来,一定会给我俩舀上稠稠的几碗面的。

老婆婆走了,村上的老人也像秋天的树叶落了一茬又一茬。地分了,牛分了,饲养室也早倒灶了。年轻人进城了,村子成了空壳子。没了妇女孩子、牛马驴羊的光顾,涝池也似乎活得没有脸面:里面扔着破碗烂鞋、死猪烂猫,青蛙跑得无影无踪。而有的村子填平了涝池建宅子,似乎天上再不会下大白雨了,也不会发洪灾了。是的,以前没有高射炮打黑云,呼噜白雨连着下三个后晌,自从有了陇县女子防雹连后,岐山、凤翔、扶风就很少下冰雹了,也很少见三四个小时的白雨了。但我也在想,涝池的干涸,与井水水位严重下降、河流断流恐怕不无关系。当有一日遇到大旱,我们赖以生存的水库,会不会也像涝池一样底朝天呢?

# 窑　洞

　　金台有个兴隆村，临金陵河，傍蟠龙塬，这种地势聚气藏风，负阴抱阳，很适宜于人居，算得上风水宝地。这里也是宝鸡先民最早栖息的地方，渭河发了大水，金陵河涨了，都漫不上这块坡地。现在坡上的人都搬到了金陵河畔，先人居住的窑洞却完好地留了下来。春天的一个傍晚，我散步时来到这里，一孔孔窑洞没了门窗，没了炊烟，没了鸡鸣狗吠。窑洞内有炕有锅，抱一捆柴似乎就能做饭歇脚，就能点燃农家院落往日的生机。

　　崖背高约三丈，黄中泛红，多像一个壮汉那滚动着汗滴的虎背。崖顶是一丛丛怒放的迎春花，犹如金灿灿的皇冠悬在那里。院内杂草没膝，时而跑过一只只贼眉两绺的老鼠与甲壳上泛着银光的昆虫，水桶粗的皂角树、土槐树已经抽出了新枝，让人倍感"十室九空"是一个多么阴森森的成语。我用记忆的显影液还原着昔日院落的图像：留着茶壶盖状毛盖的娃娃们，手持木棍在追打着公鸡；毛驴在尘土中打着滚，"吭呜——吭呜——"的叫声震落了崖背的土块；石头上坐着抽着旱烟、眉头紧锁的

窑洞是村庄的喇叭

向阳作于乙未年六月

老汉，窑洞中传出妇人家喋喋不休的抱怨声……如果是一个星外来客，看到这废墟一样的景致，一定会怀疑这里经历了一场霍乱或战乱！窑洞就这样完成了历史使命，就这样跟地下的墓穴一样永远睡着了。没了人的窑洞就像摘了眼珠的眼睛，黑咕隆咚；就像掉了牙齿的嘴巴，跑风漏气。

人类是从树杈、窑洞走过来的，住在树杈上的叫"有巢氏"，蜗居在窑洞的叫"山顶洞人"。与就地取材、日晒雨淋的有巢氏相比，山顶洞人破除常规、标新立异，琢磨发明工具，使用工具开山凿洞，这是一个革命性的进步。窑洞是人类第一个恒温的产床与襁褓，也绝对是人类第一间豪华别墅。窑洞虽然简易得如同蝼蚁之穴，但却让人类不再与野兽为伍，而遮风避雨、冬暖夏凉、省工节俭、长期使用等特点，又为人类大量繁衍提供了前提——我们的先祖从一出生就摸爬在窑洞圪蹴在窑洞，一代又一代人在这个母腹般的圆洞中蠕动着、繁衍着、生息着。实际上，只有人类在挖空心思营造自己的安乐窝，其他动物在这方面就省事简单多了，用利爪刨个深洞，把自己藏起来就行了。老鼠在洞中活得家丁兴旺，狐狸在洞中活得聪慧美丽，老虎在洞中活得称王称霸，蟒虫在洞中活得油光发亮。窑洞有着母体般的温暖、慈祥、宽厚。它不嫌弃穷人，也不嫌弃浪子，只要你向它点个头，它就把你搂抱在怀里。在某种意义上说，它是穷人的落脚地和浪子的梦乡。

在关中，靠山临崖甚至平原村庄，都有着兴隆村这样密密麻麻的窑洞，豁亮的、低矮的不一而足，人丁兴旺的家庭一般都有三四孔窑洞，而且洞洞相连，洞中有洞，别开洞天。主洞上又有半人高的小窑洞，又叫"高窑"，里面藏有粮食和值钱的东西。遇有土匪打劫，全家人从梯子上爬进去，再把梯子藏进洞中。此种"实在人"的藏身保命法，往往难逃土匪们"熏黄鼠"的恶行。而关中东部，至今还有人家住着类似天井一样的地窑，即平地下挖七八米再打窑。别的不说，仅其出行艰难，便可想象。

打窑洞比盖房风险大。窑洞选穴，是明眼人的营生，也是窑师的饭碗。窑师如皮匠铁匠绳匠一样，是村子的红人。窑师饭量大，工钱高，贫寒人家一般请不起，只好亲帮亲、邻帮邻，自己动手。不论家道如何，打窑比打井更费神费力，往往要三五个壮汉干三两月，镢头挖坏了五六把，铁锨铲坏了十多个，窑洞才粗具雏形，还需要一遍遍打磨镢头的划痕。黄土的味道清新若新麦，醇香如母乳，窑洞打好后用白土粉刷几遍，穷人家像是住进了宫殿。装上门窗后，亮堂堂静谧谧，热腾腾凉飕飕。人是泥捏的，人是土和的。有了土炕，爸爸有了儿子，儿子有了孙子。土炕格外养人，女人睡在上面似乎腿一抬一个娃。农村人说："住窑洞的家户娃娃多，就像老鼠在洞中一样，儿子一窝又一窝。"相反，住大房赶大车的财东家却财旺人不旺，生个男娃比摘星还难。土的滋养是其他物产不能代替的，女娃出脱得像白牡丹，男娃壮实得像黑铁塔。窑洞不怕酷暑严寒，比空调调节出的温度更惬人更清纯，冬天像秋天，夏天像春天，窑洞用这种诱惑力留住了人类，也为我们节省了多少木材、石

咸阳市淳化县的地坑窑还有人居住

材与积蓄，而日后兴起的茅草房、木房、石屋、厦房，舒适安逸也伴随着巨大的付出，有的倾家荡产，痛苦一生，有的债台高筑，几辈子翻不了身。至于皇室大兴土木，劳民伤财，百里抽劳役，千里砍巨树，往往抽空了国库，砍破了江山。

窑洞不是保险箱，其致命弱点就是淋雨时容易坍塌"一窝端"。穷人家当少，粮食箱柜在灭顶之灾中全没了。好在穷人家有的是气力，擦干泪水后，又挖起了新窑洞。窑洞也是穷人家的伤疤，住窑洞就意味着你是穷光蛋，儿子找媳妇就格外艰难。常常是多掏了彩礼，多下了几背篓话，才把新媳妇接进了家。

在今天看来毫无用场的窑洞，不仅承载着生儿育女、哺育人类的圣母般情愫，也贮藏着每个家族的欢乐痛苦、兴旺衰亡的秘密。窑洞如村庄的句号分号省略号，收拢着逝去了的人和事。每孔窑洞都是一本书、一座碑，只是由于我们无知、浅薄而无法读懂它，于是我们很轻狂也很孤独，很骄傲也很浮躁。

在西安近郊有个叫五典坡的地方，留有几孔窑洞、一口水井。这就是诞生王宝钏和薛平贵经典爱情故事的地方。王宝钏在寒窑中守了十八年，等来了薛平贵衣锦还乡。有一句戏词"寒窑虽破能避风雨"，这是对窑洞最好的礼赞和歌颂。我又想起了陈忠实《白鹿原》一书中那个离经叛道、不守妇道的田小娥，她不被公公承认是儿媳后，不是也钻进了一孔寒窑。我的老家西沟畔也有几孔窑洞，其中两孔住着积存一家人，现在这户人已"绝户"了。我小时候常常去他家玩耍，觉得住窑洞还挺新奇的。积存幼时失去父亲，母亲又是一个结巴，到了三十岁还在寻媳妇。每次甘肃逃荒的人流中，总有领着闺女来他家提亲的，积存他娘赶紧擀好一案面。逃荒的人还要吃油饼，他娘又借油烙出一沓油饼。姑娘的父亲便说："明天娃娃就结婚。"积存听罢这喜从天降的消息，嘴噘成竹筒状，心里像喝了蜂蜜水。可是天一大亮，我们几个伙伴去积存家时，积存他娘铁青着脸说："半夜三更也听不见大门响，要饭的就跑了，白咥了一顿！"连续几年，在逃荒的人流中，总有人领着闺女来积存家主动结亲，可总是吃上几碗干面后就半夜溜走了。这个可怜的家庭，终于断子绝孙把窑洞交给了没有主人的野风。

我舅家在盛产紫皮麦子的鲁家庄，这里麦子筋丝大，能磨成加工挂面的上好面粉。舅家在新中国成立前是个大户人家，也很懂得扶危助困、积善传家。抗战时河南难民涌入宝鸡，也流入鲁家庄。有户逃难的人家在舅家门前的几孔窑洞中落脚。男人大概四十多岁，婆娘很勤快，叫玉红的女儿虽只有十三岁，但漂亮乖巧。全家人天天外出讨饭，晚上就蜷缩在窑洞中。讨得些麦子总要在舅家石磨上加工，为了答谢主人，这家男人便给舅家义务帮工，拉土、扫院，渐渐关系就亲热起来，舅家也常常送去吃的穿的。两年后，这家人要回河南了，决意把女儿许配给我大舅，以回报大恩大德。舅家人很喜欢玉红，也就举行了一场婚礼，了却一桩大事。可是，生下男娃后玉红乳头又

大多数人搬离后，宝鸡市金台区王家崖村的窑洞仍让一些村民不愿离开

红又肿，不到两个月就咽气了。我大舅把娃送到姑姑家喂养，过岁时他去看娃，他刚抱到怀里娃就哭了几声没气了。大舅也在那年夏天，站在沟边看洪水时，突然连同脚下的土崖被巨浪冲走了。这一切都像烟云一样消失了，唯有几孔窑洞还向人们诉说着辛酸的往事。

与我们村子一沟之隔的是岐阳村。村子一孔窑洞中二十世纪六七十年代曾住过一位叫杨德福的老红军。他在打仗时曾荣立二等功，由于一颗子弹从脖颈穿过，变得迟钝少语。也不知什么原因，新中国成立后落脚于岐阳村破窑中。我只记得他操着南方口音，穿着褪了色的黄呢子服。他每月领着二十多元的补助费，一人烧炕做饭，下地劳动。他嘴里噙着两个麻钱，麻钱中夹着芦苇膜，不管走到哪里都吹一曲红歌。哪家过事总有他，他成了一个转乡的。有次我们村一头老牛已起不了身，村上杀牛时他突然出现："牛苦了一辈子，不能杀，在部队战马是要养老的。"我看见牛知道要挨宰时，前腿跪在地上，老眼中冒出一股股泪水。队长一看老红军这样苦谏，破例埋了这头牛。杨德福老人具体是什么时候去世的，我参军后也不知道了。去岁，路过岐阳村时，只见那孔窑洞依然完好，院中那棵桐树已有几搂粗了。听人说，老人当年栽了两棵桐树。他栽树时说，桐树长得快，八年就可做棺材，两棵树一棵给五保户保岐，一棵留给自己。可没到桐树长粗他就去世了，但五保户却用一旁桐树打了口棺材。我站在窑洞前深深地鞠了一躬，多想把这孔窑洞作为老红军居住遗址保存下来。

冯家山水库被誉为关中的水龙头，碧波万顷，鸥雁翔集，蓄积的琼浆玉液让关中的田地酣畅饱饮。这几年，成了人们观赏湿地公园的好去处。库边有着数不清的密密麻麻的小窑洞，甚为壮观。这是当年数万农民修筑水库时的栖息地。他们吃着黑馍，挥锨拉车筑起了这座人工湖。这些窑洞珍藏着老愚公铁姑娘的创业史。而宝鸡市区北塬南山留下的一孔孔窑洞，也记录着大批河南难民挑着担子千里逃荒的迁徙史。还是读一读李准的《黄河东流去》："关中的窑洞很温暖，很慷慨！"我们也许应该给窑洞大写一笔。

我们不再是土里土气的窑洞一族了，似乎"大奔""宝马""别墅"成了我们的标志。告别窑洞，而且让所有的人告别窑洞，本是普惠的福祉、进步的阳光，但出人意料的是联合国教科文组织却大力推崇中国人的窑洞。当我们在城里吃不上一口安全食品、吸不得一口干净空气，耳朵里塞满了杂音噪声时，我们与蜗居在乡间寒窑的人谁贵谁贱、谁是谁非呢？

站在兴隆村的寒窑前，我沉默良久。我突然觉得，我们很是自信的文化，着实应该称为窑洞文化；我们夸耀的文明，着实应该称为窑洞文明。我们的红色文化，也不是出自于延安窑洞吗？

# 厦 房

"陕西十大怪,房子偏偏盖。"这种"偏偏盖"的房子,关中人叫它厦房。厦房后背有十米高,前檐有五米高,这一落差让屋顶形成三角形剪影,分割着关中平原上空驼队似的云彩。厦房让一个村子有了高度。厦房有一种咄咄逼人的气势。厦房体现着关中人俭朴又好面子的本色。厦房土气中氤氲着巍峨,平和中夹杂着威严,不仅抵押着一家人的财富和日子,也抵押着关中人的创造和才情。关中人的本分、关中人的傲气,在厦房上得以展示,得以拔高。可以说,在三千年间,关中的乡村风景全收藏在厦房中。厦房是老关中的土老帽,是老关中的土灰脸。现在乡间的厦房正在与牛笼嘴、纺线车、老瓦缸一样被逼到退役行列,但老关中留给人的印象最鲜明的符号当是厦房。吃穿住行是人类少不了的需求,人的大半时间是在屋中打发过的,可见房子很重要。关中人为何要盖这"偏偏房",而且一住就是几千年,这不能不说是一个谜。

近年来一些学者和专家在探讨老陕喜盖"偏偏房"时,找到

房屋是村庄的表情

向阳作於己未年仲夏

了两个答案：一是关中少树木多良田，盖不起大房石屋，只能盖一半大房，这就是厦房；二是关中人爱财，把房盖成前低后高，雨水就流到院中，意即"肥水不流他人家"。这些说法不无道理。什么地方盖什么房子，首先与一个地方气候有关，其次与一个地方出产有关，还与这个地方的风俗习惯有关。关中夏秋多雨，

宝鸡市金台区王家崖村的一农家院内厦房

房顶坡度大有利于排水；水排在院中也有利于灌溉树木、菜田，冲刷污垢。关中民俗有"借山不借水"之说，可以借助邻居山墙，不可让屋檐水流入邻居地界，怕伤两家和气。关中冬季风大，家家都盖四合院，常常是两排厦房挡风遮土，裹着黑棉袄的老汉蹲在檐前"晒暖暖"。高大的厦房像屏障一样，使关中人血脉中的保守僵化得以盘踞。关中的树木过去主要有土槐、椿树、榆树，虽坚似桐柯，但生长缓慢；后有洋槐、杨树、泡桐扎根，但一是太重太硬，一是太轻太脆，都不是盖房的上好木料。关中人极讲究给自己打一口好棺材，好木头大都埋在土中，做了另一个世界的房子。关中人喜爱在房前屋后栽树，天天盼树木长大，等着盖房子用。如果崖畔长出一棵树，村上人齐刷刷地都盯着它，算计长粗后盖房做椽还是做檩，可还未等自己下手，早就被人砍伐。木头在关中价格一直昂贵，所以盖房要花几代人的血汗钱。关中人把房子看成是比阔斗富的资本，看成是光宗耀祖的脸面，看成是家业兴旺的象征，谁有粉不往脸上抹呢？所以，富人家的院落布局有着套路和约定俗成：前厅房、中厢房、后楼房。厅房是两面淌水的大房，门窗要雕刻梅兰竹菊或"花开富贵""福到眼前"等吉祥如意的图案；屋中摆设极为讲究，要有八仙桌、太师椅。二门用砖雕砌得古朴大气，门楣上雕有"耕读传家""家和运昌""棠棣竞秀""富贵吉祥""祥云绕室"等。再就是厢房，即厦房，然后是楼房。厦房多像站立在皇帝身边的妃子，直挺挺、气昂昂，烘托出楼房的高大显赫。楼房前檐用松木板镶嵌，门窗雕工颇为老道，窗户是"卍"字形、菱花形、步步锦、亚字格，门上多雕有桃、蝙蝠、鹿、梅花等象征性吉祥物。几根通柱立在柱石上，柱石雕龙绘凤、爬狮卧虎，恨不得把世间的吉祥如意、荣华富贵全搂进自家。房子间数为单数，三、五、七为一座，俗语有"四六不成才，于小口不利"的讲究，最忌四间或六间。楼房正厅做祭祀堂，木楼上装粮食或存放东西。左厦房住长辈，右厦房住晚辈。在清朝末年，尤以岐山宋家、郭家的院落让人大开眼界，民谚曰："金周至，银户县，不如岐山一后晌。"这是说看了岐山宋郭两家的院落，把再富的人家也比垮了。可惜这两家代表关中民居之巅的院落在"文革"中被夷为平地了。而穷人家的院落，一般都是厦房，有两排东西厦房叫"两友聚会"；也有盖在前面的厦房，背墙临街，叫"倒坐厦子"或"抽尻厦子"；也有盖在院子后面的，叫"揭尾厦子"。因为房子只有头，没有尾，人住哪间房也没有讲究。

　　对于富人家而言，把房子修得富丽堂皇无非是花几个钱的事；对于穷人家来说，盖几间厦房比修一座长城还难。三间厦房，椽就要近百根，檩条也要二三十根，还要有水桶粗的十根木梁，堆起来跟一座山似的，没钱买木头的穷人只好半夜三更偷偷摸摸上山砍树。父子肩膀压出了深槽，十年也攒不够盖房的木料。桑树是不能用在房顶的，桑者，丧也。农村人很迷信，怕祸灾飞来，房上不用桑树。桑树做大梁，半夜时分又咔吧咔吧响，家人以为鬼上梁，常常毛发倒竖，惴惴不安。我三伯家盖房时，缺根椽，便用了一根桑木，结果表弟来年病逝。他为此抱怨起桑木不好。家境好的，常用松木做椽子，椽子大头有碗口粗，一溜儿摆在

宝鸡市凤翔县大槐礼村的老厦房有些破旧

檐前，让人一看就知道这家人的富足。这种房叫"顺椽房"。而家境贫穷的，只能用镢把粗的棍子做椽子，用柳树、杨树等木头做檩条，把椽子钉在"顺水"（长檩条）上，农村人叫"页椽房"。

盖厦房要用好多"胡基"，这种像土坯一样的东西只有体力特好的人才能制作。"踏胡基"是最出力的活，人民公社时期给的工分最高。把唤作"夹板梯子"的四方形模子放在平平的青石板上，撒上一把灰土，填上湿土，跳起来踩踏三脚，拿石锤"嗵嗵嗵"用力猛砸，一块胡基要七八锤子打成，一人供土，一人提锤，精干劳力一天可以打一千个。壮汉把胡基垒得很齐整。胡基极像放大了的四方饼干，又像放大了的骨牌，一排一百，五排垒在一起为"一撂胡基"。我们衙里村，"踏胡基"最好的叫张祝宝，他五短身材，虎背熊腰，常常对我们这些娃娃们说："学会踏胡基，手提石锤子，吃一辈子轻松饭。"有一年，他连续吃了三个月这样的"轻松饭"，累得大口大口吐血，从此再也不敢提石锤子了。

备好胡基后，就要打后背墙了。打土墙最忌讳听到女人哭声，这与"孟姜女哭长城"的故事有瓜葛。打土墙先立起四根檩条，再用绳子绑上几根椽，两头镶上木板固定得结结实实，扬一层土，壮汉们用尖顶锤子打得坚硬如水泥路，椽便移上去，又扬上一层土，再用锤子锤个遍，像女人家纳鞋底一样密密麻麻。十余斤的石锤子，壮汉提在手里像拎鸡娃一样轻巧，七八个人

西安关中民俗艺术博物院中收藏的厦房是典型的关中四合院建筑

一天可以打两堵墙。土墙有五米高，墙上便一层一层垒起胡基。胡基缝中要抹上胶似的稀泥，直垒得跟大树一样高，后背就好了。前檐从下往上是用胡基垒起的，有五米高，每间房都有立柱、横檩。"顺椽房"像钢琴的竖键，"页椽房"像一个个大"匪"字。木头的芳香从房顶散射下来，比药铺的药味还浓烈。椽和檩条铺设好了，就要铺"靶条"。用兔儿梢、铁杆蒿织成一张大席，铺在屋顶，抹上泥，青瓦就整齐有序地摆开了，直看是一条线，横看是一道棱，瓦比鱼鳞更美观。普通人家在架梁时要待客，喝酒吃肉，香气缭绕。柱子两旁需贴上"上梁欣逢黄道日，立柱巧遇紫微星"。上梁开场，要燃放"高升""百子"鞭炮，接着要把镰刀、尺子、镜子、秤杆悬挂在正墙上，应验"鬼怕尺量""鬼怕照镜"。亲朋好友买来丝绸被面搭在梁顶，叫"搭红"，"搭红"意味着日子大吉大利、大红大喜。

　　不论是盖厦房还是盖大房，都将人与树木的关系变成了鱼水关系，也将人与黄土的关系变成了蛙水关系。树和土按照传说，是人的摇篮，中国人用土木结构筑屋，是将送子娘娘请进了屋中，所以全球只有炎黄子孙繁殖能力最强。据计划生育部门统计，住进水泥砖头房中的国人，生育能力变弱了，这说明土木极能养人。人住进洋房后，不见了老鼠，但也不经风雨了，体质肯定一天比一天弱。我国能成为第一人口大国，厦房就是暖巢，就是温床。我们现在变得没有房子，没有院子，也就没了村子，或许就少了孙子。一个民族的居室可能是民族生育繁衍的神秘器物，没了厦房、大房，也许就毁掉了我们的遗传密码。正像北方人喜吃麦子而身材高大，南方人喜吃海鲜而骨骼清朗一样，改吃其他东西会让北人南人都变得味同嚼蜡，形容枯槁。在岐山古周原周文王宫室遗址上，我们仍可觅到厦房的踪影。岐山周原博物馆复原模型图上，大殿前就是两排厦房。厦房是连接窑洞与大房的纽带——最早的人类从洞中爬出来后，在洞口用树木搭起"接檐"，能早早迎接日出，也有利于安全，后人经过革新创造，终于发明了厦房。厦房凝结着华夏子孙的审美观念，挥洒着能工巧匠的智慧和汗水。"夏"字上搭个顶就成了"厦"，说明厦房才是华夏儿女情有独钟的居室。"乃召司空，乃召司徒，俾立室家。其绳则直，缩版以载，作庙翼翼。"《诗经·大雅》中记述古公亶父在古周原盖房筑墙的诗篇，或许就是一座厦房诞生的真实记录。

几十年过去，仿佛只是一杯茶、一袋烟的工夫。乡村城市化的过程，最明显的是让我们内心丢弃了神，表象丢失了厦房。厦房正从关中的村子隐退，每一户人家都以住进用砖和水泥筑起的大房和楼房为荣。这些四方形的建筑呆板木讷，也没有了高大感、审美感。瓷砖用多了就华贵多了，但乡村却变成了碉堡状、面包状的建筑。没有厦房的村子还是中国的村子吗？没有村子的中国就如同没有孩子的家庭。

# 门 楼

门楼——关中乡间最土、最小、最巧也是最亲的建筑，虽像草籽一样小，但在我的记忆密函中却是这样顽固疯长。

门楼是一个家富裕与贫穷、兴旺与衰败的晴雨表和体温计。有了门楼，就不会进错了门。进了门，才算回到了家。谁出入不进家门呢？大概只有小偷与梦、黄鼠狼与风，才会逾墙而入。

门楼是门的雨伞与风衣，是一个家的神情、表情与家情的代言人。门的资格很老，是原始社会的产物。我们的祖先从树杈上溜下来，开凿窑洞搭茅庵，头件事就是用枣刺、艾蒿、荆条、柳条、竹竿编扎篱笆栅栏集体自卫，以防止异族掠夺和野兽侵袭。进入农耕时代，修建城堡京都，门才越做越大，类型越来越多，形形色色的门楼也才应运而生。

门楼是每家每户的第一道风景，是一个家的帽子，也是一个家的脸面。关中人很看重门楼，很计较门楼，得意时以为门楼带来了幸运，失意时以为门楼走漏了风水。富人家的门楼青石筑基，一砖到顶，雕字琢画，飞檐斗拱，富丽堂皇，气势压人，把邻家压得抬不起头，伸不直腰。富人财大气粗，爱在门楼下伸懒腰，翻白眼，张开双臂，一个哈欠打半天，末了用白生生肉乎乎的拇指压着中指，轻轻弹一弹并没有灰尘的绸袄缎裤，横竖一副阔绰悠闲的模样。他们有资本比阔斗富。而穷人家的门楼，三层半截砖打底，两排土胡基做腿，苞谷秆、向日葵秆当椽，几片豁豁瓦收顶，一眼就看出过着蔫秋耷拉的日子。有的盖房花了个精光，哪有余力修造门楼，只好在院墙上挖一个"圈门"，上面胡乱搭些红苕蔓、豆子秆遮风挡雨。更有连院墙都打不起的，多少年都是猪猫鸡狗自由出入的敞开院。要是陌生人打问，村子人便调笑地指着那"豁口子"说："门最大的那家就是！"这种境况，大概就是贾谊《过秦论》中的"瓮牖绳枢"的写照吧！而中等家庭的人，宁愿住房窄狭一些，也要挣死挣活用砖坐底，用瓦镶帽，给门楼嵌上"耕读传家""紫气东来"之类的砖雕。有的则七拼八凑弄出半间柴草房套做成门房，门道、巷堂两边则架锄挂镰，堆放柴草粮食，一进门就能让人感受到主人的精打细算与红火日子。当然，也有死要面子活受罪、打肿脸充胖子的，家室空荡荡，连扁担板凳都缺胳膊少腿，却把门楼修得十分洋气，若是人讥笑，主人便自信十足地甩过来话："打墙的板翻上下，到我孙子手里发了，省得再折腾，再说门脸门脸，没门哪还有脸！尻子露风是屁大个事，咱得先顾脸！"

门楼与门像嘴唇与牙齿一样，是父子也是兄弟。关中人家的门，大多用榆木做成，因为榆木比杨木柳木身重，又比松木槐木便宜，一般人又忌讳槐木近"鬼"、柳木近"绺"、柏木近"迫"，

门楼是一个家庭的脸面 作于乙未年夏月

这让那纹理不顺难有大用场的榆木，与门神一起受到人们的偏爱，榆木唯一的缺陷就是爱生蛀虫，爱惹好钻孔打窝的葫芦蜂。然而，榆木门打扮起来也与松木门一样威风凛凛：双扇门被刷成黑色，像肃立在黑包公两边的衙役；一排一排圆铆钉，像数十双圆目怒睁的豹眼；门环被扣在一对威猛的狮首或虎首嘴中，门环的扣响声自然也如狮吼虎啸，能穿透半个村子；而尺半高、半拃厚的榆木门槛儿，让人抬脚就觉得主人非同寻常；再加上精心打造的门楼，想必客人是不敢违礼、不敢造次的。

门楼是庄稼人夏天歇脚纳凉的好地方。常见三伏天的晌午，庄稼人一放下锄头，就卸下门槛，半躺在上边眯着眼睛打起盹。婆娘们端着比头大的老碗，唤醒男人哐干面。关中人把吃叫"哐"，意即狼吞虎咽。有老者坐在马扎上，一边挥着蒲团扇子，一边摸着小孙子的"牛牛"，享受着门道凉风。雨天是男人们睡觉的好时光，呼噜声能把房震塌，而此时的门楼下，妇女们卸下门槛铺上席，飞针走线，家长里短，"咯咯咯"的笑声让那些镶嵌着豹眼虎头的门楼也可亲可敬起来。门楼的旮旮旯旯，是燕子、麻雀、长虫、蝎子、老鼠的好去处。据说燕子嫌贫爱富，门楼高的家它年年来；燕子也喜欢清静和气，家里吵吵闹闹它急着搬家。麻雀是个精明的懒汉，门楼上稍微有点空隙，它就能安营扎寨。而长虫、蝎子有缝必钻，是门楼处的两大险情。最狡猾的当数老鼠，天长日久能把门楼打成专用通道。这说明，动物与人的脾性一样，哪能安身就往哪里跑。

门楼是关中人无数梦想里的一梦。庄户人门楼有高有矮，有俊有丑，犹如乡间人头上的布帽、草帽、毡帽、棉帽，代表着身份，象征着穷富。家境特别衰败的，盖不起门楼，门上是被雨淋得没棱没角的一排胡基，就像破衣下露出的几根肋骨。千百年来，关中乡间的农人，都希冀活得人模人样，活得能出大气，希望改换门庭，矗起翅角爬龙的门楼，但到闭眼时也脱不了穷袍，圆不了门楼梦。一个个破门楼多像他们面带菜色、形容枯槁的身影。他们土里刨食，牙缝抠钱，为吃穿为生儿养女挣扎着，困顿着。他们犹如寒碜破败的门楼，只有镰刀的响动显示着他们的存活。他们从门楼中出出进进，如同蚂蚁忙忙碌碌。门楼是家庭的长明灯，哪怕遇见灾荒、瘟疫、战争，即使婆孙俩幸存了下来，婆婆就是爬在地里割麦，跪在地上纺线，也要把孙儿哺育大，如绵绵瓜瓞延续下去，把生命的火把传给后代。

　　门楼是家的关隘和哨卡。倘遇什么事与人发生了争执，对方在家门口寻衅闹事，家人便手持棍棒立在门楼下，俨然像手持弩箭守卫前哨的将军。再穷的家庭，也是不许他人进门楼闹事的，如果伤了尊严，全家人会一齐上阵，哪怕打得头破血流。关中农村不乏麻眉婆娘，如果手脚不干净偷了邻家的东西，邻人进门索讨，麻眉婆娘便急中生智，裤子一脱，蹲在照壁前，露出大屁股，追来的男人怕落个流氓的恶名，只好怏怏而退。"婆娘御敌解裤带"，便也成为陕西十大怪之第七怪。关中女人敢爱敢恨敢骂敢打也敢丢面子，体现出粗犷豪迈的男人味。关中老汉一到夏季都把头剃成光葫芦，远看像电灯泡让人睁不开眼。如果遇见仇人进了门楼，便用光头像牛抵仗似的一头撞来，仇

西安市关中民俗艺术博物馆收藏的门楼

人躲避不及，或腰被撞伤，或肋骨被撞断。这种豁出命的办法，让外地人大大领教了"关中楞娃"的风格。

岐山一个村有户大户人家，门楼修得气势逼人，威严壮观，胜过岐山的老城门。顶有五脊六兽，筒瓦铃铛，四角飞翅翘得像财主的拇指，门楣上的砖雕刻有"富贵吉祥"四字，家中前厅后楼，骡马成群。新中国成立后戴上"地主"帽子，主人本叫刘天资，天天挨斗被批判，度日如年。"文革"中把门楼上的"富贵吉祥"换成"兴无灭资"，把自己的名字也改成了"刘灭资"。熬到了改革开放，家境如春风扶病柳，他又把名字恢复成"刘天资"。后办起了水泥厂，财源滚滚，日进斗金。我们村最富的人家是吕思明。村子正北就是上冯村，这里出了个响当当的西府游击队队长冯兴汉。吕思明是开明绅士，给游击队暗中送粮送钱，资助颇丰。冯兴汉端掉青化乡公所的议事会

渭南市合阳县灵泉村的老门楼

就是在他家楼房上召开的。新中国成立后,他被定为地主成分,但由于过去做过不少善事,村人"眼害"不起他。我八岁那年,"文革"烈焰正炽,他像霜打了似的天天勾着头。有一天,我跑进他家借秤杆,却见考究的门楼下,全家人手握竹棍,神情凝重。一问才知是条土颜色的蛇爬进了磨房。岐山乡间把遇见"土条蛇"视为大不吉,在这个节骨眼上这家人便提心吊胆,如遇大敌。全家人从早上等到天黑,"土条蛇"返回时,竹棍当头乱敲,这条蛇便丧了命。当年,吕思明因喊错了口号,本要送去劳教,因熟人说情疏通,留在村上接受教育。这家人说:"如果打不死那条钻进门楼的蛇,麻哒就大了!"

庄户人祈求平安,恨不得把这神那神都顶在额头上,于是灶神、财神、门神、瓮神、醋神一齐拜。过春节时大门上都要贴上"秦琼敬德",也给门楼贴上平安符。可是,这神那神从不保佑平安。据《岐山县志》载:"民国二十二年至二十三年,有狼食杀男女童,一日数见,间有二三成群者。"据老人回忆,狼窜进门楼常背走娃娃。益店镇郑家村有户人家,男人早丧,剩下孤儿寡母相依为命。母亲干活,与娃左右不离,生怕有所闪失。一天早上,男孩听见叩门声,以为是来了客人,一开大门,一条半截尾巴的大灰狼立马把毛茸茸的前爪搭在他肩上,用嘴叼走了他。母亲喊叫起全村人,人们手持锄头围住了狼。狼把男孩踩在地上,眼睛中喷着火,村人竟无一人敢与狼搏斗。母亲跌跌爬爬从狼爪下救出儿子,大家这才喊叫着打狼,狼拖着半截尾巴溜走了。岐山县县长田惟均于是张榜悬赏捉这只狼:"若有捕杀得半截尾巴狼者，奖大洋一百元。"宠义村一猎户在芦苇丛中觅得此狼，遂一枪击中，拖出一看，大如牛犊，乡民叹曰："此狼只长身子不长尾巴，胃口很大，才一次能吃完一个娃！"

这几年，关中乡间拆土房盖洋楼，洋门楼、铁皮门代替了土门楼、榆木门，进了村子，大门几乎是一色的红海洋，门上多嵌有"惠风和畅"等字样的瓷砖，但门楼大多是水泥楼板架成的四方形建筑，呆头呆脑，毫无生机，让人顿觉关中人缺乏才情，缺乏个性。不少离乡归来的游子，也认不出这家是谁那家是谁了。乡间如此，公家的门楼才叫荣光：有的银行门楼花费昂贵，花在一个吊灯、两扇自动门的钱，比一个贫困县的年收入还多。有的地方竞相装潢门面，飞檐走兽的仿古官衙比比皆是，最狂妄的是不惜民脂民膏，竟敢模仿天安门城楼！公家的门面越来越豪华越豁亮，但公仆们的脑瓜并没有因此而灵光，脸色也没有多少改变。这真应了百姓的话："驴粪蛋，外面光，不知道里面受恓惶！"对那些"高大上"的门面货、样子货，人们在深恶痛绝的同时，也应该好好反思：为什么没有门楼的延安窑洞，却聚集了中华民族最优秀的子孙！

关中的老门楼留下的很少了，能看到的却格外古色古香，格外让人恋恋不舍。据说公家把超过五十年的建筑列为保护建筑了，却不知道乡间风雨侵蚀了上百年的老门楼，还算不算文物古迹？能不能列入保护名单？

# 戏 楼

　　关中地下多宝物，地上却少景致。散落于乡间的庙宇、戏楼便是最恢宏的古建筑。庙宇修得像皇宫，神像尽管威武庄严却出不了大气。古戏楼像个大"合"字，敦实古朴，但台上却是活的人。它像把一座大房切开似的，一米高的台口铺上青石板，台子用木板铺成，两边的墙壁大都用瓦块砌得结实美观。粗壮的横梁上挂起油灯、汽灯，台子两边是吹拉弹奏的乐师，演员便在台子上吼叫起来，女子或戴着明晃晃的凤冠，或穿着大红大绿的古装，唯袖子能甩出半丈长；男人或戴着纱帽，穿着比砖头厚的鞋子，或脸涂得像狼窝子似的吓人，或像猴屁股似的通红，嘴中吐出的火像喷出的焰火，手中的钢鞭甩向从梁顶垂下的油灯，能溅起电焊似的火花，油灯还稳稳地在空中亮着……这就是我记忆中的戏楼。

一

　　戏楼是乡间的大剧院。老老少少、男男女女一听到唱戏，都眉开眼笑，像放了假一样开心。一个村子，再穷也要把戏楼修好，绅士捐大钱，穷人捐粮食，一个村子要压倒另一个村子，就要看戏楼排场不排场，演戏的有没有名角。昔日关中人建戏楼比盖庙兴学热情高、干劲大，不用下动员令，几天钱就捐齐了。西府村村都有戏楼，老戏楼大多建于清末或民国初年，屋顶椽有碗口粗，梁有水桶粗，高得胜过庙宇。这些戏楼属土木结构，现已废弃坍塌。20世纪80年代初，唱老戏之风卷土重来，村村重修戏楼，用砖头水泥钢梁砌就，戏台也大了一倍，高过二层楼房，台内还有供演员休息的几间屋子，戏楼顶部大都镌刻有龙和凤凰；不少村子的村委会办公室平时就占用着戏楼，可见戏楼是乡村最好的建筑了。常听什么地方新修的路成了烂肠子，什么地方新修的水渠成了烂笛子，从没听说戏楼盖塌了。这大概与民间唱戏是为敬神祭祖的神圣仪式有关，谁也不敢"高粱面蒸献祭——哄爷爷"，否则人老八辈就要被别人戳脊梁骨，被唾沫星子淹得抬不起头。

　　昔日乡间念不起书的人多，也没有电影、电视可看，戏就是贫民求之不得、企羡已久的精神大餐。秦腔说的是本地话，谁都能听得懂，戏剧编得跌宕起伏、引人入胜，看戏就像读了一部长篇小说一样解渴。秦腔是永远的精彩故事，是上苍给下

秦腔是中国戏剧的鼻祖

向阳作于乙未年仲夏

界的亲切诉说。秦腔通过声音的翅膀飞抵秦人心灵，秦腔通过如画的境界嵌进秦人心版。乡间的人一看到台子上的演员都像天仙下凡，女子称赞台上的"相公"长得端庄大气，男子称赞台上的"娘子"长得如花似玉，大饱眼福的同时也想入非非。庄稼人哪见过这般画张上的人呢！他们于是天天念叨着："宁喝某某尿下的，不喝壶壶倒下的！能吃某某屙下的，不吃地里打下的！""老汉看了某某，三天不喝罐罐茶；小伙看了某某，三天打胡基都不乏……"于是，演员的名声比县长的名声大，甚至他们身上的缺点也成了优点，他们的父母也被编排成好多故事，其祖宗八代也被"人肉搜索"似的拉扯出来。每年麦子入仓，农人闲暇，正是关中乡间跟会看戏的时候。庙会和古会排着长队，扎堆而来，从法门寺排到龙门洞，只要你精神好，每天都有古会赶，每天都有大戏看。这时的乡间土路会扬起几人高的尘土，人跟着人，猪跟着猪，牛跟着牛，拥挤得像如今城里车辆堵塞的大道。常见乡间剃着"电光头"的老汉，穿着浆洗一新的褂子，戴着墨眼镜，乐陶陶地去看戏。也常见顶着黑帕帕的老婆，抬着燕子似的轻捷小脚向有戏台的地方挪动。这个时候，也是村上光棍汉最开心的日子，几个人一嘀咕，裤裆里像打了伞，便到戏台下的女人堆去"扛仗"。

离戏台越近，天空中就没有了麻雀，没有了喜鹊，只听得炸雷似的声音，不仅赶走了飞禽走兽，也把天上的云彩驱赶得一干二净，光葫芦的太阳与光葫芦的老汉头就这样较着劲。走近戏台，望不见尽头的是黑压压的葫芦状头，像浮在洪水上的茄子。

台上的人笑，台下的人也在笑；台上的人哭，台下的人也跟着哭。台下不时像涨潮一样从后面向前推搡着，拥挤着，有人喊丢了鞋，有人喊丢了娃，维持秩序的提起扫帚使劲地往人头上敲打着，秩序又恢复了。有情窦初开的姑娘偷偷地跟着男人就溜进了玉米地，甚至从此就做了男人的媳妇。乡间十五看灯会定亲的很少，戏台下却成了男女相识的鹊会。乡间女子腼腆，即使碰到"猪手"也会悄悄躲开，绝不大喊大叫甚至报警。戏台下摆满了卖面皮、卖油糕、卖油饼的吃食摊，香味铺天盖地，也是庄稼人解馋的绝好之机。突然一阵惊叫，富人家的千金往台子上倏地抛下金戒指，原是戏台上的"相公"不仅唱腔好，而且长相好，打动了千金芳心，

西安关中民俗艺术博物院内的老戏楼不时还有演出

竟当面抛出了"定情物"。于是这个女子变得痴痴的,"相公"的每场戏她都要去看,也不再嫁给别人。

## 二

戏楼在乡间真正的功能就是"高台教化"。关中人受周礼熏陶,眼中不藏沙,胸中不掩恶,爱憎分明,黑是黑,白是白,判断事情的界线像划分地界的"犁沟"一样直。爱谁就要把谁爱死,恨谁就要把谁咒死。他们相信"恶有恶报,善有善报",喜抱打不平,善评判曲直;他们恨奸臣恨贪官恨昏官恨为富不仁恨胡作非为,所以他们喜看的秦腔演到最后也都是一律的大团圆:奸必除,恶必惩,冤必申,善必报。《周仁回府》为什么久唱不衰?大概是因为那个讲忠义的周仁为了搭救杜文学的妻子,竟狸猫换太子,把自己妻子送到奸臣严嵩的儿子严年屋中。讲肝胆义气,关中人最推崇周仁。《三滴血》为什么越唱越红?大概是因为那个糊涂官晋信书十分滑稽,也大概因为从来是"天下衙门朝南开,有理没钱别进来",百姓们对昏官更是口诛笔伐、恨之入骨,希冀一桩桩冤假错案能平反昭雪。《三滴血》20世纪50年代进京献演时,曾受到刘少奇、周恩来、朱德等人称赞,周恩来夸奖"此剧是继昆剧《十五贯》之后,又一出很好的公案戏"。田汉高度称赞《三滴血》离奇曲折、妙趣横生,可以追步莎士比亚。戏楼无疑是播撒仁义礼智信甘霖的地方。刚刚懂事的孩子从一出出古剧中学会怎么做人,戏楼成为培育他们尚德重礼的沃土。

戏楼是乡间艺人展示才情、挥洒人生的平台。戏子在封建社会被列入"下九流"，平时没有进祠堂祭先人的体面，但却在乡民心中活得很高大。他们或家境窘迫，或天资聪颖、身材灵巧，或念书不进、无心当官，小小年纪就被送进梨园，半夜鸡叫就起来吊嗓子练武功，尝尽人间辛酸。关中的戏楼上主要演出秦腔，秦腔早在清代就曾经走出了声振京城的大戏剧家魏长生，据《辛壬癸甲录》载："自乾隆间魏长生作秦声以媚人，京腔以次销歇。"《中国戏剧史》载："是实秦腔适至，六大班伶人失业。遂争相附入秦腔班觅食，藉免冻馁之虞。秦腔初入都时与京腔互争地位之时期，其后日益蓬勃，居然把握北京戏剧之主要部分，此亦可见其魔力之大矣。"1802年，魏长生演完《背娃入府》刚一下台，就谢幕人生，只活了58岁，他是中国戏剧史上除古代春秋时的优孟、优旃外，最早有生辰记录的戏曲演员。关中的戏楼上也走出了与梅兰芳齐名的刘箴俗、与荀慧生神似的王天民、与尚小云媲美的李正敏、与杨小楼比翼的王秉中、与王长林雁行的马平民等。提到这些名震华夏的艺术泰斗，当今的年轻人，可能连其中一人也不认识，但他们却称得上一代秦腔宗师。

他们不少是为秦腔而生，也是为秦腔而死。只要一听见锣鼓声，他们心里就像猫抓似的。三天不唱戏，就茶饭不思，低头纳闷，似乎生下来就只为唱戏而来。他们热爱舞台就像政客迷恋权力、商人崇拜金钱。到了死时，也要挣扎着吼几声秦腔才罢休。秦腔大家任哲中以"苍苍"之声在剧坛独树一帜。据说其幼时练嗓，站在井口往下大喊，直喊得井水晃动才罢休，练出了一副铁嗓子。后因唱戏过分卖力声带受损，手术后声音沙哑，本该由此揖别戏楼，但他却扬长避短，以情带声，转而形成激昂奔放、韵味悠长的苍劲沙哑风格。1995年因重病住院，昏迷不醒，可医生在耳边语道："您是唱戏的，能唱一段吗？"任哲中突然睁大眼睛，大声唱道："见嫂嫂直哭得悲哀伤痛，冷凄凄荒郊外哭妻几声；怒冲冲骂严年贼太暴横，偏偏的奉承东卖主求荣……"随即眼睛一闭，驾鹤西去。

岐山名旦王学琴12岁学戏，演花旦含情脉脉，演武旦威风凛凛，把《春草闯堂》中的春草、《赵氏孤儿》中的卜凤、《摘星楼》中的妲己、《白毛女》中的喜儿都演活了。1995年正月

宝鸡市岐山县周公庙的戏楼

十六晚，她在麦禾营村演戏时，突然倒在戏楼，一代坤伶就此香消玉殒，年仅47岁。送葬那天，戏迷排了二里长路，老者号啕大哭，小者跪地悲泣，岐山为之动容，周公为之惋惜。

在常人眼中，似乎戏子是怪人，是异类，至少是一根筋动到底的人。他们在演戏，其实他们的经历也是一出大戏。

清末民初，西府戏台上有个大名鼎鼎的"王班长"——王彦魁，擅长"鞭扫灯花"，双手舞动"雌雄二鞭"，可使悬挂在戏楼檐口横梁上的两盏油灯火花飞溅，而灯不灭、碗不打、油不倾。这一绝活传至新中国成立后，只有西府秦腔世家的名艺人吕明发一人能演，2009年吕明发获批为国家级秦腔项目代表性传承人，同时陕西电视台专门为他录制了"鞭扫灯花"绝技录像。

清末至民国初时，西府有唱"斗台戏"的习惯，群众说"王（彦魁）班长在哪家，哪家必赢"，所以乡间至今仍流传着"王班长打一鞭喇叭吹炸"的俗语。王班长的大板乱弹更让人叫绝，再长的戏词（拖腔）一气呵成，几乎感觉不到换气。据上了年纪的人回忆，他能演三十多个头牌须生戏。王班长家底厚实，父母望子成龙心切，送他入私塾就读，但他骨子里爱戏却不喜读书，先生常把尻蛋子打得像红柿子似的。于是他逃学出走到了汉中，跟着"石娃子班"学戏，两年竟出脱了出来。正在家人四处找寻、望穿双眼之际，忽一日在岐山马江楼底村戏楼上看见了他。当天他唱的是《许田射鹿》，他牵着从汉中买来的一只活鹿上台演出，十分逼真，煞是逗人，因而名声大振。台下的父母认出了出逃多年的儿子，思子心切，竟跑上台去抱住儿子，于是"彦魁学戏"的故事在西岐大地久传不衰。

西府名旦范玉华外号"迷三县"，6岁遭关中大饥荒，遂沿街乞讨来到石羊庙，正值"安正家"戏班在唱戏，他跑到戏台上讨饭，被唱须生的李老五收为徒弟，从此他专攻旦角，很快成名。后又怨恨戏班子不少人耍钱抽大烟，便回乡务农，但两间破房已被人侵占，又端起破碗讨饭，在虢镇街上乞讨时碰到新民社唱《起解》，戏班收留他干杂活。他在工闲之暇，跟着演员学戏，技艺大长。一日提出要登台唱戏，众人大吃一惊，他立即表演了《火焰驹》里的"杀场"，班长竖起拇指，当晚让他上台演出，临写戏牌，一问名字，他说叫"引孝娃"，班长给他起了个大名叫"范玉华"。新中国成立后，他在宝鸡多家县剧团从艺，唱红了《杀狗》《断桥》《三击掌》，退休后仍在凤县剧团管理衣箱。

岐山籍演员王天民，1932年在西安举办的秦腔大赛中名列榜首，后入易俗社，在北平演出时，被誉为"西京梅兰芳"。他的唱腔"鹂声谷鸣，裂帛清脆"，其扮相一个"腻"字，身段一个"娇"字，做功一个"细"字，1936年，上海百代唱片公司专门为他灌制了唱片。他在《少华山》《蝴蝶杯》《黛玉葬花》《盗虎符》《颐和园》等剧目中，出色塑造了尹碧莲、卢凤英、林黛玉、如姬、赛金花等腰肢如柳、出语鹂声的少女形象。1937年7月7日，卢沟桥事变发生的当天，他随易俗社赴抗日名将宋哲元部队一线演出《还我河山》，士兵们泪流满面，振臂高呼。日本法西斯对此怀恨在心，于1938年派飞机轰炸了

易俗社戏楼。然天民等人毫不畏惧，用爱国戏唤醒国人良知，宣传抗日救亡。西安迎来解放，王天民心花怒放，为贺龙的进城大军义演《吕四娘》。连轴演唱使他身患沉疴，习仲勋闻讯后，亲自安排人将他接到北京，入住政务院招待所，请来名医治疗。"文革"中，王天民被戴上"国民党特务"帽子，受到批判，于1972年10月8日饮憾而殁，享年59岁。

宝鸡市陈仓区石羊庙镇李家堡村的戏楼

纵观西秦梨园，群星璀璨，有名气的演员大多已经退休，从西岐大地走出的张兰秦、丁良生、谭建勋、王新仓，名扬西北，鹊起黄河。丁良生唱腔清纯甜美，清亮挺拔，为须生中少有，一曲《打镇台》让陕甘宁青戏迷为之倾倒。张兰秦更是当前"西北秦腔第一花脸"，他宽音大嗓，声若洪钟，有年探亲回乡，乡官邀其以戏答谢乡亲，架好高音喇叭，搭好戏台子后，兰秦笑曰:"我唱戏不用麦克风。"乡官曰:"台下万人恐听不清。"兰秦登台一声吼,台顶上的高音喇叭随即震落。兰秦清唱两个小时,台下听来比喇叭传出的声音都洪亮,乡亲们掌声阵阵,目睹"铜锤花脸"的风采,其《铡美案》《苟家滩》《狸猫换太子》等戏,脍炙人口,百听不厌。

西府剧坛曾出了个叫高新岳的名角。民国十八年大饥馑,父领他要饭到西安,后新汉社招收新生,他潇洒俊逸,玉树临风,现场被录取。20世纪50年代入"宝鸡新声剧团",演出的《三滴血》《法门寺》《三世仇》《穷人恨》很受欢迎。然高新岳喜爱用小口径步枪打鸟,不幸打鸟时打死剧团秘书韩志孝,被判有期徒刑四年。时任中共宝鸡市委书记的薛志仁出面保出了他,一时成为戏坛逸闻。改革开放以来,仅从西府走出的秦腔

咸阳市泾阳县安吴村老戏楼仍保存完好

名角足有二三十位，斩获梅花奖的就有谭建勋、王新仓、李小雄、李军梅、任小蕾等。

## 三

千百年来，秦腔在大浪淘沙中未被淘汰，且成为秦人神圣不可动摇的精神高地，更得益于有一批幕后高手——秦腔剧作家。没有好的剧本，唱得再好的演员也只能是狐鸣雁叫、鹤啼鸾泣，更不能产生大师、名家。剧作家是默默无闻的后台英雄，是出力不叫好、叫好不叫座的人，是"吃黑馍背大背篓"的人。比起名角，被百姓知晓者更少，收入更可怜。但这些人却是大思想家、大艺术家。他们把真善美的基因植入秦腔，把仁义礼智信的种子播撒剧坛，使秦腔剧目达到2740多本、4700多出，居全国360多种地方戏曲之首，而京戏只有100多出，豫剧只有800多出，这使得秦腔成为世界不可多得的文化遗产，华夏不可多得的精神瑰宝，也使得三秦大地的戏楼百花齐放、多彩多姿，犹如汤汤渭水恣肆奔流，浪卷波跳。这些人是秦地的关汉卿，是东方的莎士比亚。

被戏剧界称为"李十三"的李芳桂，生于清代渭南县蔺店乡李十三村，是碗碗腔皮影戏的祖师爷，一生创作了《春秋配》《紫霞宫》《火焰驹》《白玉钿》《万福莲》等"十大本"。李家仅有薄田几垄、旧房两间，李父把更换门庭的希望押宝似的押在他身上，对他督责严厉，呵护百般。乾隆五十一年（1786），他在陕西乡试中中举，然在赴京会试中名落孙山，得了个"候补知县"。他遂回到家乡，从事戏剧创作。嘉庆四年（1799），秦腔艺人姚翠官将他的《春秋配》带到京城演出，随即掀起了"李十三热"，史料载，当时京城十巷九空，观者如潮，这出戏被移入京剧、川剧、汉剧、湘剧、粤剧。他的十大本中，有七本是写盗杀和谋杀、内乱和战祸的，其《紫霞宫》反映了清王朝"上司要钱不要脸"的腐朽吏治；一些剧也揭露了统治者利用宗教愚弄百姓的丑行；最早呼唤婚姻自由："不用三媒和六证，何须月老系红绳。"因此他的戏成了刺向专制政府的利剑。嘉庆年间，朝廷下令捉拿他，凶讯传来，他口吐鲜血，跌倒在地，含恨离世。

被我国戏剧界称为"当代关汉卿""东方莎士比亚"的范紫东，是乾县灵源乡西营寨村人，他先是教书匠，后又参军讨伐袁世凯。范紫东对当时乡间流行的戏剧十分反感，认为多是迷信荒诞之作，充斥猥亵淫秽之词。他在西安创办了易俗社前身——陕西伶学社，40年间写出68个剧本，其中《三滴血》《软玉屏》《翰墨缘》《盗虎符》为百姓最爱。西府陇州人高培支，三次担任易俗社社长，一生编写了54个剧本。他两次拒绝所赐之官，第一次是对前来封官的时任陕西民政厅厅长张凤翙说："我一怕军人，二怕土匪。"其中有人当面挽留，他却说："我若当了，就得右手向老百姓要钱，左手将钱塞给'肩枪'的，我良心何忍！"第二次是时任省政府主席的邵力子欲将他纳入麾下，他却仍说不愿干！他的优秀之作，首推《夺锦楼》，倡导婚姻自主；

凤县留凤关镇长坪村留存的老戏楼

其《鸦片战纪》《亡国影》更是鞭挞黑暗，有胆有识。1950年，毛主席接见他时，亲切问道："老人家从哪里来？"高答曰："陕西易俗社。"毛说："你们有长久的历史，你会唱戏不？"高答："不会唱，只会编。"高培支知道，毛主席在陕北时，看了秦腔《二进宫》《五典坡》后，高兴地说，百姓爱看戏，这种形式很受欢迎，但内容太旧了，应该有新的革命内容。随即让时任边区文化协会副主任的柯仲平创办秦腔社，并拿出《论持久战》的稿费300块大洋助买戏衣，这个秦腔社排出了《好男儿》《一条路》《回关东》等新戏，足迹遍及陕甘宁边区。他也知道，虽然蒋介石委托陈果夫给易俗社送来1000元，让多印剧本，但这只是为装潢门面，蒋介石只是个赳赳武夫，不看书也不看戏！秦人说谁完蛋时，常说"没戏了"，蒋介石后来不也是"没戏了"。受到毛主席接见后他才思泉涌，笔耕不辍，收获颇丰。易俗社是秦腔的摇篮，是剧本的产床。1957年，田汉到西安视察时到了易俗社，听完汇报后说："我国有这样一个生存半个世纪的剧团，而世界上具有半个世纪历史的剧团只有三个：一个是法国芭蕾舞剧团，一个是莫斯科大剧院，一个就是易俗社。"1958年毛主席视察长春电影制片厂时，听到易俗社在这里拍摄《火焰驹》，还亲切接见了演职人员。

## 四

艺术的发育过程，从针尖小到几搂粗，比人类繁衍生息要艰难得多。大众的喜爱程度，往往决定着艺术的生与死、存与亡、盛与衰。一个再强大的朝廷也只能存活几百年，但秦腔却活了几千年，说明民众需要它，民众喜爱它。太平盛世时它是百姓的开心果，战乱饥荒时它是百姓的解忧锁，培育子女时它是百姓的教科书，评断是非时它是百姓的公平秤。秦腔伴随着秦人一路走来，像太阳一样火辣，像月亮一样温婉，像群星一样浩渺。秦腔是秦人血脉的印记，是秦人成长的福音，是秦人性格的折射！只有八百里秦川才能产生这种狮吼虎啸、摧枯拉朽的黄钟之音。南方人看秦腔，会如接受审判一样战栗，他们会叮嘱演员："一定要保重身体，别把肺激炸了！"而秦人看秦腔，犹如打了一场胜仗、喝了一坛西凤酒一样畅快，秦人就是这德性！

秦声，最早为西周王畿一带乐歌。秦始皇的宰相李斯曾说：

"夫击瓮叩缶，弹筝搏髀，而歌呼呜呜快耳者，真秦之声也。"秦人敲着瓦缶，击着老瓮，拍着大腿，呜呜唱着，其实这是在演唱秦腔，也说明秦地有了最早的自乐班。汉代时，已有滑稽戏、讥谑戏、角觝戏、傀儡戏，并列为帝王治道的四大内容："天子躬于明堂临观，而万民咸荡涤邪秽，斟酌饱满，以饰厥性。""故乐所以内辅正心而外异贵贱也。"到了隋代，"广招杂技，增修百戏，大演秦汉角觝"。唐玄宗尤喜爱戏曲，在长安、洛阳设有"梨园"，调教歌舞百戏艺人，戏曲界便尊其为"戏祖"，人们也把戏曲界称为梨园。李自成进京后，把秦腔定为"军戏"。1560年，秦腔传入广东海陆丰一带，产生了当地的"乱弹班"。1644年，秦腔传入湖北襄阳一带，演变成"西皮"。同时，秦腔也传入江西、安徽、河南、湖南、四川，于是有了枞阳腔等。乾隆年间，秦腔著名花旦魏长生进京演出，更让秦腔滋润了京剧，于是有了梆子腔。

秦腔是中国戏曲的一方鼻祖，是梆子声腔之根。鲁迅先生早年"是极力反对戏曲的"，戏曲在先生眼中是旧文化，是糟粕。他在上海接待萧伯纳时，以遇到京剧大师梅兰芳而感"掉价"。可是1924年7月他在西安讲学时，竟到易俗社看戏5场，而且看得异常兴奋，不时说好，并给易俗社题写了"古调独弹"的匾额。一个新文化运动的先驱对秦腔却这般喜爱，除先生有秦人身上爱憎分明的性格外，与秦腔剧惩恶扬善的火药味显然分不开。因为先生是主张复仇的，是至死不肯饶人的，而秦腔以大团圆为结局，让先生看到了复仇的火焰、复仇的圆梦。秦腔剧中闪动着先生《铸剑》中的一个个黑衣人，秦腔有铁的味道；先生有铁的味道，先生从秦腔中嗅到了自己的味道。

## 五

秦腔传统戏有《三滴血》《周仁回府》《铡美案》，现代戏有《还我河山》《血泪仇》《西安事变》《郭秀明》。但不少戏也渗透着愚忠、迷信、怪异、荒诞的色彩。特别是接地气、写时代、绘世象的新戏十分稀罕，在与电视剧较量中已败下阵来。秦腔已成为老年人的"专利品"，而手机一族听戏像听天书一样。常见戏楼下看戏者是上了年纪的白发人，也常见演戏的比看戏的还多，更惨不忍睹的是县剧团的名演员或站在红白喜事场所搭班，或立于庙会上赶场。如今的戏楼，利用率极低，麻雀筑巢，农民晒粮，艳舞兴盛，传销聚会，秦腔像纸质媒体遇到网络挑战一样风光不再。京剧虽是国粹，秦腔却是国宝，而戏楼就是秦腔的亮宝台。漫步西秦大地，古戏楼已少得可怜，屈指可数：岐山北庄村有一古戏楼，渭滨益门堡村有一古戏楼，扶风城隍庙有一古戏楼，岐山周公庙有一古戏楼……保护古戏楼无异于保护我们的秦人血脉！1938年，徐慕云先生在编写《中国戏剧史》时曾预言："秦腔能认真负起移风易俗、发聩振聋之历史使命，秦腔终有弥漫全国之一日！"秦腔是戏剧界的秦始皇，戏楼是剧坛的兵马俑！我在想，没有了秦腔，秦人还是秦人吗？秦人没腔了咋办哩？

# 祠　堂

　　金台区的葛河村紧挨着贾村塬，黄中泛白的条条上塬小路，与穿村而过泛着金光的金陵河，像数条彩带缠绕着村子。一个星期天的上午，我在这里散步时，无意中发现了一座古色古香的建筑，背依平台，龙脊青瓦，粗粗的廊柱，红红的门窗。我以为是盖什么庙，走进去一看，一头发稀少的中年人正蹲在大梁上描龙绘凤，四壁已画满了古装戏上的人。我说能画庙手艺一定不错，那中年人却说是画先人呢！原来是画祠堂呢！问及祖上出过什么大人物，他回答道："明代时出过个大将军，保驾朱元璋有功！"我细看一面墙壁，上面是宝塔状的人名，葛家爷爷的爷爷、奶奶的奶奶都记载得一清二楚。这虽是一座只有三间大的仿古祠堂，却像一根火柴似的点燃了我记忆深处的老祠堂。

　　我幼年时，乡村早就没了族长的影子，我哪知道祠堂是安顿先人灵魂的圣殿，是珍藏家族脉气的宝匣，是倾诉心愿祈求福禄的密室。要说对祠堂的记忆，最多的却是一肚子的疑团。

我怀疑祖先是猿猴变的，猿猴怎能变成人？那猪羊骡马怎么就不能变成人？最早的祖先是谁？他们也吃的是臊子面吗？他们怎么知道臊子面要放葱花韭菜萝卜木耳黄花菜呢？先人为何不住在鱼虾蹦跳的海边，却住在远离城市缺这缺那的荒山下？每当我冻得嘴脸乌青、饿得头昏眼花，却看见祠堂先人轴子上的先人坐在阔气的厦房下，一身绫罗绸缎、珠光宝气，大方桌上摆满了果蔬美食、诗书画卷，还有闪闪发光的金锞银锞，两旁还站立着侍奉丫鬟，几盆鲜艳的牡丹花或含苞或怒放，心里就更多了七分委屈三分抱怨。唉！要是我生在我先人那时光，爷爷奶奶肯定也让我穿金戴银、吃饱喝足的！农村孩子，都是在无数次跟着大人给祠堂叩头烧香中长大的。老人哄娃娃说，要做乖娃、要学勤快、要好好念书，千万不要说谎、不要偷懒、不要走歪门邪道，你做啥事老先人都知道；老先人喜欢老实娃，总在暗地里给老实娃指路；要榜上有名，要走州过县，就得恭恭敬敬先人。于是，我叩头时比伙伴们叩得响，献礼时比伙伴们拿得多，平时我也爱在画得花里胡哨、盖得飞檐斗拱的老祠堂转悠，我要让老先人记住我，千万不要把我与狗蛋、六喜、科娃、引弟他们搞混了。

　　然而，祠堂的学问却远不止这些朴素的感情与肤浅的概念，起初我以为它只是乡风民俗，甚至是装神弄鬼，哪懂得它的学问贯穿着整个人类社会，充满了"内用黄老，外示儒术"的社会治理理念。它不仅仅是一处供烧香叩头的建筑，它从里到外联结着整个社会。周人在它里面找到了"礼"的精华，懂得了

祠堂是先人灵魂的圣殿

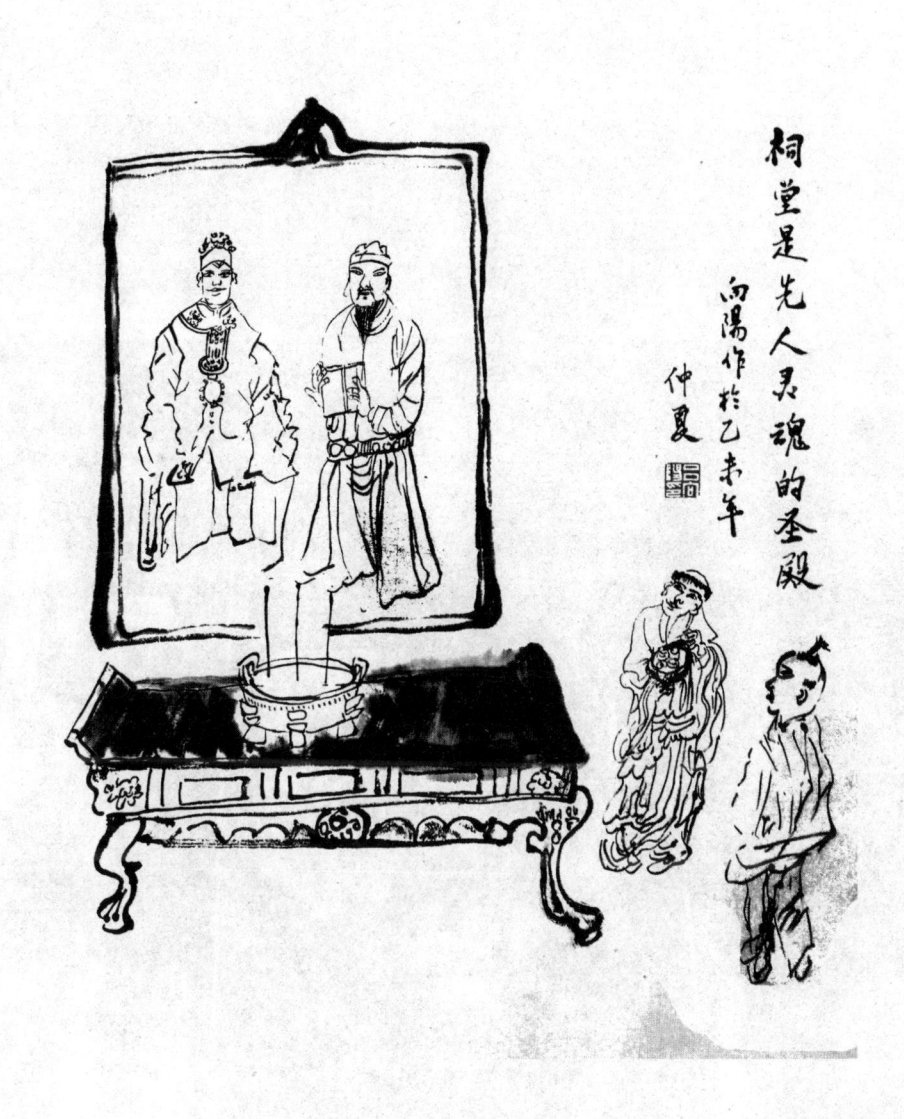

向阳作于乙未年仲夏

張載祠

二銘如揭祖豆能注關范功

三代可其...

眉縣橫渠鎮張載祠

少数人如何统治多数人从而实现长治久安的奥秘；孔夫子在它里面找到了"仁"的本原，懂得了它影响着人们的道德素质、风俗习惯以及对整个民族有着巨大的凝聚力；秦人在它里面找到了"勇"的砝码，懂得了刚直威猛才能横扫六国。司马迁感觉祠堂的意义与范畴太大太深，一时半会儿无法说清它的丰富文化内涵，于是以一部巨著《史记》为之树碑立传。我不知道西方是否也有宗祠，但革命导师马克思正是从宗祠、族长、公共财产、赋税差役这些司空见惯的枝节，从《资本论》到《共产党宣言》，逐步构建起了以"阶级斗争"为核心的理论大厦，从而描绘了一个崭新的时代，它因此也走进了毛泽东的《湖南农民运动考察报告》。伟人在文章中把它的代言人——族长的族权，与政权、神权、夫权一起列为全部的封建宗法制度，并尖刻地批评它们"是束缚中国人民特别是农民的四条极大的绳索"。巨人围绕祠堂在战斗，文豪也不甘寂寞，郭沫若著有《中国古代社会研究》，主编《中国史稿》，以大量笔墨对宗族势力抽丝剥茧，回答着来龙去脉；鲁迅则以《祝福》《药》《孔乙己》《阿Q正传》等，斥责封建制度是"吃人的礼教"。而我与我的父老乡亲，绝不知道各式各样的祠堂有这么大的来头，它的角角落落、里里外外竟是哲人们竞相争鸣的战场，那些泥巴塑造、颜料勾画的祖先肖像，那些生前一文不名、艰难困苦的祖先，怎么就属于文绉绉、怯生生的"上层建筑"呢！若是谁说谁的先人属于"上层建筑"，那一定是让人笑掉大牙的。如此高深的哲学问题，农人显然是琢磨不透的。但有一点必须承认：关中的祠堂虽不比皇宫结实，却比皇宫耐久。一般而论，皇宫被烧了，重建的是另一个朝代；祠堂倒塌了，新建的仍属于家族。只要这个家族还有一个人，劈块板子，写上姓氏，这个人就有了皈依，走到天南地北，也不是孤魂野鬼！

到祠堂去寻根！趁着关中的"上层建筑"还没有消失殆尽，

我应当"抢救性"地为后人留下一个祠堂的模样。

昔日关中乡村，祠堂正中都悬挂着"某家祠堂"的雕漆牌匾，里面是一张两头翘起的供桌，供桌上是一排排按嫡庶、按支系、按辈分罗列的先人名字，五服之外的则笼统以"祖先"而论，祠堂正中悬挂着正襟危坐、栩栩如生的始祖肖像。有讲究的大

金台区葛河村重建的葛家祠堂

族还把先人创业的历程画成精彩故事,有余力的则设法把修好的族谱放在香案上。上香奉献念祷文,当是族长的权力,为先人唱戏、耍社火以及修缮支出,则是族人自愿出资或均摊。婚娶、添丁、亡故以及日常邻里纠纷、田产争讼、违法犯罪的均要到祠堂奉告。祠堂的大门不像庙门经常大开着,只有过年和清明、端午、中秋、冬至才香火缭绕、张灯结彩。当然,逢金榜题名、受封旌表等光宗耀祖的事,少不了要随时锣鼓喧天一番。

国人祭祀先人由来已久,这正是"神不歆非类,民不祀非族"的古训。古时祭祀天地专属天子,祭祀山川则由诸侯大夫,士庶人只能祭祀自己的祖先。《史记·礼书》说:"上事天,下事地,尊先祖而隆君师,是礼之三本也。"而宗祠、家祠最

渭南市韩城市司马迁祠墓

早立于汉代，位于逝者墓旁，也叫墓祠。宋代朱熹出台《家礼》后，才大兴祠堂，将家庙改为祠堂。明嘉靖年间"许民间皆联宗立庙"，于是，每族不论大小，也不分穷富，都大建祠堂。山东曲阜的孔庙、安徽旌德的江氏宗祠、山西代县的杨家祠堂、江苏无锡的过家祠堂甚至湖南韶山的毛家公祠、陕西眉县的张载祠等，皆极为排场考究，是中国祠堂的代表作。祠堂成了光宗耀祖的徽记。姓氏与故里，对国人而言，永远是座斑驳陆离的大迷宫，对祖上的追根溯源，对姓氏的探赜索隐，从人一懂事就挂在嘴上，常常要打破砂锅问到底。祖上是一棵大树，孩童会看自己能长多高；祖上是一口油井，孩童会看自己能否发生井喷；祖上是一座窖藏，孩童会掂量自己是什么宝物；祖上是一面镜子，孩童会看出自己能长成什么样子；祖上是一根脐带，孩童会在亲情温暖下崇德尚礼。他们把先人芝麻大的事都看成英雄事迹，把先人的善德善行夸张成"一千零一夜故事"。先人成了他们的庇护神，他们懂得没有先人就没有他们。先人虽已埋在地下不出气了，但他们是先人的影子、先人的复活。于是大年初一，这个家族的老老少少，都要进祠堂献白馍、献果子、献羊头、献猪头、献美酒，击锣敲钹，三拜九叩，族长重申家规家法、族训族约，神圣的灵光四处弥漫，先人的灵魂立马钻进后人的血脉中。家境贫穷的孩童面对先人，会庄严宣誓：一定要发愤图强，活出个人模样，为祖上争口气。而更多的族人，眼中流露出丝丝惶恐，希望先人保佑平安健康、风调雨顺、五谷丰登、人丁兴旺。族人也消除了隔膜，捆绑得更结实牢固了；

也没有了是非曲直，与同族不论哪个人过不去就是与自己过不去，本族中不论谁的仇人都是自己的仇人；一个家族成了一张脸，说话成了一口腔，吹号成了一个调。就是面和心不和，遇事也要看祖先的面子，看族人的面子。乡村的话语权就看族强族弱、族富族穷。族大的就是老虎，族小的就是绵羊。同一族的人在繁衍生息中流落他乡，也要辗转寻根祭祖。岐山蒲村乡有个村子叫鲁家庄，庄内有一孙姓家族，几户人家遇难扎寨青化乡，分支出另一个孙家村，同根同族使青化孙氏人家大年初一必来拜祖。四十多里路程，顾不上喝口水，赶到时已是晌午。族长常埋怨拜祖错过了良辰。青化孙家人就想出良策，于某年的大年三十偷偷牵着牛来到鲁家庄孙族祠堂，说是提前来虔诚祭祖，结果到半夜三更时分，偷出"先人案"用牛驮回自家村上，独自供奉。这种用牛驮走"先人案"的事，曾发生过不少，也往往是怎么要也要不回的。"先人案"是不能用人背的，也不能用马拉，用牛驮寓意先人是很牛的，后人会像牛毛一样密密匝匝、红红火火。

祠堂是族长惩恶扬善、施行族法的"乡村法庭"，是宣讲圣谕、劝世勉励的"道德讲堂"。族长往往是一个族中德高望重、说一不二的领袖。他们按照传统伦理给每个族人打分，也把族法的鞭子抽向每个族人，把礼治与法治请在祠堂中，族约、家规训词大都提倡"孝顺父母，尊敬长上，和睦乡里，教训子孙，各安生理，毋作非为"。有些族规对越轨者处罚甚严："不孝不悌者，众执于祠，切责之，痛治之。"有些族约规定："本

韩城市司马迁祠墓

支子孙有作过者，有败俗者，有婚姻不计良贱者，有鬻谱牒者，有弃卖坟墓者，俱以不孝论，并鸣众，揭谱除名。"有些族长一怒之下，除罚站、罚跪、鞭笞、拷打外，也会制造把人活活吊死或打死的惨剧。扶风县法门镇有一个村子，在清末年间出了个秀才，在妓院中结识一风尘女子，欲娶为媳妇，族长窥知后，竟将秀才绑在祠堂木柱上，让众人鞭打棍击，以致秀才傍晚时竟咽气身亡。被关中人骂作"羞先人""丧德"者，是不能进祠堂祭祖的。祠堂是乡间的法庭，族长就是法官，族规就是法律，这里没有律师，也不容辩解，族长说对就对，说错就错，说打说罚都由他。中国封建社会根深蒂固，祠堂在某种程度上就是基础，就是根须。"听话循规"也就成了乡间人教育孩子的座右铭。人都怕愧对祖上，不能进祠堂；不要说造反，就是顶撞长者也要被细细的族规训诫成缩头乌龟。祠堂是维持乡间秩序的皮鞭，也是反对革新的道袍。每年初一的大祭祖，有做错事者，都要受到族长点名训斥，这无异于面子扫地、尊严丧尽。所以，平素祠堂是威严高大的，族长也是威严高大的。

祠堂是族人的旗帜和纽带，先人就是本族的宗教领袖，而本族就是一个堡垒，一个团体。族与族之间常常为了利益争执，发生械斗，如果谁被打死了，会在族人中无上光荣。平时，一个族大大小小的人会受到宗族的保护。小孩一出生，就在宗族圈子中成长，大人爱谁他就爱谁，大人与谁有仇他就与谁有仇。一些族与另一些族有仇，其子女是不能通婚的，而且通婚要讲名门望族，讲门当户对。春节期间的一些宗族活动，如迎神赛会、演戏等，更让族人有了自豪感、荣耀感。族人去世，全族人要打墓抬棺；族人结婚，全族人要帮忙贺喜。遇有红白喜事、盖房打墙之事，族人都要放下家中事出劳相助。在农耕时代，宗族是互依互存、互帮互衬的合作社，在迎击外来欺侮、土匪骚扰上，更显示出"全民皆兵"的威力。

关中祠堂，大都于"文革"中被毁坏，有些做了仓库，有些做了校舍。不少人不知三代以上的祖先。祖母在世时，我曾问到我的爸爷（曾祖父）是何等人，祖母说："他是个医生，也是个善人，一生救过好多穷人的命。"祖母还说："我一到你吕家，一天要做十几次饭，都是做给要饭的。我一生谁都不服，就服你爸爷。你们兄弟三个能端上公家饭碗，能在外面干点事，不是你们本事有多大，是你们先人积下了德。"据村上上了年纪的人回忆，我的曾祖父吕万通，有练丹绝技，把药装在钵中埋入地下，用木炭烧一天一夜，药味几十里远都能闻见，开炉时全村会落下一层蚊子。此药叫"九转还阳丹"，可根治不少顽疾，在没有青霉素的年代，有神奇功效。有一年，他在路上遇到一逃荒要饭、奄奄一息的川人，背回家后服侍了半年，川人大病痊愈，走时用此药方答谢救命之恩，曾祖父也学会了炼丹术。幼时我在家中的"先人案"上见过曾祖父的名字，"破四旧"时家人用此案做了头门。我知道，曾祖父在庇护着他的子子孙孙，子孙们更应眷念穷人，多做善事。因为"人做好事，好事等人"。大人说，过去有威望的族长比县长忙碌，自己就是言行一致的"人样子"，族里出了偷鸡摸狗、不守规矩的败类，除了按族规处罚，族长还要在祠堂下跪几天几夜反省赎罪，吓得当事人一家陪跪不说，还要搬出年事已高的长者求情。所以，乡村很少有什么乡匪村霸之类的害群之马，县长老爷自然是无为而治坐享清福。

祠堂的消失，无疑是中国乡间政治进步、文明开化的结果。但乡间也出现了教化缺失、传统丧失、伦理颓废的一面。乡间赌博成风，二毛子横行，老人被子女当成累赘无人赡养，麻眉婆娘更是无人调教，只觉得"风俗人心堕落迅速"，要是有个族长管管事，要是有个祠堂罚罚跪，或许一切会变得好些。著名史学家吕思勉先生在《入近世期以前中国的情形》一文中说："县既是古代的一国，县令即等于国君，是不能直接办事的，只能指挥监督其下。真正周详纤悉的民政,是要靠乡镇以下的自治机关举行的。此等机关,实即周时的比长、闾胥、族师、党正、州长、乡大夫等职;汉世的三老、啬夫、游徼,尚有相当的权力,而位置亦颇高。魏晋以后,自治废弛,此等乡职,非为官吏所诛求压迫,等于厮役,即为土豪劣绅所盘踞,借以虐民,民政乃无不废弛。"这也说明,乡村治理是国家社会治理的基础,乡村没有敢于担当的管事人,歪风邪气必然泛滥成灾,脱贫致富也不得安宁。

　　乡村是育人的摇篮,是风气的产床。尽管乡下人往城里跑,但乡村仍是我们脱不掉的螺壳、甩不掉的影子。我想祠堂倒了,魂灵不能丢;族长走了,乡风不能败,我们一定有办法治理好村子、寨子、堡子!

# 油　坊

　　点灯没油，千村长夜难明；上锅没油，万家满面菜色；膏车没油，战车轴折辕断；造船没油，舟船见水倾覆。缺油的饭菜清汤寡味，缺油的堡子死气沉沉，缺油的三军腰长腿短。锅里漂油花，男人的胡须比韭菜长得快，女人的腰身比棉花软，娃娃的脸蛋比桃花嫩，战士的劲头比牛犊猛，连荤腥不沾的和尚道士也红光满面。有了油，盐就分外香，亲戚就格外亲，媳妇回娘家时脚下也是一阵风。有了油，宫廷厨师的手艺就能招来龙引来凤，帝王将相、才子佳人才有了酒足饭饱、油头粉面、油嘴滑舌、富贵荣华。要是某家红白喜事待客没油水，即使响再多的鞭炮，请再大的戏班，也要被人骂作"呼隆大，白雨小，干吱哇"。然而，若问今天城里孩子油从哪里来，十个里有九个肯定说来自超市，剩下一个说来自油菜呀、花生呀、玉米呀……再问下去，恐怕连大人也不知老先人几千年吃的用的油，都是从老油坊压榨出来的，至于压榨的方法、器具，则鲜有人能够说出个五门六亲来。

老油坊榨出的油香喷喷
清汪汪金灿灿榨油人的油
也會被榨干

向陽作於乙未年仲夏

曾经润滑了中华几千年的老油坊倒塌了，大关中只留下礼泉袁家村、扶风关中风情园几处新造的老式榨油床子，像出土的恐龙骨架摆着样子。我四处打探老油坊，寻找油坊大把式二把式，终于打听到一位风烛残年的八十多岁的老翁，他十多岁就泡在油坊，没等掌握全部技艺，油坊就被机械化一脚踢得半身不遂。提起油坊，老人火气不打一处来："别提老油坊，那不是人干的活儿，我这辈子也差点被那牛马都出不上力的榨油床子榨干了老骨头！唉！不过现在的油，吃到口里呛喉咙，咽下肚子生臭屁，不晓得哪个天杀的胡日鬼在作孽！"

乙未年头伏的一天，我回乡探亲，不知不觉来到曾经年年飘着香气令人难以忘怀的老油坊，昔日神秘而热闹的窑洞已经坍塌了，一搂抱不住的油梁也不见了踪影，无主的刺槐与构树叶片的拍手声，替代了油老大的斥喝声、拉下手的号子声，村子排出的污水在这里窃笑着，散发着刺鼻的味道。油坊倒塌了，农民老喊叫鼻子失灵舌头失灵，昔日甜香的油条、油饼、油糕，吃到嘴里的后味像吃了泥土一样怄人。油坊，我魂牵梦绕的油坊，就这样被从这个世界上抹去了。而要闻到油坊的特有香气，只能是梦境中的事了。

我的家乡位于西周京城的当中（也就是中心），在京当镇政府东南方位，有条像黑狗吐出的垂涎欲滴的长舌头一样的浅浅沟壕。二十世纪六七十年代，沟壕内曾是"聚宝盆"：农械厂、棉花加工厂、老油坊等"大中型企业"依次摆在这里，把十几孔窑洞塞得满当当的，这就是公社时期从小到大的家底，也是全乡人"实现农业机械化"的梦想和希望所在。镰刀、锄镢、牛铃、铁绳出自农械厂，农械厂终日叮叮咣咣，像与时光吵架拌嘴不知歇息的泼妇。棉花加工厂机器破旧，嘎吱嘎吱似喜鹊在呼朋唤友，捆扎得像军人背包一般齐整的棉花包，如卷成的雪团、铸就的银锭，被马车、架子车运往纺织厂；油坊不时传出石锤砸击油坨的咚咚声和油梁用力榨油的咯吧声，酽酽的、浓浓的

宝鸡市岐山县枣林镇范家塬村中的老油坊里油坊工人在榨油

菜油香，熏得村民像馋嘴猫一样惺眼迷离昏昏欲睡。而不劳而获、油光发亮的老鼠，是油坊最忠实的常客，夜深人静时钻进油坊，个个喝得像个油葫芦；窑洞下时常站满了一群群想给黑馍上蘸几滴油、偷几片油渣解解馋过过瘾的孩子，为了吸几口油香，蹭几点油星，他们整个冬天都在油坊前后扎堆踅摸着，而忘了自己鼻子上总挂着两溜碍眼的鼻涕。农械厂是勤劳人常去的地方，棉花加工厂自然是女人们常去的地方，而油坊是"馋嘴懒身子们"常去的地方，村里人把有事没事去油坊遛的人叫作"黑狗迷住了油罐子"。

关中老油坊榨出的油金灿灿、清汪汪、香喷喷，泼出的辣子能勾魂，炸出的豆腐赛金砖，炒出的肉片泛银光。有了老油坊，老井清冽甘甜，砖茶回味悠长。没有了老油坊，油变得像掺了水的酒，加工出的食物一股子馊味，人都像隔了奶、离了娘、丢了魂一样坐卧不安。当一斤油比有的瓶装矿泉水还便宜，当油从润滑剂变成增肥剂，膘肥肚圆的我们，就长不出像犍牛一样一身的疙瘩肉，就缺了像虎狼一样的勇猛，记性也越来越差，比如淡忘了油类作物亩产量最低，淡忘了种地人黑水汗流，没有假日没有补贴也听不到"同志们辛苦了"的问候。缺油的日子干巴巴，把油当水一样挥霍的日子必然黏糊糊——脑满肠肥，这似乎是"三农"问题年年狠抓、猛攻，年年老牛拉破车的一大根源。而油坊的倒闭不仅葬送了先人最好的独门绝技，而且酿制了"食无味"的永恒悲剧。老味道是人类最顽固的基因，新中国成立后培育成功的杂交油菜，百姓们就敏感地反映说它没有老油菜香。后来大面积种棉花，人们多吃棉籽油，就更嚷嚷着油不香。没有了老味道，作家的小说就信马由缰胡乱颠倒，诗人笔下的诗行净吆喝些失恋失眠单相思，而我的乡愁，多少也是变味变质变色的。

关中的老油坊是中华民族顺应自然、改造自然的杰作之一，是与治水、草药、纺织、冶铁、造车、火药、开凿盐井等一起载入中国科技史的伟大科技发明。以谷物为主食的华夏民族，之所以人口繁盛，与发现、种植油类作物和压榨、食用油品关系密切。中国种植油菜的历史久远，考古学家从西安半坡遗址挖掘出的陶罐中，发现了一撮炭化的芥菜籽，这说明至少六千年前，先人们就种油菜，并开始用菜籽提取油料。夏代的历书《夏小正》曰："正月采芸，二月荣芸。"芸就是今天的油菜；《吕氏春秋》曰："菜之美者，阳华之芸。"油菜伴随着我们的祖先一起成长，也滋润着我们的祖先体壮力大。翻检古籍，油菜的别名不下二十种：青芥、紫芥、白芥、南芥、旋芥、花芥、石芥……这亦说明，我国是油菜的发源地和最早种植国与加工国，如今中国油菜产量占全球三分之一，也充分说明祖先的智慧与远见。

油脂油膏是养生的精灵。人类从一诞生，就尝试用各种办法提取膏油补充能量。牛、羊、猪、虎、豹、狼身上可提取脂膏，而油菜籽、芝麻、花生、核桃、大豆甚至柏籽、油茶籽皆为榨油的主要原料。油缸养育、滋润了国人，油菜花也点燃了诗人的灵感。温庭筠有诗曰："东郊和气新，芳霭远如尘。客舍停疲马，僧墙画故人。沃田桑景晚，平野菜花春……"杨万里有诗曰："篱落疏疏一径深，树头花落未成阴。儿童急走追黄蝶，飞入菜花无处寻。"乾隆有诗曰："黄萼裳裳绿叶稠，千村欣卜榨新油。爱他生计资民用，不是闲花野草流。"黄灿灿的油菜花与黄种人肤色一致，先祖们是否从色泽上悟到：此籽补气补血，良种也。国人善良，在吃上以五谷、蔬菜、植物油为主；欧美人种则是肉食动物，机警而狡黠。没有油物，国人体质将何等差矣，甚至连纺车轮子、大车轱辘也早就转不动了，舟船也因木板缝隙漏水无法远航。

　　关中是油菜花盛开的沃土，也是击撞发明之火的火石。榨油术至少可追溯到西周。相传文王治理西岐时，公侯成、公侯功兄弟俩发明了榨油法，开了个油坊。文王闻讯，便给其封采邑在今扶风县天度镇丰邑村一带，专门从事榨油。可惜历代史学家、文学家竟少有人为之纪事绘图。到了明代，科学家宋应星一部《天工开物》，才弥补了这一缺憾，书中虽多取中原之称谓，多载南方之技巧，但总体来说还是承袭古法的。该篇从总论、油品、法具等章节，记述了这一历史悠久、精微至极的科技成果。他在总论中说："草木之实，其中蕴藏膏液，而不能自流。假媒水火，凭借木石，而后倾注而出焉，此人巧聪明，不知于何禀度也。"介绍油品说："凡油供馔食用者，胡麻（一名脂麻）、莱菔子、黄豆、菘菜子（一名白菜）为上。""燃灯则柏仁内水油为上。芸薹次之，亚麻子（陕西所种，俗称壁虱脂麻，气恶不堪食）次之。""莱菔子每石得油二十七斤（甘美异常，益人五脏）。"

记述法具说:"凡取油,榨法而外,有两镬煮取法,以治蓖麻与苏麻。北京有磨法,朝鲜有舂法,以治胡麻。""凡榨,木巨者围必合抱。""撞木与受撞之尖,皆以铁圈裹首,惧披散也。""榨具已整理,则取诸麻菜子入釜,文火慢炒,透出香气,然后碾碎受蒸。"宋应星叹息,人们东奔西走,依靠的是车和船,假若没有榨油法,就好比婴儿没有奶吃一样。

合上《天工开物》,我隐约回想起儿时乡间设在深窑或大房中的油坊,可惜已无法完整无缺地说清它的原貌。油坊榨油的上百件器具,本来缺一不可,各有各的用场,可我只记得概略。乡里有个谜语,是专门说油坊榨油的辛苦的:远看一头象,近看一堵墙,用力撞一撞,胯里似汪洋——问是干啥的?原是榨油郎!油坊窑洞深二十多米,大房五开间,长十五六米,周围一搂还抱不住的油梁,是油坊最显眼的器物。油梁是无节无疤的巨木,像故宫大殿上的通天柱。老人说,油梁以樟木、檀木为上,但价钱金贵且不说,仅长途搬运就愁得庄稼汉挠破脑壳,所以只好用秦岭西山的松木、楸木替代。寻找合抱之木,得求山里的"钻山豹";砍伐合抱之木,得请川里的"巧木匠";而要把巨木运出来,须翻山越岭顺溪水,找山向,有的还要趁着结冰溜冰槽,再用几辆马车同时拉,最后上百号人喊着号子抬进油坊,其难度无异于蚂蚁搬山。两根碌碡粗的木梁重约三千斤,壮汉们费尽吃奶的劲儿立起巨木,用方方正正、层层叠叠的青石条把油梁夹在中间,大梁上半截压的石头叫坐山石,下半截压的石头叫砝码石,再用碾盘大的碌碡做支点放上油梁。

宝鸡市岐山县枣林镇范家塬村中的老油坊灯光昏暗，一切用的是传统榨油法

两柱的上面是方孔，用于加进枣木楔子给油梁加压。油梁的细端用绞车操纵，在窑顶或房顶架起辘轳一样的天轮，在地上支起水车一样的地轮，天轮的绳子勾引着大梁，多像大船上调风帆、把方向的桅篷，蓦然一看，油坊仿佛是一艘即将扬帆出海的巨轮。

榨油的原理说起来是杠杆原理，也是秤杆原理，但这套乡间最大的器具，却有许多钩心斗角、四两拨千斤的奥妙。出油的地方外行是看不到的，在大梁的右端下挖个深坑，从两三个铁圈箍成的油渣坨中渗出油，再从油鳖嘴中吐到油缸。榨油的程序有晒料、锅炒、蒸笼、出风、包坨、上梁、压榨等，件件都是技术活、体力活，也是榨油人聪明诚实的良心活。比如炒油菜籽就是绝活，出油多少，关键要看炒得是焦是嫩，火急了皮焦里生，有煳味，火慢了里外俱嫩，出油少。比如蒸料，一定要一鼓作气蒸熟蒸透，若中间停火慢火，出的油颜色发青味道发涩。再比如用八磅锤砸实油坨，是农村最重的体力活，八磅锤一般人挥三五十下便气喘吁吁，而抡大锤的油匠师傅，个个都是一餐吃升半粮的"吃货"，有一身搬倒牛的霸王之力，油香或许就香在这千百次重重击打中。油墩包扎好后，放在油鳖上，大梁开始发力，壮汉往大梁上不断加楔子，加一个楔子，

宝鸡市扶风县关中风情园内的中华第一油梁

油墩就压缩一层，油就像出汗一样往下渗，一会儿汉子们往上提一下铁圈，用粗绳在油墩上缠一圈，一直到油墩成了一个圆鼓，第一道工序就算完成了。再把油墩用八磅锤捣碎填进铁圈内夯实，用大梁重复逼压四五次，耗时一天一夜，直到把油墩"吸干榨净"，成了干酥酥的油渣坨，榨油人才能坐下来长舒一口气。

油坊是榨油的，榨油人的油也会被榨干。无论三伏三九，他们赤着身子，肩膀上搭条毛巾，围在蒸锅旁搅动着，人像刚从洗澡间捞出来一样。在人民公社年代，榨油人都是从壮汉中挑拣出来的。他们一天要挣两个人的工分，额外补助一两毛钱。京当乡油坊有个叫霍德钱的，一米八的个头，抡八磅锤若挥斧头一样轻巧，全公社几万斤油都要从这里榨出，公社的头头儿也十分抬举他，年年将他评为吃苦耐劳的先进。他身上似乎有用不完的气力。可是抡了十二载八磅锤后，终有一天口吐鲜血倒在大梁上。在油坊干活的人不爱吃油，闻惯了油味一吃油就恶心。特别是熏蒸芥菜籽，像烤辣椒一样呛得人直喷眼泪。在油坊干几年，再膘肥体壮的人也都成了"瘦猴"。

油坊在大讲阶级斗争、提倡大公无私的年头，也是最惹事的地方。一般人轻易不敢到油坊串门闲诳，怕背上偷油揩油的罪名被批判。但也有嘴馋者怀揣小瓶，乘人不备灌油就跑，有心机的则啃着冷干馍，装着不小心掉到油缸里，三捞两不捞，便渗走了半两油。所以在油坊干活的，手脚干净才能学艺。当时公社看油坊的叫乔六娃，他因口吃一辈子打着光棍。一些俊俏的婆娘一到吃油时，袖筒中攥着小瓶，站在他面前飞眉抛眼，可他总是说:"去、去、去,离远、远点!"有一次,碰到一鬼大者一见面就说:"乔叔,你娘倒在玉米地了,不知得了啥病?"六娃箭也似的向地里飞去。那个鬼大人除喝了半碗油还拎走了一瓶油。乔六娃被人哄了一回后,再逢有人说"你家里失火了""你家被贼偷了",他就吼道:"放、放、放你的屁、屁、屁……"1973年,关中大旱,麦子歉收,油菜也基本绝收,不少村子每人分不下二两油。一看油坊的老汉半夜让婆娘接应,灌走半斤油,刚到村口,便迎头撞上开完批斗会的民兵,民兵问她半夜干啥哩,她吞吞吐吐,惊慌失色中油瓶从袖筒落地。人赃俱获,这还了得!婆娘吓得回家喝了老鼠药丧命,老汉第二天也跳崖身亡。由于缺油少粮,每到分油时,家家户户喊着:"油葫芦排队,毛主席万岁!"那个时候油分得很少,家家炒菜时用筷子抡几滴,也算是开了荤。家里来了客人,锅底有麻钱大的油,全村人闻见就直翻肠子。分油后,家家第一件事就是炸顿油条吃。有一户短欠户,年年分油排队尾,分的油根子刚遮罐子底,他发下毒誓:"哪天分得三斤油,一定要油摵面,烙油馍,油煮面,油煎荷包蛋!"而谁家打了油罐子,就没了和睦日子。那时上县城看干部,拎一斤油,就是比当今送虫草还要金贵的重礼了。

艰苦创业的年代油尽管少,却很地道。油倒在锅里直冒烟,油香能远飘两三里。据专家化验,老油坊榨出的油含有很多成分,是机械榨不出来的。而昔日老油坊出的油渣,上到西瓜秧,红的黄的沙瓤西瓜甜死人;上到辣椒苗,辣椒歪得像雷神;上到葫芦藤,葫芦长得比斗大。现在的色拉油、玉米油、大豆油,据说过滤了多种有害物质，加进了不少有益的添加剂，样样清亮得像城里的女人。倒在锅里很少冒烟，但硬是没有老油坊出的油那诱人的香味，更有昧良心者用死猫烂狗猪内脏臭泔水加工出地沟油，不知祸害了多少无法鉴别真假的消费者！

　　从缺油盼油到富得流油再到怕油恨油，人们拖着说不清道不明的病身子，开始怀念老油坊的本分与专注。现在所谓的土法榨油，虽然也顶着一个"土"字，却明显缺了先选后筛、先炒后蒸以及冷锤猛击、大梁巨石重压等物理变化、化学变化过程。至于用的什么油料作物，其中掺杂了哪些其他油品，更不得而知。若是老关中还有一处像隆隆吼雷一样的老油坊，别说榨油可发大财，仅申遗卖门票，就门庭若市了！而哪位艺术家能给关中老油坊画一套类似《天工开物》的法具图，或画一幅类似《清明上河图》的画卷，就立下了不世之功，也不用托人情套近乎，作品肯定是要被中国国家博物馆当作珍品收藏的。

# 磨 坊

　　砂石磨子在古代关中叫碨（wèi）子、硙（wèi）子，官民人等吃的面粉，都是磨子磨出来的。磨扇上面一扇像天，下面一扇像地，不消三五十圈，任是五谷杂粮，一如满天下的人，谁也找不到自己原来是个啥模样；磨扇上面一扇是男人，下面一扇是女人，男女阴阳搭配，磨合在一起消磨日子，娃娃就如一堆堆麦麸豆瓣从磨的缝隙流了出来，然后变成了像白馍烧饼面条油饼一样的俊男靓女；磨扇上面一扇也若大山，下面一扇也若大河，山河面对面搅和在一起，才有了平原谷地仙境险境令人向往。磨扇上面一扇上有两孔眼，一眼是太阳，一眼是月亮，磨子转一圈，推磨的人、拉磨的牛就少了一天光阴。磨道永远都是围绕着磨心转，性慢的牛和毛驴、性焦的马和骡子，慢走快走一万年也出不了磨坊。心急吃不了热豆腐，性急的人在磨坊往往让婆娘女子失笑。磨子像劳累的壮汉，总是呼噜呼噜打着匀称而沉重的鼻鼾。农人没有轻松活，哪样活都要凭着耐心使出浑身气力，想吃香的喝辣的，想多看几天人间的花花世事，

只知稻白香馥馥　不知磨面向阳作
乙未年夏

就得从种田推磨子开始，反正神仙上帝不会下来干这种粗陋笨拙的苦差事。几千年来，我们的祖先就这样在田地里拼命，在磨坊里求生。而没有磨坊，我们的牙齿就过早磨秃，肠胃就开始造反。老虎豹子那些凶猛的食肉动物不得长寿，就是失去了利齿，才过早倒毙荒野的。

性急、图省事、快节奏的现代人，像折磨死对头一样糟蹋着良田，像丢弃死长虫一样掀倒了磨坊。面对倒卧沟壑的磨扇，面对正在风化的斗、升子、筛子、箩子、扫帚等磨扇的兄弟姐妹，我常想，我们这个民族都是喝着农人的乳汁长大的，没有农人，高贵的国王会像叫花子一样沿街乞讨，精明的商贩会像流浪狗一样拖着露着肋骨的瘦腰卧病巷口，四体不勤、五谷不分的文人会像托生的饿死鬼一样饥不择食。好在一些有良知的画家，还在笔下为耕牛驮马、养蚕缫丝、凿井榨油、开渠引流这些农耕时代中最直观的图画留着影子，但这些影子很虚幻，好像万般辛苦的农人都在享受着美酒桐琴相伴的田园风光。倒是古代诗人良心未泯，像啼血的"算黄算割"一样给我们留下了许多悯农诗。比如戴叔伦的《女耕田行》，就记载着一对无依无靠的小姐妹耕作的艰难："乳燕入巢笋成竹，谁家二女种新谷。无人无牛不及犁，持刀斫地翻作泥。自言家贫母年老，长兄从军未娶嫂。去年灾疫牛囤空，截绢买刀都市中。头巾掩面畏人识，以刀代牛谁与同？姊妹相携心正苦，不见路人唯见土。疏通畦垄防乱苗，整顿沟塍待时雨。日正南冈下饷归，可怜朝雉扰惊飞。东邻西舍花发尽，共惜余芳泪满衣。"还有生长在关中的白居易，更是以《观刈麦》备述了抢收抢种的狼狈："田家少闲月，五月人倍忙。夜来南风起，小麦覆陇黄。妇姑荷箪食，童稚携壶浆。相随饷田去，丁壮在南冈。足蒸暑土气，背灼炎天光……"而崔道融的《田上》，则以"雨足高田白，披蓑半夜耕。人牛力俱尽，东方殊未明"，画了一幅星光下的《雨后夜耕图》。然而，这些诗只是描绘了农人困苦的一个环节，而要想把麦子豆子磨成面，还有包括磨面、取火、挑水等等从生到熟的复杂过程，更有铁匠木匠笼匠竹匠补锅的錾磑的喂牲口的长长短短的"产业链"。而这些场景，催促着我趁着节假日像着了魔似的去"串乡"，去找回我梦中老关中的模样。

我的这一嗜好，会被城里人冠以"郊游"的美名，但我知道，先人会视为"逛山"，把我斥作"游狗"，好在我听不见先人的骂声，游狗们也名正言顺地升格为"驴友"。农村是我的根，那些与农民生息相关的物件，像锄了长、烧了生的野草一样顽固地扎根在我脑海，所以我串乡总爱捡拾一些土得掉渣的东西回来，像牛笼嘴、马镫子或升子、簸箕、大眼筛子，友人讥笑："又不是捡破烂的，别弄脏我的车。"一次，在西山某村河床边，看到一圆如锅盖、色如雪团的磨扇，便使出牛劲，搬到河中，洗掉泥土，细细端详：这多像一个硕大的镜片，又多像一团美丽的冰雕，周身散放的深棱像有序排列的箭镞，边缘两孔圆眼，像久违的老友好奇地打量着我。我亦知道，它呼噜噜转动了几千年，是有些困了，有些乏了，别吵醒它，让它好好睡吧！我数了数，石匠留在它身上的凿痕不下数百处，它的内面刻满了像长长牙齿的磨棱,上下一合一转,就会把麦子嚼成齑粉。我像打量着一匹退役的战马,眼中充满怜惜和感恩。我知道,在硬若花岗岩的白砂石上,要雕出这样直、这样深的"道道"来,全是石匠手中铁锤与钢錾的功力,使出的柔劲与猛劲,饱蘸的血性与匠心,养家糊口的本能与一展绝技的脾性,决非舞文弄墨者与飞针绣花者所悉知。石匠满脸的石粉、崩入眼睛的沙子、布满双手的伤痕与錾子下的火花,一齐诉说着磨子的来历。

如今,磨扇的作者已化作了一抔黄土,但他却留下了他的绝活。我知道,他的手艺留在了磨扇上,他的魂灵也留在了磨扇上。他或许热情得像錾子下飞溅的火花,或许冰冷得像錾刀下麻木的石头,或许眼若铜铃、瘦如麻秆,或许眼疾手快、壮

兴平市马嵬镇马嵬驿民俗村中珍藏的老磨盘

咸阳市礼泉县烟霞镇袁家村中保存的老磨盘

若犍牛。看一扇石磨,你就能看出石匠的性格,也能看出石匠的年龄。性格急躁的,有一种不同的竖棱,急着赶活,一天就打成了一扇磨。性格缓慢的,有四种不同的竖棱,三四天才打成了一扇磨。年纪小的力气大,雕出的竖棱深;年纪大的力气衰,雕出的竖棱浅。我眼前的这扇石磨,似乎是一个中年石匠錾成的,这正是他錾石磨的黄金期,所以棱深且直,细密光滑。

我央求友人用车拉上这个宝物，他说会压坏车子，说了多少好话，终于如意而归。还有一次，我在扶风法门镇一村口柴火堆中，竟觅到了汉时的一扇石磨，它身上是方格状的浅孔，磨心鼓起，像一坨做好的豆腐。我急忙讨教考古大家罗西章：此磨为何殊异？他回答说："这是西汉时的磨子，人还心智未开，磨出的面粉很粗糙。磨子也经过了多少次革新才成今天的样子。"我将石磨摆在楼下草丛中，物管员几次督促赶快搬走，我只好将收藏的三十多扇石磨拉到乡间一亲戚家，摆在他家门口，如若献给上苍的一块块月饼，也成了村中一景。

　　我之所以钟爱石磨，是因为我的童年是在磨子的轰轰隆隆声中度过的。从断了母乳后，磨子用它磨出的乳汁养育了我。磨子的胃口填不满，却从不吞食粮食；磨子也不用像喂牛喂羊一样，那些"张口货"不仅要吃粮食要吃青草，还要你精心饲养，不小心就翻了白眼，成了"贴赔生意"。磨子对农人最忠诚，从不嫌你穷你富，更不嫌粒饱粒瘪，绝不挑牛慢骡快。磨子盼望自己忙起来、转起来，如果自己歇下来、停下来，庄稼人肯定遭受了饥馑、瘟疫、战乱，甚至会绝门断户。

　　磨子其貌不扬，但磨出的面粉却白如飞雪，一丑一俏，也似乎跟了"丑婆娘生的是漂亮娃"的俗话。白馍馍软、臊子面香，但人在品尝美食时却很少感恩磨子。假若用棒槌在石窝石臼捣麦粒，即使捣上几千遍，也捣不出精细的面粉，也就谈不上食不厌精、脍不厌细，更谈不上钟鸣鼎食、珍馐佳肴了。应该说磨子是人类的第一张嘴巴，磨子嚼过的麦子，我们吃起来才有滋有味。磨子吃不饱，人就断了炊。磨眼是人类生存的出气孔，磨子欢实了人就欢实了，磨子疲沓了人就疲沓了，磨子不转了人就不转了。牛和马是拉磨子的，人也是为上帝推磨子而来的。牛马驴拉磨时要蒙上"暗眼"（两块黑布），人在世上也被上帝蒙上了"暗眼"，另一半就在自己身边却天南地北地找，伸开五指就能明白世间许多道理却漂洋过海地寻！磨子绝不是不会说话的工具，它虽然只有一种闷雷似的声音，却絮叨着石器时代制造工具的艰辛。它像一张老式唱盘，只要你心中"有电有针有转换器"，它就能播放人类初始播种禾麦的原声，应能听到周秦汉唐科技发明的足音。而现在的年轻人，在打问着大米是从哪种树上结出的，麦子又是从什么河里捞出的，根本无心思留意面粉是怎么加工出的，也把扔在乡间的石磨子当成了车轱辘，我想应该留住石磨的呻吟，留住石磨的欢实！

　　留在我记忆深处的磨坊，光线黑咕隆咚，因位于临街的倒厦中，往往不开窗户。两扇石磨支在磨盘上，远看像一面鼓架在那里，上面的那扇石磨侧面有个茶杯口大的圆眼，插上碾棍套上牲畜，磨子就转起来了。麦子倒在磨子上，从两孔磨眼中漏进磨心，被碾压成碎片状，磨子有了填充物，坚硬的磨齿就不会磕碰在一起，张开的细缝流下麸子，落在垫底的青石板磨台上。磨面的婆娘跟在牲畜屁股后，颠着小步从磨台上用簸箕揽上麸子，用细箩粗箩来回筛动，细面粗面从箩底丝眼中淌出，一遍又一遍，一天下来也只能磨两斗（约摸六十斤）麦。婆娘碾面有讲究，给长者、亲戚准备的是细箩箩过的头箩面，百斤麦子只收一二十斤，给自己吃则用的是匀箩子一箩到底的。而留下的麸子越多面越白、越少面越黑，有时人们忍痛割爱，刻意多留些麸子作为家畜的精饲料。长腿子牲口都是馋嘴猫，拉磨时要戴上暗眼，否则不仅会偷吃磨子上的粮食，而且会转晕了头。因而关中人常把人夸赞或人给戴二尺五高帽子叫作"少给我戴暗眼"。

人类何时开始用石磨子磨面，已无从考证。被外国学者称为"中国17世纪的工艺百科全书"的《天工开物》，已将石磨磨面的过程记载得十分详尽："凡小麦既扬之后，以水淘洗尘垢净尽，又复晒干，然后入磨。""凡磨大小无定形，大者用肥健力牛曳转，其牛曳磨时用桐壳掩眸，不然则眩晕。""凡力牛一日攻麦二石，驴半之。人则强者攻三斗，弱者半之。"磨子分为水磨和石磨，"凡磨石有两种，面品由石而分。江南少粹白上面者，以石怀沙滓，相磨发烧，则其麸并破，故黑纇（lèi）掺和面中，无从罗去也。江北石性冷腻，而产于池郡之九华山者美更甚。凡江南磨二十日即断齿，江北者经半载方断"。不独国人在记载磨子，连马克思也高度评价磨子的发明和应用，歌颂其为"一切机器的原始形式"，为"女奴隶的解放者和黄金时代的重建者"；列宁更是盛赞其"具有工厂的性质"。伟人器重石磨，艺术家更借重石磨磨出不朽名篇。左拉的《磨坊之役》，磨出了普通人的英雄主义凯歌；巴兹·鲁赫曼执导的电影《红磨坊》，磨出了经典爱情故事；而莫言笔下的磨坊，则磨出了穷困年代的呐喊。位于巴黎蒙马特高地的歌舞厅——红磨坊，则成为与香榭丽舍大道的丽都一样蜚声世界的旅游景点。

近日翻检梁中效先生的《唐代的碾硙业》，更让我拍案称奇，大长见识。原来在唐代，就破天荒地有了"硙户""磨家"。当时的长安，人口逾百万，日耗麦六千斛，而位于郑、白二渠上的一百所水磨作坊，可日磨麦六千斛。唐代还专门设立了管理"磨家"的"甄官署"。不仅僧侣地主染指碾硙业，贵族官僚也垄断碾硙业，"京城邸第，田园水硙，利尽上腴"说的是宰相李林甫的家业。而大多手工业者用畜力碾硙。《太平广记》有"鬼推磨"的故事："新鬼往入大墟东头，有一家奉佛精进，屋西厢有磨，鬼就推此磨，如人推法。"李肇的《唐国史补》中，又记载了一窦氏磨家投机取巧，用"常麦"冒充"白麦"大获其利之事。唐代的兴盛，也是磨坊磨出来的，有了磨坊，西域胡商在长安城兴贩贸易，日本僧人在此潜心研经，波斯美女在此一展歌喉；有了磨坊，长安的夜市灯火不绝，四方奇珍，皆所聚集；有了磨坊，长安才成为丝绸之路的起点，各色人种至少不为所携干粮发愁。磨坊的"呼噜声"，当是长安城的平安曲、喜鹊鸣。

关中是最早培育良种麦子的沃土。自国人种植麦子，如若有雨就有了雨伞，有路就有了大车，磨坊就应运而生。国人种植小麦始于四千年前，周时人们已加工出麦粉。所以《礼记》云："孟夏之月，农乃登麦，天子乃以彘尝麦，先荐寝庙。"秦汉时得以广种，大量垦荒使"豺狼所居，狐狸所号"之荒野成了麦田，亩产麦多达三百七十斤。后来，小麦有了白麦、紫

兴平市马嵬镇马嵬驿民俗村中弃之不用的老磨盘

麦,而紫麦由于筋丝大、耐贮存为上等麦。西晋时,"重罗之面,尘飞雪白"。有了磨子磨出的细面,关中人才有了一筷子挑不到头的金丝面、裤带面、香股面、臊子面,关中人也才有了锅盔、献祭、油旋馍……

我记得幼时村子有磨坊十多处,村人把磨面叫作"打磨子"。母亲常常在半夜鸡叫时分,牵上牛套上磨,磨百十斤麦要磨到第二天太阳落山,脸上和头发上像落了一层雪,其辛苦状态不用多说。我们村公用石磨上有一摊擦不掉的血痕,听老人说,是民国年间一个叫旦旦的新媳妇,因遇见土匪捆绑,一头撞到石磨上洒下的。那个时候,土匪成群,也常盯谁家新媳妇乖巧漂亮。旦旦被盯上的那天,她打磨子起得很早,三个土匪一下子抱住了她，她便一头撞向石磨，顷刻断气，死时年龄只有十八岁。村上老者常说，年轻女性死了煞气大，月下常见旦旦坐在石磨上绣花，于是吓得娃娃们晚上不敢在石磨旁玩耍。村上的公磨特别大、特别厚，在翠翠她婆进门的厦房下。翠翠她婆爱打扮，头发油光发亮，说话细细的、柔柔的，磨子一响，听起来十分吃力。她站在磨坊下，不时用手刨着头发，生怕落下面粉。六爷和六婆家娃娃多，为多挣工分，村上近百头牛所吃的饲料就全靠老两口打磨子供给。在我记忆之中，他们两口子晴天雨天、冬天夏天都在磨坊，好像来到世上是专门磨面的。套磨的三头驴不堪重负挣死了，六婆六爷也油尽灯灭丢下石磨上西天享福去了。六婆有着菩萨心肠，一要饭的甘肃人跑到磨坊，抓起半生半熟的玉米往嘴里塞，直塞得翻起白眼，还抓起一把玉米往口袋装。六婆说，你这饿死鬼，千万不敢喝水，要不就胀死了，说罢给他装了两碗玉米，要饭的跪在地上磕头作揖，念叨着"活菩萨"，从此六婆就有了"活菩萨"的雅号。

二十世纪七十年代初，村上拉上电后很快用上了电磨子。电磨子咣咣咣叫着，石磨子便没了用场。但村上的老人偶尔在石磨子上磨糁子，磨出的糁子格外香甜。后来，小脚老婆相继离世，再也没人用石磨子了。磨坊从此消失了，磨扇成了碍事碍眼的绊脚石被弃于沟壑。到了改革开放时期，面粉厂的大型磨面机登场，一流全自动控制，磨出的富强粉比塞北雪还要白，可蒸馍煮面就是味道差筋丝少贮存时间短。听人说，面粉厂一年要用不少滑石粉，还要用不少添加剂，结果不少面粉成了名副其实的毒面粉，于是人们在慌作一团地说"面粉越白，日鬼越多"的同时，又留恋起了磨坊，说石磨磨面是辛苦了些，磨出的面却让人吃得放心，因而不少人长途跋涉跑回老家专门弄黑面吃。

倒卧在泥草中、涝池边的石磨扇，是国人吃苦耐劳的功劳簿、将心比心的纪念册。值得欣喜的是，关中涌现了不少收购收藏农村石器包括磨扇的商家，著名的美术学府——西安美术学院也把数百样形态的磨扇用来铺垫装饰人行道，这些"贼跑了关门""牛丢了寻橛"的做派，也算是对磨坊功德的一点记忆吧！不仅如此，民间许多有关磨坊的歇后语，依然生动地传唱着磨坊专有的文化音符：驴子赶到磨道里——不转也得转；驴子拉磨——跑不出这个圈；驴拉磨牛耕田——各干各的活，各走各的路；瞎驴拉磨——瞎转圈；磨道驴断了套——空转一圈；懒驴拉磨——打一鞭子走一步；黄鼠狼进磨坊——硬充大尾巴驴……

"磨"字缺了石头，念作麻痹大意的"麻"；"碨"字缺了石头，念作畏首畏尾的"畏"；"硙"字缺了石头，念作岂有此理的"岂"。缺了磨刀石，刀子钝得如门槛；缺了铺路石，车子颠得要散架；缺了门墩石，门楼轻得怕风吹。石头是大山派出的使者，使者最大的本领就是不辱使命。但愿我们"饭来张口，衣来伸手"的下一代，在敬重我们民族的奋斗史上多一分清醒与自信，多一分吃苦与顽强，像石头一样担当与坚韧，这，或许是对磨坊最好的纪念。

# 庙 会

  担上挑着凉粉，车上拉着箱柜，车辕上坐着小脚老太婆，篮里装着香蜡，手上牵着牛羊，怀里抱着吃奶的娃。人挨着人，猪拱着猪，乡间路上胶轮车、架子车、硬轱辘车、地老鼠车，车水马龙，尘土飞扬……

  外地人一看到这景致会心跳加快：是大水来了躲水荒吗？是要地震了逃难搬家吗？可是，行人却穿戴一新，有说有笑，脚步悠闲自在，偶尔壮汉吼几声秦腔，更像叫驴的叫声一样粗野无边，惹得乡邻捂着耳朵说，"铲锅伐锯驴叫唤，炭渣窝里磨铁锨"，这四难听你占全了！

  几条路最终汇成了一条路，几万人最终走到了一个镇，这里正举办城隍庙会！彩绘一新的城隍爷气宇轩昂，骨碌着眼睛，微张着嘴巴，这个旱时降雨、涝时放晴，掌管冥间吃喝拉撒、投胎转世，左右阳间因果报应、改名换姓的"伯爵""侯爵"，正受到万人膜拜。烧香的、献果的、许愿的、还愿的，乡间人用最虔诚的心，一心一意给城隍爷"把事要过好"！

廟會讓各路神仙輪流出庄

向陽作於乙未年初秋

乡间有天神地神、雷神财神，有菩萨有王母，有周公有诸葛，有关公有文曲星，个个都有亲有故有"粉丝"，这阵正忙得不亦乐乎晕头转向。关中大地像个大簸箕，南山和北山是簸箕两个凸起的棱沿，西山是簸箕卷起的后背，簸箕口朝向广袤的中原，簸箕中有炎帝陵、周公庙、钓鱼台、法门寺、金台观、龙门洞、楼观台、后稷庙、仓颉庙、尧山爷、司马庙、药王庙，更有十三朝古都侍奉着的这神那仙的头头脑脑。簸箕上下扇动了五千年，抖落了像石子稗子土坷垃一样的坏蛋，留在人们心目中的则是像净粮一样代表着善良正义、亲近美好的神灵，也预示着关中人要向中原向天下输送最出彩的文化、最贤能的人物。然而，人想要战天斗地、压邪胜妖，想要风调雨顺五谷丰登、儿孙满堂世代做官，就要向神借力、求神保佑，于是像吃流水席一样把庙会从年初排到年底，一个都不能少！一个都不能慢待！天知道哪路神在哪里路过，又在哪里歇脚！

庙会，与二十四节气一样写在历头上，铭刻在爷爷婆婆的心坎里。东家西家平时节衣缩食刻薄自己，不为别的，就是要把最好的东西献给最敬爱的神。"啥事都能应付，但上庙的事千万不敢三心二意！"庙会多，人们的供奉就多，屈指算来，仅一个县的大小庙会少说就有一百三十余场，也就是说，一年光景至少得有八九十天趴在神的脚下，赞颂着神的英明，诉说着自己的苦恼，也检点着自己的过失。上过一次庙会，就等于手机充了一次电，也等于眼前撤除一层纱，人们返回的路上就觉得离天更近、与神更亲，浑身像鸡翎扫过一样舒坦。就一个陈仓区，有影响的庙会就有正月初九九龙山会、正月十二钓鱼台会、正月十六虢镇火神庙会、二月二通洞会、二月十五景福会、三月初三佛岩崖会、三月十五磨性山会、四月初一武城山会、四月初八虢镇城隍庙会……就一个古陇州，有影响的庙会就有正月初九的火星会、正月二十的总督山神会、二月二的药王洞会、二月十五的土地爷会、三月初一的龙门洞会、三月三的娘娘会、四月初一的蝉耳山会、四月初八的佛爷会、六月十九的香山寺会、六月二十二的马王会、七月初七的巧娘娘会、十月初一的城隍庙会……平均三五天就有一场庙会的乡间，这神那神轮流坐庄，若闪烁的霓虹灯依次发光，庄稼人就跟着庙会忙得团团转。过庙会不只是敬神，也要像敬神一样招待亲戚，这是绝不能厚此薄彼的人情大事。邀亲请友，安排看戏，陪客逛集，屋内打扫得一尘不染，门前土堆柴堆粪堆也被铲除干净，吃饭要吃酒席，炕上要铺新被褥，家境不好的至少要给客人做顿臊子面。而哪家来客少，则让人笑话人脉稀门楼低。拜神祭祀是庙会的主旋律，也是庄稼人提亲说媒看日子的绝佳时机。逢会必赶、逢神必拜，普通人家不吃不喝也供奉不起大小神，只好赶大的、赶近的庙会，像岐山人再忙再穷也要赶周公庙会、诸葛庙会，这时善男信女有所施舍，运气好的话很可能蹭上一顿舍饭。

　　庙会最讲形式，张灯结彩挂对联，敲锣打鼓耍龙船。神仙本来是无须点灯走路的，而人们偏偏要点起亮晃晃的油灯汽灯聚光灯，生怕神仙眼花缭乱认错了人。当神灯照亮神仙的尊容，这尊神就被抬到九霄云端。于是，人们一边默默念叨着他的丰功伟绩、他的超群绝技，一边把卖鸡蛋卖桃核杏核逮蝎子攒下的钱塞入功德箱，就完成了心中一桩大事：感恩了！还愿了！似乎又领回了一张健康证、平安符、挖宝图，似乎神半夜三更悄悄地给他有病的脏器做了手术，似乎神借着月光星光给他解开了难缠的疙疙瘩瘩，也似乎神给他娃魂体安装了"答题神器"。这病那病一下子消失了，这事那事一下子顺畅了。"神了，神了！"讲迷信的关中人于是说话不敢撞着神，办事更要供着神。就是敬了神，神不显灵，也不怨神，却一个劲地怨命不好，怨先人没积下德，怨隔壁的三嫂在垒界墙时高出了一砖。所以，庙会最精彩的莫过于公鸡啄食般的磕头声，像雨打芭蕉般的许愿声："神啊，保佑我娃今年考上北大！""神啊，保佑我儿经商发财！""神啊，保佑儿媳妇生个男娃！"神似乎嗯嗯着，也似乎点着头。神的记性真好，能记下千家万户的头疼事；神的耐性也真好，能不打瞌睡不眨眼睛一鼓作气一竿子插到底。人们唯恐神记不住自己的事，烧香要烧高香，许愿要许大愿，或万元酬谢或牵羊犒劳！人们按人理推测着：人办事要费盘缠，神办事难道就干指头蘸盐吗？人总爱拿凡间的事丈量神，于是庙会期间烧纸钱烈焰腾空，点香炉火龙上天，献食品满盘盈桌。大的庙会，往往几百里外的人也扎堆赶会，甚至外省的人也浩浩荡荡要沾上神的福气。山西的一位老太婆来周公庙赶庙会，许的让孙子考大学的愿兑现了，她逢人便说："拜周公真灵，我孙的文凭是周公发的！"于是她会领来一群老太婆。给神做广告不用挖空心思字斟句酌，更不用花钱，一传十、十传百、百传千千万，只要说"神灵得很"就行了。就像乡间的郎中，只要治好了几个人的顽疾，就成了"神医"，排队看病者会有几里长。即使不显眼的"山神庙""娘娘庙"，过庙会时也会人声鼎沸、万头攒动，或许这家人许下的愿神奇兑现了，让在鬼门关打转转的病人得以复活，让穷得叮当响的家庭财源滚滚，乡民从"万一"中觅到神奇，希冀"神显灵""神帮忙"，他们更相信"小神能办大事"。

庙会是祭祀神灵的圣宴，是安顿灵魂的圣地，是滋补精神的神泉，也是抵御风险的保险公司。"国之大事，在祀与戎"，出自《左传》的这八个字，精辟总结了一个国家的命脉在于祭祀与军事，而祭祀是头等大事，一支军队的勇猛顽强，首要的是要有神一样的先知先觉，有神一样的知彼知己，有神一样的浩然正气，然后才能率领天兵天将攻必克、战必胜，所向披靡。毛泽东在诗词中取"天兵怒气冲霄汉""六月天兵征腐恶""安得倚天抽宝剑"，大概也有这种意思的。凝聚人心、洗涤灵魂、振奋精神，祭祀神仙先祖的用意或在于此。常言说，鸟恋旧林，鱼思故渊，狗记八百里，猫认三千途，老马识旧道，狐死必首丘，祭祀神仙先人，必令后人血脉贲张、勇武绝伦！于是天子敬天地、诸侯敬山川、草民敬鬼神。《礼记》曰："礼从宜，事从俗。"《尔雅》曰："太平之人仁，丹穴之人智，大蒙之人信，空桐之人武。"

庙会，源于淫祀巫觋之盛。几千年间，医药落后，便酬神赛会，杂投温补，病者呜呼，不咎于神，归之于命。驾鹤西去，辄云仙去，庙宇日增，斋匪日众。几千年间，人们把命运、富贵、

宝鸡市扶风县法门镇老庙会戏台下十分热闹

发达归之于神灵保佑，于是大小神灵必统一参拜。太古时期，"其祭也至于迎猫虎"，春秋战国时"鬼神之说尤盛，以故淫祀渐兴，如钟巫、冈山、炀宫、实沈、台骀等"。秦汉之际，"方士说兴……淫祀千七百所"，于是有天雨粟、日再中、虎渡河、马生角等怪事出现。"街东街西讲佛经，撞钟吹螺闹宫庭。广张罪福资诱胁，听众狎恰排浮萍。黄衣道士亦讲说，座下寥落如明星。华山女儿家奉道，欲驱异教归仙灵。洗妆拭面著冠帔，白咽红颊长眉青。遂来升座演真诀，观门不许人开扃。不知谁人暗相报，訇然振动如雷霆。扫除众寺人迹绝，骅骝塞路连辎軿。观中人满坐观外，后至无地无由听……"这是韩愈揭露和讽刺道教徒丑恶行为的《华山女》一诗。唐宋时期，"元宗之封东岳也，用老巫阿马婆以礼岳神，王玙之相肃宗也，分遣女巫于各州县，恶少数十人随之，所到横索金帛"。至于明代，山西平定州内，妒女祠、黑水祠、崔府君祠如雨后春笋。庙宇中，有神有仙，也有妖有怪。赶庙会也赶得国人六神无主、愚昧透顶。万事靠神灵发力，万事靠神灵指点，使国人愈加愚昧，愈加胆小怕事，愈加听天由命、安贫乐道。于是发明创造、革新进取被诬蔑为离经叛道异想天开奇技淫巧，也使国人多了几分奴颜媚骨。所以，毛泽东把神权列为束缚百姓的四条极大绳索之首。而庙会正是神权的琼楼玉宇，布道的蓬莱仙阁。

每场庙会犹如一枚神秘果，也犹如一场神话剧，闪耀着五颜六色的光芒，飞溅着扑朔迷离的浪花……虢镇的四月八城隍庙会也大有来头。城隍爷在阴间只能是县太爷角色，也只能穿类似七品县令的服饰，可这里的城隍却身着帝王服饰。这源于西虢国开国国君虢仲，他死后被玉皇大帝封为城隍，级别最高，节制西域各地。虢镇城隍庙内，还有二十多尊小城隍塑像，这是虢仲把那些不称职的城隍叫回来，进行"诫勉谈话"、"停职反省"与"集中培训"的。所以这里的庙会也不分白天黑夜，晚上赶庙会的要逛到天亮，唱戏的白天黑夜连轴唱，卖吃食的也通宵达旦，把庙会过成了外国人的"狂欢节"。这得感谢高级别的城隍给虢镇庙会增添了特色。周公庙的庙会在每年的三月。岐山人说，逢会必下雨，果真如此。逛庙会者，都必须去北庵悬崖下玄武洞中摸玉石爷塑像。此洞中有用汉白玉雕成的玄武爷，他老人家额圆颔方，足蹬龟蛇，仗剑平视。玄武爷底座与青石浑然一体，更增添神秘感的是：唐时一场暴雨后山体坍塌，闪出了这尊神像，摸哪个部位就治哪个部位，头疼摸头，腰疼摸腰。于是人们排成长队要摸一摸玉石爷。逛庙会者还要去姜嫄殿祈子。姜嫄殿又叫送子娘娘殿，殿内的供桌旁摆满了纸烟高的泥人，仔细瞧来有的泥人腰部用麦面捏个"豆芽"，这就是男孩。喜男孩的就挑个长"豆芽"的，喜女孩的就挑个没长"豆芽"的。十年前的一天，我陪友人逛庙会，友人挑了个没长"豆芽"的装在兜中，我说计划生育哩，你还能生二胎？他说这泥塑品捏得好看，拿回家当艺术品。没料，一年后他却添了个千金。原来，友人母亲在麦场边看到一弃婴哭叫伸拳，便抱回家抚养，一看是女婴便知无人领要，只得当成自家娃管到底，友人只得认作女儿。他说："娘娘庙的泥娃娃不能随便拿！"来娘娘庙还愿者络绎不绝。有些生不下娃的女人来此许愿后怀上孩子，娃长到十二岁便牵着羊拖着娃前来感谢神灵，让娃记得是送子娘娘赐给的，事干大了别忘了大恩人。神给人添丁，人给神添彩，各得其所，皆大欢喜。

陇县在新中国成立前每年要办"山神会"，时间定在正月二十，地点从不固定。火烧寨镇的常志得老人曾给我说，山神会热闹得很，腊月初就筹办，费用各户分摊，完了要扎神棚，神棚旁要塑彩龙，用纸扎狼糊虎。一切备妥后，正月十八这天，四路迎神大军要各备两顶八抬大轿，抬上办会的主官、陪祭官去铁佛寺村的杏咀庙、预村川的五条沟、南山的瓦眉岭、北区的玄瓦山迎接四位"总督山神"。前持金瓜、斧钺、朝天镫，

后担美酒、抬猪羊，锣钹击节，金鼓奏响，鼓声阵阵敲醉了山、击碎了水。到达目的地后，社火迎驾，铁炮震天，然后读祝文、焚黄帛。各村为争山神过庄，常常互相械斗，打得头破血流。山神会期间，要唱眉户、秦腔，还要唱祭酒戏。不少村庄还要

宝鸡市岐山县五丈原镇庙会上等待看戏的农民

把山神接回村子续办小会,名曰"接脚会"。由于常常各村互殴,大伤和气,山神会于新中国成立后停办。这样的山神会虽有些荒诞,却也因敬畏自然,少了些乱垦乱伐、滥烧滥猎。祠庙中有祖宗祠庙,如黄帝祠、炎帝祠;也有功利实用的神庙,如财神、药王；更有历史名人庙宇，如太公庙、周公庙；还有自然神庙、宗教庙宇。列祖列宗是神，历史名人是神，风雨雷电是神。庙会让大大小小的神都风光了，都走红了，都扎根了。

庙会也叫庙市，以寺庙为依托，以宗教祭祀为由头发育成了乡间的物资交流会。据考证，庙会与集市最大的区别在于：集市以旬月朔望等为单位计算，庙会则以年为周期举办。庙会的名目繁多，有社会、赛会、货会、香火会、城隍庙会、无量佛会、骡马会、灯山会等。交易于市者，南方谓之趁墟；北方谓之赶集，又谓之赶会；京师谓之赶庙。会无疑是集的一种，"集之大者为会"，以货多货寡来区分。"趁市曰集，又曰会。集者聚也，朝而聚集，曰昃而散也。会者就也，四方之商货所就会也。岁春秋一二大会，必张棚盖厂，迎神演剧，俗谓之香火会，则市会亦因扳赛而名也。"在自给自足的农耕时代，夏收前西府有大大小小的"权把会"，会上摆满了权把扫帚、木锨簸箕、牛笼嘴羊铁绳、背篓升子……夏收时节要用的农具，应有尽有。农历三月二十五的凤翔城隍庙会、四月八的虢镇庙会、四月十五的横水麦王会，就是农人备战三夏的采购会，草帽仁丹也是紧俏品。秋收前，西府有大大小小的"山货会"，尤以农历七月十八宝鸡蟠龙的钟楼寺庙会为盛，会上摆满犁铧耱绳。距我的家乡只有十五里的青化镇，在每年的十月二十四都有四省骡马贩子云集的"西门庙会"。甘肃、宁夏、河南、山西等地的牲口贩子，会拉马拽牛牵骆驼，千里迢迢前来赶会。青化古镇驴叫马嘶，称得上内地的"那达慕"盛会。幼时的我，也跟着大人去看热闹。古镇上撑满了布伞或张起席棚，大肉泡羊肉泡摊点香味扑鼻，炸油糕卖麻糖的摊点叫声不绝，卖胶鞋卖花布的摊点琳琅满目。镇东南方位是一大片空地，有上万的驴、马、牛踢腾着，如庞大的鼓手队伍在敲鼓。马与马伸嘴嚼耳，牛与牛靠背厮磨，驴与驴瞪眼咬仗。主人与主人讨价，牲畜与牲畜耳语。一长者给后人讲授挑牛的诀窍：看齿看色看牛旋，看过蹄子再说钱。意思是说牛齿逢三破二齿，四岁四颗牙，八岁是满牙。买牛要买三岁牤牛，三岁牤牛十八汉么；毛色赤红的牛健壮最值钱，黄色的为老实牛，白色为孝帽头，买来会家破人亡；牛旋的谐音是"油旋"，表示着牛的顽强，也能给主人带来财运，望山旋、晒谷旋、丁字旋是好旋，没旋的牛疲疲沓沓；而牛蹄就像柱顶石，越大越稳健，蹄大如升要发家，一蹄有五趾为灵官牛，买来家运衰……原来买牛的学问这么大、这么深。会上最忙的是经纪人，一头牲口卖了多少钱，外人是看不出来的，经纪人在袖筒中掐手指标明钱数，这叫"捏乌乌"。这么多的马，这么多的牛，几天就卖光了，交易额之大可想而知。牛马驴骡是农民的帮手，是肥料加工厂，皮毛肉骨样样都是宝贝，且与之相关的兽医、皮匠、骗匠、绳匠、铁匠、屠夫，都依仗着它们过活。这几年的青化骡马会已风光不再，牛马驴骡少得可怜，倒是粗狗细狗哈巴狗为患成灾，劣质食品、廉价衣物与即将淘汰的电器堆积如山。有聪明的农家，手握"庙会图"，天天去摆摊，也挣了个钵满盆溢，早早步入小康人家之列。

庙会是吃食的展览会、唱戏耍把戏的老舞台。乡间人除过年吃几天好饭外,庙会是他们解馋的地方。几根麻糖让小孩齿颊留香,一碗羊肉泡会让老汉两眼放光。吃食摊旁叫花子排成了长队,希冀赐舍的眼神像婴儿张望母乳一样热烈。他们或瞎着眼,或没了下身爬在滑轮板上,善良的人或分给他们半根麻糖,或给他们递去一元钱。至于庙会上的大戏,更是名角云集,精彩引人。庙会是庄稼汉的旅游节。凡庙凡观,大都建筑独特,占据山水绝色。庄稼人上不了泰山,上不了华山,站在乡庙崖顶也足以举目四望,大饱眼福。这样的旅游省钱省时,若碰见"上马山"更是大开眼界:几十柄亮晃晃的大刀绑在两根木柱上,一人赤着脚踩在锋利的刃子上,一口气上到顶,又一口气下到底,再把肚皮紧贴在一片铡刃上,四肢凌空……围观的人赞声不绝,叫好声震耳欲聋。过去生产队时,我们村有个叫鳖旦的,干活怕吃苦,就天天逛庙会,村人见了直翻白眼,骂他是"游狗子""二流子"。

  庙会上也常见戴着墨眼镜,坐在板凳上的算卦者测字者,他们插着"神算"的杏黄旗,貌似深沉,眼若锥子。金台观庙会卦摊最多。一次我逛庙会时,见一女人让算卦者算婚姻,那留着八字胡的人说:"你离婚了。"女人点头称是,又问下次会嫁给什么人,答曰:"会嫁个好人家,但需要再给三百元捻弄捻弄,我给神烧香祷告才成。"女人翻遍了手提包,说只有二百元了,那人说,二百元也行,女人战战兢兢将钱递给了他。一会儿,一小伙走到他的卦摊前测问未来,算卦者曰:"你父早死,靠你自立。"小伙握紧拳头要打算卦者:"我爸好好的,你怎么说早死了！"算卦者提着凳子慌忙溜走。那些测字的更是荒唐透顶，一小伙问一"大仙"哪儿能找到工作，大仙曰："说个字。"小伙曰"海"字。大仙曰："适宜去南方。"小伙曰："刚从深圳回来，找不下饭碗。"大仙曰："你要去三次，才能找到工作。海字，三点水嘛，表示三次才成。"小伙摇摇头匆忙离开。庙会上泛起的封建迷信残渣，是堵不住的暗流，是除不掉的毒疮。按说科学昌明迷信应该退位，可不少人丢了魂、失了志，在浮躁的旋涡中追求声色犬马，谋划不劳而获，幻想一夜暴富，由是更加迷信，更加愚痴。

这几年，一有空我总爱踟蹰在庙会上，或见卖化肥种子的摆成了长蛇阵，或见卖衣服卖皮鞋的延绵几里，或见唱大戏的声达九天，或见光屁股舞者癫狂出场，或见摆老虎机者血口大张……时尚新风拍击着古老的庙会，也使庙会劲吹商品经济之风，弥漫庸俗之气。庙会散发着黄赌毒的味道，更充斥着假冒伪劣品，也滋生着不安全的事件。庙会让人亢奋也让人低迷，庙会让人崇拜也让人迷信，庙会让人悠闲也让人劳累。一个天天赶庙会、天天磕破头的民族，一个时时敬山神、时时敬雷神的民族，越赶越活得太紧，越敬越敬得心慌。赶了几千年庙会，却赶得腰越弯、头越低、志越短。

一尊神，在乡间人心目中有多大、有多高，是说不清的事。《祝福》中的祥林嫂去土地庙花钱捐门槛的事，足见神的分量重于泰山。土地神让祥林嫂"失去了活泛"，成了"眼珠间或一轮"的木偶，而一尊尊大神会产生多大的神威呢？大大小小的神加起来释放的能量肯定是"雷霆之力",但没有一个俯身帮扶可怜虫般的祥林嫂。敬这么多的神,给这个神多捐了些钱,大概又会得罪捐钱少的那尊神,这肯定是出力不讨好的事。这个神让你这么做,那个神又让你那么做,神说的都对,面对此你肯定不知道该怎么做了。倒是一些地方倡导"文化搭台,经济唱戏",请来走穴的明星,榨干一方百姓的钱财,让办一场庙会的成本由三五万元上涨到数百万元。庙会之"妙",妙在"巧取豪夺",妙在"二鬼偷油"——"星"又压住了"神",百姓手脚又多了一道绳索,"追星族"比"追神族"的人还多,百姓心中又多了一层雾障。庙会越办越奇、越办越新,神的领地被蚕食,不知这神那神将如何显灵?所有的神——中国的、外国的,都能在华夏大地安营扎寨、呼风唤雨,这难道不是咄咄怪事吗?

# 拴马桩

大关中是一个良田万顷的大画廊，也是一个石器荟萃的博物院。卜天的《易经》、传情的《诗经》、飘香的五谷、软绵的丝绸、激越的秦腔与活灵的石器，像五官四肢五脏六腑一样，支撑并坚守着沧桑岁月，奏鸣着农耕文明的乐章。关中人过日子"石打石"，离开了石器，关中人的筋骨就松松垮垮，周秦汉唐的史册就缺少了许多页棱角分明的阳刚之美。

进入关中乡间，你得鼓足勇气，虽然主人很厚道也很好客，但进村进院却不那么顺畅，弄不好你的脚后跟会被大黑狗噙住，会被尺五高的门槛绊倒，可能还会被照壁碰得鼻青脸肿。你心里一怵火，又踅回大门口，可是高高低低的石桩像专门欺生的衙役，上面雕刻的狮子瞪着铜铃大的眼睛、张着簸箕状的大口，威风凛凛的胡人像忠实的仆人怒目而视，机警万状的猴子似乎随时会跳下来抓走你的草帽，你会分神走神，恐慌间会产生幻觉，你会叹息："关中人家到处都装着机关，地上有黑狗白狗，空中有狮子猴子，吃了豹子胆也不敢胡思乱想！"外地的贼来

拴马桩是庄户人的年表 向阳作于乙未秋月

关中乡间行窃，常常觉得石桩似人非人，似神非神，视角一转一个怪相，小偷就这样被转晕了头，一个趔趄跌倒在臭烘烘的马粪牛尿里，吓得慌不择路溜之大吉。

帝王建宫立华表，庄户人立拴马桩，其意大同小异。大户人家称拴马桩为望桩，望，是指农历十五圆月，意在日月同辉，光景灿烂；望族世代富足，在宅第门前立桩，意在"旌别淑慝，表厥宅里"，宣示"先人有本事，后人有能耐"。站立在土墙土房林立的街巷间、站立在老槐树老皂角树浓荫下的石桩，关中人把它叫作拴马桩。拴马桩犹如村子的华表、主人的影子，面目有些生冷有些霸道，类似看家狗，只懂得一心为主人的富足与尊严造势，一心替主人站岗放哨守庄护院。进入村子，高高低低、大大小小的拴马桩会给你一个下马威，你仰头一看，桩头上狰狞威猛的狮子正对着你的天灵盖，桩头上火眼金睛的猴子正瞅着你的钱口袋，桩头上裂眉瞪眼的胡人正用利剑指着你的喉咙，连那欺生的马牛驴骡也喷唾沫尥蹶子。这时你会提醒自己"出门看天色，进门看脸色"这话没错，因为主人的规矩与威严已经公示在拴马桩上。

在大关中，光有石头没有石器的村子，肯定穷得露腚；有石器却缺少拴马桩的村子，日子也肯定过得稀松。靠天吃饭的关中，靠的是风调雨顺的天、天下上等的地，也靠的是骡马成群。骡马是人的奴仆，吃草屙金，饲料经过它们肠胃消化又变成了优质肥料，所以关中是种一升收三斗的天下粮仓。在这神秘的物质循环系统与生活链条中，人们却时常忽视一些附属但绝对不能脱离的条件：没有冶金，就没有铁器；没有铁器，就没有石匠；没有石匠，就没有石鼓、石羊、石马、石驼、石狮、石碑，也没有拴马桩。没有拴马桩，牲畜越多，就像暴雨成灾洪水泛滥一样为害越大！

拴马桩是人类改造自然的一大发明。它的问世与广泛应用，创造了一个运转顺畅的生产生活秩序，也创造了一个文化艺术的新平台。拴马桩拴着主人的希望，寄托着主人的梦想。进入关中，又高又粗一色青石、被牲畜磨蹭得油光发亮的拴马桩，肯定属于大户人家；而小户人家的拴马桩，则多为像二手服装

西安关中民俗艺术博物院中收藏的拴马桩

一样皱皱巴巴丑模丑样的杂石、麻石。拴马桩会说话，拴马桩会驱邪，拴马桩会纳祥。在庄户人家心目中，拴马桩和门前的上马石、下马石、过门石、石狮子一样，不仅炫耀着富有殷实，而且主掌着辟邪镇宅。而捉襟见肘的家庭，只能把犊牯拴在树上或木桩上，只能在门口放块了无灵性的顽石或豁豁碴碴的片石歇坐纳凉。

拴马桩不仅拴牲畜，也拴着主人的心，稳着主人的神。拴马桩就像挑灯笼的竹棍，这家人红红火火的日子要靠门口的这个"望桩"挑着才行；拴马桩又像日夜燃烧不尽的香烛，这家人亮亮堂堂的光景要靠这根"高香"点着才行；拴马桩又像系船的铁锚，这家人颠颠簸簸的船靠岸，要靠这颗"铆钉"钉住才行。拴马桩是庄户人的"压舱石"，是庄户人的"撑天柱"。据说，拴马桩起初并非用于拴马拴驴，而是像门牌一样的氏族居所标记，后来才从点缀门第、拔高身份、炫耀富足，逐渐转到一物二用上。从一些桩上镌刻"福有攸归百世昌，常念祖创兴守成"或"大清道光某年某月某日立"等楷书字样看，很可能是为记录新院建成，也可能是为标明族规家训以示后人。拴马桩雕刻得如此精美文气，如果仅仅为拴马拴牛拴驴，显然有违节俭、实用的古训。

说白了，没有骡马牛羊的臭尻子，就没有关中人的黄米白面。越臭的越香，越土的越洋，这就是自然辩证法。在漫长的农耕时代，拥有马驴骡这三样长腿子牲畜，相当于我们今天买了一辆兼有耕种、收割、打捆、运输功能的拖拉机。车有车库，狗有狗窝，马有马桩。拴马桩是农村石器家族的劳动模范，与忠于职守的门墩石、沉默不语的石槽石缸、敢于碰硬的石碾碌碡一样，是我们祖先实打实过日子的遗痕和折射，而雕刻在拴马桩上的每一朵花、每一枚果、每一只动物、每一根线条，都体现着农人美滋滋的理想、兴冲冲的追求、乐悠悠的期盼，也是庄户人审美观的洋溢倾泻，更是乡土文化沃土绽放的奇葩异卉。我们欣赏老外"巴黎广场""罗马花园"美轮美奂的石雕手艺时，看到的只是个别艺术家的经典之作，而遗落于关中大地上的拴马桩，虽是乡野石匠不经意间为稻粱谋雕出的，却有着大美、大巧、大智与说不尽的实用价值和艺术价值。今天立于西安美院的上万个拴马桩，或群狮咆哮，或众猴嬉戏，或胡人挥拳，或童子憨笑，猴背猴或狮压狮，或人骑狮或狮骑人，雕刻风格率真大气，粗犷逼真，鬼斧神工，如大漠风暴、猛士雄风，徜徉其间，一如进入非洲大草原、南美大雨林。你不得不惊叹：真正的艺术大师在乡间，真正的大美在民间。西安美院前院长杨晓阳把拴马桩的神韵移于国画之中，作品神峭骨立，令人叹为观止。你老外有一两个米开朗基罗和罗丹，我关中乡间却有无数个雕刻大师，这在世界上也堪称"雕刻王国的艺术天堂"！艺术一旦成为贵族的专利，就如瓶中花、水中月一样虚幻；而扎根民间的艺术，有体温有情感，富有永恒的生命力。

　　拴马桩的形状浑然一体，外形以四棱为主，结构上可分为桩头、桩颈、桩身、桩根四个部分。桩头为圆，桩体为方，象征天圆地方，也寓意直曲相兼、刚柔相济，从而使冷冰冰硬邦邦的石头活生生热腾腾。桩头犹如人的头部，一般为圆雕造像，或刻着狮子灵猴，或凸现胡人驯兽，定格"代代封侯"。仅胡人驯兽的造型就有几百种，有胡人骑狮、胡人骑马、胡人骑象，他们肩上或卧着蟾蜍，或站着雄鹰，或趴着猴子。他们有的双眉如剑、眼若铜铃，怒气冲天；有的身着长袍、脚穿高靴、手握烟斗，悠闲自在；有的眼若放电、神情庄重，右手抓狮耳，左手抠狮嘴，一副力拔山兮气盖世的傲慢样子。他们一律的高鼻梁深眼窝，一律的冷峻滑稽，或满面虬髯，或长须垂胸，或胡髭上翘，仅头上戴的帽子就有尖顶帽、瓜皮帽、筒子帽、缠头帽、幞头帽……狮子在他们的胯下成了乖巧的猫、遵命的狗，再烈的骡马看到怒目金刚般的胡人，看到血口大张的狮子也会胆战心惊，也会俯首听命。狮子是外国产的，肯定要胡人调教，胡人又是养马的，他们把汗血宝马也驯住了，管你这耕牛驮马当然不在话下。桩头如植物的花蕊，是提戏的板鼓，拴马桩值钱不值钱、好看不好看，全在桩头上。拴马桩的桩颈一般为双层，上层是狮子和灵猴的风水宝地，而狮子猴子的腿脚，都巧妙地凿出套缰绳的空隙。桩颈下层的浮雕有鹿、羊、马、花、草、云、水点缀其间，更见人们对自然的敬重与回归。拴马桩的桩身也如画家尽情挥洒的宣纸，有的桩身素面朝天不讲雕工，有的在三面略刻有缠枝花云水纹，有的图样简洁灵巧大方。而桩根呈方柱形，常埋入地下半人深。一个拴马桩就像一个人一样，有头有脸有脖颈，有身有腿也有脚。拴马桩站在地上直挺挺、硬邦邦，越站越稳当，越站越端庄，马驴再踢腾再发疯它也稳如泰山。而用木头做的粗桩，牛马会用嘴啃啮成火棍，天长日久桩根也会朽烂，这大概是牲畜拽着木桩一次次跑得无影无踪的一大原因。

拴马桩多狮子头，是因为狮子在佛教中被视为瑞兽。传说佛祖释迦牟尼诞生时，曾一手指天、一手指地，作狮子吼："天上地下，唯我独尊！"狮子也是菩萨、财神的坐骑。从东汉始，帝王陵墓常请狮子护陵，帝王宫阙常请狮子护驾。狮子也成为战无不胜、惩奸佑善的仁兽，受到一代又一代百姓的喜爱和推崇。传说雄狮与雌狮嬉闹时，狮毛纠缠在一起会滚为球，球内会生出小狮子，故"狮子滚绣球"也翻滚到石雕上去了。又因古代官制中有太师、少师，大狮小狮暗寓太师、少师，故有"大狮背小狮"的各种石雕。于是石牌坊上有狮子的身影，门墩石、寺庙中也有狮子的身影，拴马桩自然而然地烙上狮子的身影。狮子虽是"舶来品"，却成了赐福的化身，要升官发财、要代代出人，非得请狮子保驾护航。让狮子替代了"山大王"——老虎的地位，显然是国人开放理念的折射，也是佛教在华夏大地扎根的体现。这种以物寄情、移花接木的手法，使中国雕刻掘得了万斛清泉，由此而大放异彩：蝙蝠套麻钱，寓意"福到眼前"；白鹤立松上，寓意"松鹤延年"；三羊啃青草，寓意"三阳开泰"；凤凰戏牡丹，寓意"荣华富贵"；一鹤立江中，寓意"一品当朝"；老鼠吃葡萄，寓意"多子多孙"。有这么多的吉祥物，有这么多的"中国梦"，我们的先人一定活得很滋润、很充实、很惬意。人与自然和谐相处，从石雕中可窥一斑。

以灵猴做桩头的拴马桩在关中石雕中为数不少，它更体现了

咸阳博物馆中收藏的拴马桩

一种率真狡黠，一种灵动稚拙，像孙猴子的形象一样，让人难以忘怀，灵感迸发。如果将这些猴桩集合登场，就是活生生的"花果山""猴王国"！拴马桩上的猴子或瞪眼挠耳，或勾头撅尾，或撮嘴寻虱，或手捂腹部肩背小猴，或嘴噙鲜桃脖架幼子……俗话说"好马不卧"，马是站着睡觉的动物，但有的马也会撒懒，卧圈打盹儿，这是极易沾染病菌的。而人们委派机敏的猴子跳梁拍槽，如严师督促贪玩的学子一样，想必牲畜也能领会一二的。

拴马桩中取材于神话人物故事的石雕更是栩栩如生。去年仲秋，我来到位于西安城南、秦岭北麓，占地500亩的关中民俗艺术博物院内参观，目睹了主人王勇超构筑的数量上万的拴马桩阵，如睹兵马俑阵容，让人心旌摇曳，叹为观止。王氏悲悯散落于民间而濒临灭绝的民俗遗存，用盖楼搞建筑挣得的钱，从关中民间草堆、壕沟里抢救性地捡拾拴马桩，蔚成关中一大景致。他说马没了，我们只能守着拴马桩哭泣。要没了拴马桩，连哭的地方也没了！他收藏的狮头拴马桩上的狮子鬃毛直立，如火焰飘闪，而大多被胡人驯服得如犬如羊。拴马桩的作者们远离庙堂，看够冷眼，留下了这么美的雕塑，一把辛酸泪，满桩英雄气。而这中华文化大树上的一片小叶，竟让人如此震撼，如此赞叹，哪个文明古国有这么多的民间石匠？哪个文明古国又有这么多的宝物？在他的拴马桩阵中，有象征和合万年的和合二仙拴马桩，象征财源滚滚的钱币拴马桩，象征吉祥平安的仕女抱瓶拴马桩，这真是拴马桩中的极品、石雕中的奇葩！受王氏保护民间石雕的感召和启迪，宝鸡商人张宝祥也把目光盯向拴马桩、门墩石，三年来串乡游街，足迹遍布三秦大地，觅得上万件石雕，正筹办西北石雕馆，届时西府大地又将崛起一座"狮王国""猴世界"！宝祥曾对我说："狮子桩、猴子桩、娃娃桩，都是先人留下的才情和手艺，不保护就会丢失，太可惜了！这是全社会的财富，不是我一家的，我走时会交给国家。"他收藏的人物桩中，有胡人骑在狮身上，一手抓狮毛，一手用二指塞在口中鼓颊发出呼哨的牧人石桩；有三人合乘一狮、手捧珍宝的多人组合桩；有头戴卷檐帽、身穿皮袍子，双唇轻抿怀抱月琴的单人乐师桩……石桩或典雅委婉,或大气磅礴,或雄强沉厚,或简洁灵动,时代跨度大,颇具艺术性。我曾对他说:"你盖了好多栋楼,但都是易碎品,唯有这些东西会流传千古,会功德无量!"

拴马桩中的胡人驯兽石桩,既有"文德怀远人""王化布八方"的沾沾自喜,又有民族大融合的陶陶自乐。"八蛮进宝""胡人牵马"的图案雕刻于汉阙唐陵。自张骞出使西域后"殊方异物,四面而至";唐时吐蕃、波斯、蒙古人云集长安经商,与汉民融合,而拴马桩就像一张张老照片,永远定格了胡人形象。金元二朝统治关中240余年,但"野蛮的征服者总是被那些他们所征服的较高文明所征服",不论是谁入主中原,最后说的都是汉话,用的都是汉字。

中国是驯养牲畜、车水马龙的古国,拴马桩便是驯化牲畜的必要手段之一。搜检历史,西周、大秦、大汉、大唐的命运,从某种意义讲,都拴在拴马桩上。西周兴起,与使用畜力关系密切。《周礼·夏官》载:"周天子有闲(御厩)十二,马六种(种、戎、齐、道、田、驽)。"一部《诗经》,里面人欢马叫,尘土飞扬。你看,"古公亶父,来朝走马。率西水浒,至于岐下";你看,"四牡骓骓,周道倭迟。岂不怀归?王事靡盬,我心伤悲";你看,"皎皎白驹,食我苗场;絷之维之,以永今朝";你看,"乘马在厩,秣之摧之。君子万年,福禄绥之"。而承袭西周遗产的大秦,原本是西周的牧马人,《诗经》里依然记载着他

们的苦功:"有车邻邻,有马白颠。未见君子,寺人之令";"游于北园,四马既闲。辎车鸾镳,载猃歇骄";"四牡孔阜,六辔在手。骐駠是中,騧骊是骖"。到了楚汉之争,群雄并起,刘邦、项羽都是跃马扬鞭的马上英雄,尤其是有了文景之治的强大国力,汉武帝刘彻决心以武力扫荡匈奴,一边研究匈奴先进的骑

西安美术学院收藏的拴马桩

兵突击战术，一边在内地、边郡设立马苑，重金购得汗血宝马，改良马种，也鼓励百姓大量养马，数年间官府养马达45万匹，奠定了建设强大骑兵集团的基础。汉武帝还创置了北军八校尉，其中四校尉都是为建设骑兵而置。至此，汉朝建立了一支10万至15万骑兵和数十万步兵组成的强大军队，从而为卫青、霍去病等率领万千铁骑横扫匈奴提供了先决条件。名曰"拳毛䯄""什伐赤""白蹄乌""特勒骠""青骓""飒露紫"的六匹战马,是唐太宗李世民生死不忘的坐骑,后来令工艺家阎立德和画家阎立本用浮雕描绘六匹战马列置于昭陵,史称"昭陵六骏",堪称国宝。到了唐玄宗时,大唐专门在关陇的千水、渭水等地开辟了广大的养马区,谓之"八坊";又设立了太仆寺,专管马的选种、放牧、调教。那时,内厩有马24万匹,十几年后增至40万匹,可以想象,40万匹战马呼啸而来飘然而去,近看似山崩,远眺如云卷。正是这"奔腾急,万马战犹酣"的壮美画卷,激发了一代大画家曹霸、韩干画马的灵感,诗圣杜甫有《丹青引赠曹霸将军》及《画马赞》诗篇,高度赞扬了他们的艺术造诣。正是这万马奔腾,关中才有了数十万挺立千年的拴马桩。所以说,马就是周秦汉唐的坦克飞机大炮,要抵御外敌,一定要养好马、拴牢马,这样才能天马行空,这样才有龙马精神!史册和古画中,也不乏拴马桩的踪影。北宋佚名的《百马图卷》就绘有13个若巨型棒槌的拴马桩;元代任仁发《饲马图》的槽头也绘有六棱立桩。在民间,娃娃耳朵长有赘肉(俗称拴马桩),就说这娃有福气,而一个大兴拴马桩的民族肯定也有威气。哈萨克族人说:"无论走到哪里,最后总会回到曾经拴住它的马桩子,无论这马桩多么难找!"实际上,女人是丈夫的拴马桩,孔子是中国人的拴马桩,人是大自然的拴马桩。

  这些年,乡间的拴马桩在拆土房建新房、用"铁牛"兴轿车中或被弃于深沟,或被埋于土壕。所剩者被文物贩子贩来贩去,品相好的拴马桩价值3万元至5万元，不少人大发桩财，有些石桩漂洋过海，流失国外。70年前，一代学究袁同礼在《我国艺术品流落欧美之情况》一文中大声疾呼："晚近以来，西方学者竞尚东方艺术，每成立大规模组织，为系统之收集，又不惜重资，百方购求；奸商渔利，助其盗窃，而荒山僻寺，废墟野冢，亦遭洗劫。我国文物之损失，以最近20年为尤甚，良可慨也！"拴马桩同皇宫、寺庙的石器一样珍贵，相依为命。拴马桩放射的是一个民族的想象力创造力，渗透的是硬碰硬的实力较量。我们的民族似乎不缺请客送礼的门道，不缺抽椽卖房的败家子，不缺见新忘旧的二把刀；缺的是雄狮猛吼，缺的是虎气猴气，缺的是牛郎马夫，缺的是驰骋沙场的千里马、火焰驹。

# 泥老虎

关中平原面积与松辽平原、华北平原、江汉平原相比显然局促。但这里是中国的中心，中国的心脏。心脏是人的命根子，是最刚健最有耐性的器官，心脏肥大，必然气喘吁吁，四肢无力。关中是滋养炎黄的圣土，是淘洗文治武功的摇篮，是中华文明的源头，也是"中国"二字诞生的产床。关中的地，软绵得像一块大方毡；关中的天，驯顺得像一只乖花猫。风调雨顺，旱涝保收，是关中这个天府之国最妥当最实在的广告词。优渥的生存环境，使关中人不愁吃、不愁穿，不防洪、不排涝。关中人安逸滋润惯了，骨子里流淌着三分懒惰、七分守旧。关中人见惯了大起大落花开花落，不忘的是耕读传家来日方长。关中人留心细微之处，轻叩着奥秘之门，仰望星空找答案，埋头苦干蓄来势，于是诚心诚意敬山神、敬雷神、敬玉皇、敬城隍，门上贴着秦琼敬德，炕上放石狮坠虎，中堂挂"纸老虎"，墙上挂"泥老虎"，晚上枕"虎枕头"，冬天戴"虎头帽"，娃娃穿"虎头鞋"……

泥老虎是娃娃的守护神

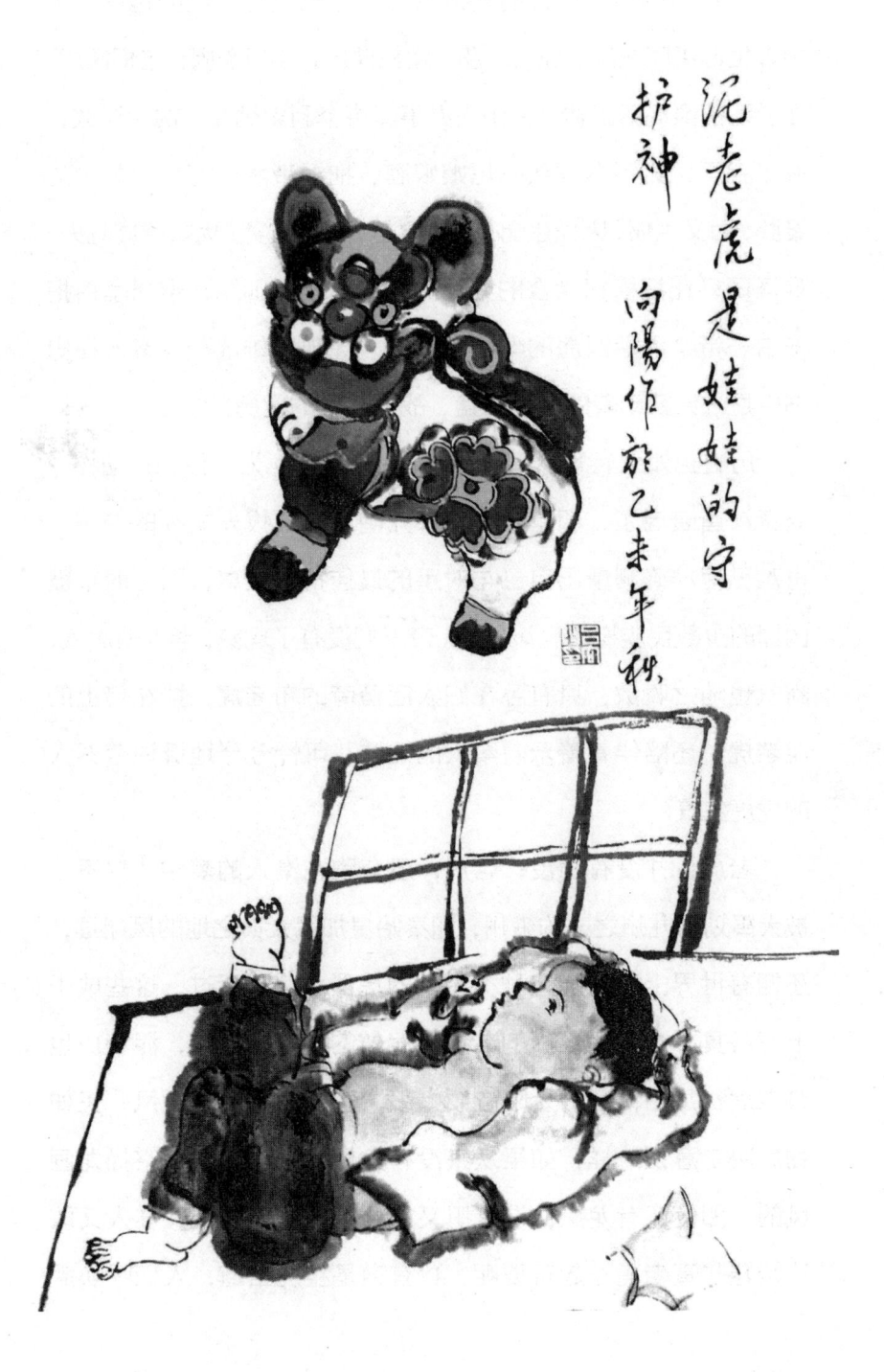

向阳作于乙未年秋

关中人的屋子，都有虎的影子、虎的气息、虎的饱嗝。关中人生得虎睛燕颔、虎头虎脑，睡相像虎，走相像虎，吃相像虎，连说话都像虎啸山林。关中人办事就讲个利索劲儿，说话算数，说了就干，见不得虎头蛇尾娘娘腔、拖泥带水弯弯绕。关中的秦腔，因义生愤，因愤生勇，高亢激越，穿云破雾，犹如群虎吼天。难怪司马迁把横扫六合的秦军称为"虎狼之师"，难怪李白把千古一帝、囊括四海的秦始皇冠以"虎视何雄哉"。秦人在史书中是一只跃动着的敏捷凶猛、战无不胜的猛虎！

历史犹如大浪淘沙，昔日的山大王竟沦落为珍稀保护动物。周秦汉唐衰老了，朝廷东移，宋元明清像被拔光胡须的老虎，再难迅速准确测量出自己与对手的最佳搏击距离，因之时常被凶悍的少数民族撵得屁滚尿流。帝王们没有了虎威，秦人的虎气、霸气也随之收敛，只有卧在妇人笸篮旁的布老虎，挂在墙上的泥老虎，还陪伴着暗示着秦人的娃娃，可怜兮兮地诉说着秦人的虎虎生气。

老虎，并没有隐没；老虎，还奔跑在秦人的梦中。这不，被大禹划为九州之一的雍州，即秦始皇加冕大典之地的凤翔县，还拥有世界上数量最大种类最多的虎群部落！不过，这些成千上万各具神态闯荡世界的老虎是泥做的。有人笑了，泥老虎也算老虎？是的，画的太阳就叫太阳，画的龙凤就称龙凤，正如物质决定意识一样，如果从来没有龙凤，谁也不能凭空描龙画凤的。即使还有龙凤，谁家里又能拴龙养凤？同样，谁人又敢让娃娃与真老虎一起玩耍呢？！有道是猛虎当道，人们呼唤武松；老虎将要灭绝，人们又动了恻隐之心。世间万事就这么矛盾这么滑稽。虽然泥老虎不是真老虎，但你看那造型、那神态、那威仪，一点儿也不比真老虎逊色，甚至在许多方面要比真老虎更生动更富有人性。所以，凤翔是有资格称得上天下最大虎园的。进入凤翔，谁家里没有泥老虎，就像断了炊烟一样掉价。老虎是家神、财神、福神的集大成者。孩子生下来，外婆要送一尊花花绿绿的卧虎放在炕头，孩儿点漆般的眸子，天天就盯着卧虎，娃娃也就慢慢地沾上了虎气及虎的勇猛。老虎在乡人眼里是生育之神、平安之神。儿子娶媳妇时，婆子先在洞房挂上彩色虎面挂片，祈求儿媳早早生子，生下的娃娃要有虎胆和虎的机敏。老虎在农人家里也是健康之神、祛灾之神。关中风俗讲究"前门拒鬼，后门拒妖"，故不少人家在前门贴白虎、贴门神，在后门悬挂虎。家里若有人卧床不起，脸色如蜡，也要请一尊泥老虎禳灾。乡间人把泥老虎称作"泥耍活"，绝非是摆设品，分明是消灾祈福、降妖镇魔的天神。虎为百兽之王，有王者风范，叱咤风云，目电声雷，守望家园威仪万端，长啸一声惊天动地，家中请来老虎坐镇，妖魔鬼怪统统会望风披靡。关中人有拜把子、找靠山的做派，而大多数农户谁也仰仗不上皇亲国戚，瞅看不上高官胥吏，就只好花小钱买尊大王壮胆。石狮子立于门口是镇宅石，小狮子放于炕上是拴娃石，再挂上老虎头挂片，两只猛兽看护家园，无疑等于上了"双保险"。

实际上，虎被尊为神兽始于人类蛮荒时代，当时的先民们就有"驭虎升天"的讲究。从新石器时代墓葬出土品中就可觅到蚌壳雕刻的老虎。而宝鸡出土的"金虎符"、"虎尊"及"虎食人方鼎",更彰显了"神人合一"的理念。及至战国时代,虎被尊为四方神灵之一,在天象方位中代表着西方。中国人是龙的传人,但同时却赋予虎无边无际的神性、活灵活现的魅力。凤翔泥老虎无疑是千百年来人们爱虎、尊虎、崇虎的一个缩影,也是关中人文化血脉中耀眼的光环,更是国人民俗大观园中永不停摆的闹钟。尽管今天的泥老虎已走进城里人的书房,成为十足的摆设品,已很少有人把它当作神去崇拜了,但泥老虎却呵护着、庇佑着一代代关中人,乃至钻进关中人的灵魂和肌肤,让关中大地上扎堆生出一个个"虎生""虎成""虎强"来,使关中后生"驾车不用牛,上房不用梯"。泥老虎是关中人崇拜神仙之外的一种神物神力,一种自我慰藉,一种心灵寄托。假使一位老者长得一副骡马眼睛,释放着诡秘的闪电,娃娃就被吓倒了;而泥老虎铜铃般的大眼,威严中夹杂着"虎毒不食子"的温情。泥老虎不仅是娃娃的伙伴,也是新婚夫妻调情的调料,新郎新娘抚摸着泥老虎那直撅撅的通天鼻子、那肉乎乎的四个爪子,由不得女刮鼻子男搔脚,男的模仿着饿虎扑食,浑身烧得像刚出炉的铁棍,女的则故意像猫一样缩成一团,顷刻间天昏地暗,鸡飞狗叫全然不知……因此说,泥老虎在关中人的精神世界中,是壮胆的宝剑,是护院的神灯,是定神的罗盘,是赐福的神灵。

凤翔自古有"三美",即"姑娘手,东湖柳,柳林酒"。多才多艺、贩贱卖贵是凤翔人独有的天赋。能把泥土做成大生

泥塑挂虎

意甚至做成国宝，肯定其中有大学问，是大本领。南方人的紫砂壶，也是泥土技巧，但只能用梅花、桃花、荷花、野花点缀增色，在蝉、蚂蚱、蝙蝠、蟋蟀等小动物身上小打小闹；而凤翔人则能把泥老虎打扮成骑大马、挎大刀的猛士，打扮成戴红花、夸州县的状元，也能打扮成走街坊、治顽疾的郎中。凤翔人之所以玩泥巴玩出了大境界，根子就在文化上、在创新上、在无穷的想象中。有民谣为证："胡深家的虎，新民家的牛，凤珍家的猴子绣上头，杜银的挂片卖不愁。"细数林林总总的泥老虎，从分类上也只是虎面挂片和坐虎两种。虎面挂片从颜色上又分彩绘与白描两类。可以说，虎面挂片满脸喜气，把关中人表现吉祥幸福的符号押宝似的全押在锅盖状脸谱上。挂片大者若锅盖，小者若老碗。面部是浮屠状，跟马勺脸谱很相似，但马勺脸谱是用老柳木做成的，泥老虎则是用泥做成的，材质完全不同。泥老虎质地坚硬，像石板似的掉在地上摔不烂。纸老虎是易碎品，怕水怕风怕晒，而用"板板土"制成的泥老虎，摸起来像石，敲起来像铁，偶尔弄湿磕碰，是不会轻易变形的。所以我常常想，怪不得老人家说帝国主义是纸老虎，却从不说帝国主义是泥老

泥塑虎制作工艺中砸泥是重中之重

虎。说到板板土，它是沉积在关中的沟壕地或如牛身上旋涡状的土崖背上，捏在手里沉甸甸、油光光、黏糊糊，且呈层叠的小饼干状。庄稼人把黑土叫熟土，把黄土叫生土。而板板土一层一层，真像大自然精心制作的千层葱油饼。村上的小脚老太婆深知这种土的妙用，大人小孩有病，就去崖背下挖上一小篮，消化不好的吃了能克食，腿脚不灵的吃了能壮骨，最神奇的是有蛔虫的吃了，不大一会儿就能屙出一堆半尺长的蛔虫，原来脸上铜钱大的癣斑就悄悄褪色。饥馑年代，村人吃尽了榆树皮，吃光了玉米芯，就去吃板板土，地不给人产东西了，人就吃起地来。在做泥耍活的村子，板板土就像"中国稀土"，并非遍地都有，这也成了引发邻里资源矛盾的导火索。没了板板土，用黄胶泥或红胶泥做成的泥老虎，一摔就碎，一碰就散。所以，板板土似乎是专为做泥老虎而存在的，也只有板板土，才能做出如此赛铁赛铜的艺术品。

土里藏黄金，土里出白玉。板板土采回家后，就开始了和泥做坯的过程。和泥就像关中婆娘揉面一样细致，要放进废纸、棉絮以增强黏性、柔性，然后用铁锨搅翻几百遍，再用精脚踩踏几百遍，再用双手挤揉几百遍。泥像一堆白面要饧上三四个小时，白得泛银光，黏得像糯米汁，比关中扯面的面团柔，比甘肃的牛肉面筋道。这时泥早已没了土腥味，变得像姑娘的肌肤一样光滑细腻，像一条驯良的白蛇在艺人手中晃动，一会儿由粗变细，一会儿由圆变方，于是，泥有了弹性塑性，有了光感温度。艺人们似乎忘了这是和泥，仿佛像老厨子在制作天下美食，像老裁缝在剪裁公主的嫁衣。泥哼哼着，嘶嘶着，像喝醉的醉汉，像美人脱去的一袭素裙散发着体香。艺人们又开始"翻模"，将白生生的泥嵌进模具，初具雏形的虎脸就脱壳而出。高的是鼻子、眼睛，低的是脸蛋、下巴，老虎像从娘胎中刚下出来，还没有揭掉胞衣。艺人们这时要耐着性子，一边抽着烟，一边谝着闲传，把初生的老虎放在凉棚下阴干。接着是粉白，像演员化妆一样，用白土一遍又一遍往虎脸上涂抹，虎脸白得像明晃晃的镜子，又像一张白生生的宣纸，更像日本艺伎缺乏血色的脸面。艺人端详来端详去，比画来比画去，这是他在打腹稿呢！画虎画皮难画骨，他要给泥老虎身上安装活老虎不曾有过的物件，像画龙点睛一样，要让泥老虎吼起来、跑起来！

勾线是最关键的工序。像中国画讲究线条一样，手艺如何就在线条上见高低。特别是素面虎，要画上千笔才能完成，远比一幅山水画底稿复杂，比绣枕头还吃力，比画庙还难。在凹凸不平的虎头上画出曲线、直线，画出虎威，一笔都不能偏差。老实说，仅凭艺人握笔的本领，去美院当教授，功夫足够了。只可惜画一只老虎才能赚几十元，而一幅国画，有可能卖到了几十万甚至上百万。

凤翔泥老虎中最具代表性的作品，当属彩绘虎面挂片。两只耳朵像两座大山一样高峻挺立，立时增强了泥老虎的高大威严。虎耳有两道竖棱，两边绘有蝙蝠等图案。额颅上是硕大的石榴或绽放的牡丹。鼻子为通天生命树，象征男性生殖器。下

洗货是泥老虎制作中的重要一环

巴是一朵出水芙蓉，象征女性生殖器。眼睛像铆钉一样黄中泛红，像跃出地平线的太阳，要驱走每个人心中的阴霾。眼睛上面是双鱼状的眉睫，为一对阴阳鱼，表示夫妻和谐，家庭圆满。额部中心是一枚麻钱，双睛下又是两枚麻钱，额下又有一枚麻钱，象征发财致富。艺人们把"五子登科""五福盈门"的美好愿望全绘在虎头上。卧虎更是威武雄强，风趣逗人。

凤翔泥塑是色彩斑斓的世界，大绿、大红、大黄、大黑、大白，热烈奔放、夸张大胆。绿的象征春、红的象征夏、黄的象征秋、黑的象征冬、白的象征水,这些颜色像火焰一样热烈,像豹子一样奔放,像林海一样恣肆,像夜晚一样安详。五种颜色也象征着金木水火土,灌注着仁义礼智信;而繁星似的莲花、海棠、石榴、牡丹等四季花,昭示着四季平安、四季红火、四季发财。泥老虎挂片是神仙赐予关中人的厌胜咒、平安符、吉祥图、驱邪剑。也只有关中人才能把泥老虎做得这么耀目、这么刺激、这么诡秘。"爱死个你呀恨死个你""亲死个你呀捏死个你",关中人敢爱敢恨、敢作敢为,爱你时想为你摘取天上的星星,恨你时想用拳头捶扁你。他们的性情像西凤酒一样烈,像红辣椒一样辣,像西北风一样劲。他们端的老碗比西瓜大,用的腰带比井绳长,吃的面条比裤带宽,烙的锅盔比锅盖大,戴的草帽比磨盘圆。这样一种大气豪放的性格,决定了他们在选择色彩时的酣畅直率。他们做事直来直去,不需遮遮掩掩、吞吞吐吐,所以他们制作的泥老虎也真真切切、憨憨厚厚,夸张中不失威猛,温柔中夹杂狞厉。这也是泥老虎几百年来在关中受到热捧并走向大红大紫的潜在因素,因为泥老虎就是关中人性格的真实写照,同时它具有祈福的多重性、发财的功用性、避邪的宽泛性。

不啻是泥老虎体现了民间艺人的才情和绝技,泥青蛙、泥牛、泥鸡、泥张飞、泥钟馗等均挥洒着泥腿子艺人玩味生活、热爱生命的独特塑造力和爆发力。其实关中的泥耍活,要说考据的话,它的源头在西周。西周盛行青铜器,凤翔是京郊之地,是冶炼铜器的大作坊,王朝散了,一如乐师沦落为沿街卖唱的歌手,那些制作青铜器的大师，没本钱收铜制模精雕细刻了，满心的伤悲，又舍不得祖传的手艺，于是开始在泥土上琢磨生计，在玩货上移植技艺，久而久之，泥人泥马泥老虎也就成了聊以自慰、聊补生计的营生。如今的凤翔泥塑，无处不透露着青铜器的艺术魅力，比如青铜器纹饰讲究对仗、讲究浮屠，而泥塑品中的泥老虎、泥牛、泥青蛙也在制作中融进这一技艺。据一些专家推断，宋时凤翔泥塑走俏华夏，誉满神州。陆游曾在他的《老学庵笔记》中记述道："承平时，鄜州（今富县）田氏作泥孩儿，名天下，态度无穷，虽京师工效之，莫能及。一对至值十缣（细绢），一床至三十千，一床者或五或七也，小者二三寸，大者尺余，无绝大者。"这也说明，在那个时候，国人以得到陕人

宝鸡市凤翔县六营村泥塑手艺人胡新民正在给泥老虎勾线

所捏泥人为珍宝，而且价格不菲，不愁销卖。及至近代，关中泥耍活尤以凤翔六营村所制最为精湛，令人叫绝。凤翔人心灵手巧，他们是手工业的传人，打马勺、箍铁桶、合井绳、编背篓都有行家里手。西府的工艺美术大师全都集中在凤翔，木版年画的领军人物是邰立平，马勺脸谱的领军人物是李耀、马亚洲、张星，泥塑品领军人物是胡深、胡新民。凤翔长期是设州建府的地方，距官家近，服务业就自然而然兴起来，加上又是商贸重镇，手艺人就吃香了。凤翔的女人极擅长编草帽，男人极喜爱赶集。过去关中人所戴草帽有一半出自凤翔女人之手。赶集让凤翔男人学会巧吃"拐弯粮"，他们担着泥塑品跑平凉、逛固原，换回一沓沓钱或一捆捆布。"家有万贯，不如薄技在身。"凤翔民谣曰："有女要给营里，手里揉的银子。"即使"文革"中，泥塑品被列为"四旧"，仍然禁而不止，越禁越旺，也成为六营村一项大副业，更使泥耍活产业得以承继。一担泥老虎就解决了一家人温饱，也成为儿子的娶媳妇钱、女儿的嫁妆钱。这些乡村艺人在这匠那匠阵容中，身份最低贱，他们在一些人眼中甚至成为"骗人行当""哄人职业"，但他们却把艺术细胞浇注于泥品中，他们没有名分、没有职称，甚至连画棺材的人都不如。他们大多把自己定为换几个零花钱的人，但他们却是穷人喜爱的艺术家。凤翔泥塑品在屈辱中开得很绚烂，犹如梵高的《向日葵》、张大千的泼墨画、敦煌的飞天画。一位书法大家曾说：凤翔泥老虎是华夏三宝之一，可与壮族的蜡染布、苗族的岩画媲美！南方人的泥砂壶再精美也没有凤翔泥老虎这么富有率真、这么浸透幻想、这么饱蘸夸张、这么融合热闹！虽然老虎是用模具倒出的底片，但勾线彩绘没有一个是雷同的，黑是力，红为心，绿为生，白是大，黄为熟，庄稼人按他们的审美观让泥塑品鲜亮、饱满、喜气。在灰暗的土厦房中，一只老虎挂片就是一轮金灿灿的太阳，就是一朵红艳艳的牡丹，就是一个笑盈盈的美女，就是一片晴朗朗的天空！艺人手中的牛，以金色为底，牛脊背全是牡丹花，寄托着农人对牛的感情、对牛的感恩。有些在牛身上塑有抱鲤鱼的娃娃，寓意"春牛芒神"的规则，这娃娃就是芒神，而鲤鱼暗寓"吉庆有余"。五毒挂片体现着"以毒攻毒"的用意，硕大的青蛙身上是盛开的莲花、牡丹、梅花，而鼻子竟是蝎子，两只前爪一只盘着蛇，一只卧着壁虎，卦图后是爬动的蜈蚣，搭配是这么巧妙，布局是这么合理，让人爱不释手。而生肖马在艺人手中，憨态可掬，尾巴像扫帚，眼睛像月亮，身上是两朵大写的牡丹。难怪国家生肖邮票连续用凤翔泥塑猪、泥塑马、泥塑羊作为当年的文化名片！也难怪美国前总统克林顿在西安城墙看了胡新民现场捏泥老虎的一幕后，连叫"OK！OK！"

　　我在初秋之际再次来到凤翔六营村采风，八十多岁的"泥塑王"胡深依旧戴着老花镜在泥老虎挂片上涂涂抹抹。从老人口中得知，他一年卖泥耍活收入十万元，全村三百多人也在加工泥耍活，年收入三百万元，泥塑品种类已有三百多个。六营村的泥塑品卖到大江南北、卖到世界各地，六营村已跻身全国六十三个生态文化村之列，泥老虎已在保佑全球人幸福吉祥。

但关中人家挂泥老虎的渐渐稀少，倒是景德镇的假瓷器摆进了千家万户。一些官员的办公室摆进了泥老虎，我曾经问这些人老虎身上有多少符号，他们只是说花里胡哨看不出啥！现在人们都嫌土崇洋，泥老虎在年轻人眼中很土气，也不受他们欢迎，但这是秦人的神、秦人的图腾，不爱泥老虎，他们可能会变成一只只绵羊。这是泥老虎的不幸，也是秦人的不幸！这也使我想到，泥土是万物之源，真正的艺术品一定是土里生土里长的，脱开了地气，人也没有了豪气。抱一只泥老虎吧！它可以给你力量，给你勇气。

# 臊子面

一

太阳像火球一样从天空滚过。"算黄算割"的叫声越来越稠，沉甸甸半拃长的麦穗儿在南风中悠悠摆荡。大地像只刺猬，扎得太阳缩手缩脚。太阳越悬越高，太阳的脾气越来越大，太阳要烤焦地上的根根针刺。麦穗像无数金箭射向太阳，太阳成了矢的箭靶。庄稼人搞不明白，世上咋有叫人割麦的鸟儿，这该是神鸟吧！鸟儿叫得越急切，庄稼人心里越痒痒。太阳搞不明白，人类最早用于杀伤人的箭镞，咋能与麦穗这般相像？莫非是一种启示：只有铸剑为犁，人类才能丰衣足食。

最先起床的是父亲。他端了碗水，蹲在屋檐下磨着刃片。磨镰石已磨成了月牙状，几代人都使用过。父亲将一根头发往刃片上一吹，头发就噌地断了。接着院子里到处是此起彼伏的磨镰声，"嗞嗞嗞"的声音啃啮着村庄。公鸡躲得远远的，狗

西周文明留此上的是脵子面 向陽 乙未年冬月作

更是惊恐万分。"嗞嗞嗞"的声音让秦川牛有些亢奋，毛驴也不住地打着滚。牲畜们知道，该到出力的时候了。秦川牛的眼睛散射着慈祥火热的光芒，脊背隆起了力的隆包。毛驴的眼圈像都市女人化过妆一样，充满了多情的气息。牛的苦役是碾场，驴的差事是磨面。

男人们光着脊背，掀动着碌碡。头顶的太阳在滚动，地上的碌碡在滚动。圆圈越滚越大，地瓷实得像石板，太阳照在上面，地皮就噌噌地响，如同一面牛皮鼓在响。庄稼人将此叫作"光场"。

麦穗儿像鞭梢一样参开了。乡村弥漫着分娩前的充盈与惬意。庄稼人耐不住性子，挥动着银镰向麦海深处突进。麦海露出了一条条窄窄的夹缝和通道。伴随着"嚓嚓嚓"的声音，通道越来越宽，不几天时间，大地被剃走了一层银发白须。六爷躺在麦捆上抽着旱烟。六爷叹息道，人这一辈子也是一料庄稼！村上与他同龄的人都被老天叫走了，他在世上扎不下几天了。

牛拽着碌碡轰隆隆进了麦场，一柄柄桑权在翻动。碌碡转晕了头，桑权将麦粒儿抖落了下来。晚风袭来，壮汉们抄起大木锨扬起了场，新麦在场中央堆成小宝塔。麦的颗粒很美，有一种土壤般朴素柔和不事喧哗的质地。它从土壤里长出来，保持了土壤的本色却改变了土壤的味道。

麦装进了包中，庄稼人心放进了肚里。庄稼人一边赶庙会，一边加工挂面。拌面要用盐水。面团被搓成了条子，饧上一晚上，等到半夜鸡叫，老老少少揉开睡眼，往墙上的两根竹棍上缠条子。太阳一露脸，竹棍被挑了出来，挂在树杈上，条子在竹棍上荡着秋千，立时吊下一丈长的银丝，如雨帘扯空，如飞瀑落地，谁不夸这麦子筋丝大。

麦的故乡在西岐。西岐每年要种优质高蛋白麦子40万亩，西岐是全国500个粮油基地县之一。中国北方产小麦，南方产大米。但西岐这样好的麦子，并不多见。有了这样好的麦子，臊子面才能"薄筋光"。

## 二

秋阳抚摸周原大地的时候，就像外婆抚摸外孙的屁股蛋一样，显得亲昵和善。这个时候，秋阳的瀑布在箭括岭上跳跃着，箭括岭被洗成了钢蓝色。箭括岭并不高，只有1600米，但"其山两歧，双峰对峙，形如箭括，故称岐山"。本地人叫作箭括岭。周朝的鼻祖古公亶父就是被这把弓箭射向古周原的。周族部落原生活在今彬县一带，犬戎族驱赶着他们，就像猎狗驱赶羔羊。亶父向犬戎送去皮裘丝绸，好狗名马。亶父把该送的都送了，只剩下脚下的这片地。可犬戎要的正是这片地。犬戎明白，地是最大的财富。亶父明白，地是养人之物，不能因为它使人遭害。亶父率部族跨过漆水河，攀上箭括岭。亶父衣衫褴褛，蓬头垢面。亶父向岭下望去，只见河水像银练在飘动，牛羊像珠玑在滚动。脚下的土地平整如毡，亶父像饿羊找见了绿洲。

"探子"回来了。"探子"对亶父说："我们找到了自己的窝。地里沙果红了脸，河里鱼儿比牛大。""探子"怀里抱着一堆荠儿菜。饥肠辘辘的亶父便大嚼大咽起来，一会儿便把荠儿菜吃光了。族人睁大眼睛望着亶父，他们不知道亶父口中的荠儿菜像饴糖一样甘甜，亶父不敢相信这就是荠儿菜。亶父发出"周原膴膴，堇荼如饴"的感叹。亶父听见了箭括岭在拉动弓弦，亶父的马像箭镞一样嗖地落在了古周原。篝火烧掉了野草，土地涌着泥浪。这地富得流油，种啥长啥。亶父想，周族的女人是这片地就好了！百年之后，周族在周原由小草长成了参天大树。周强大起来了，成了纣王的眼中钉。文王被囚在羑里，在牢里推算出了民俗之根百家之脉万法之宗群经之首的《周易》。周人向纣王送去了美女，文王逃过了一劫，回到了西岐。文王用推算六十四卦的精神将这里的物产合成了臊子面。他加减着盐和醋，调成了臊子汤。周公一边吃着臊子面，一边"制礼作乐"。周公发现，人们吃臊子面的过程就像演习了一回周礼。先是国君，再是大臣；先是长辈，再是小孩。每个人都不用喝汤，要留下"福巴子"。礼的学说，在吃臊子面中得到了普及。周公对臊子的加工进行了革新。"周公臊子文王汤"，臊子面成了周族成长的见证物，成了儒家学说的引子。臊子面的佐料有红白黑绿黄，儒家学说中有"仁义礼智信"。周人一边吸溜着臊子面，一边筑城墙修宫殿，砌成了伟大的城——京。在臊子面的吸溜声中，他们杀向朝歌，建起了中国历史上寿命最长的朝代——周朝。

秋阳这只大手越过箭括岭抚摸着田野。玉米像孕妇一样挺着大肚子，怀里抱着两三个棒槌。玉米秆撑开了天线状的脑瓜，似乎向天地传递着什么信息，又似乎捕捉着什么战机。玉米齐刷刷地站着，乡村不再空旷寥廓。辣椒贪婪地吸吮着秋阳的乳汁，将自己拷贝成了箭镞。谷子像狼尾巴一样张扬着自己。红萝卜在地下膨胀勃兴，试图留下自己的根。

"失我焉支山，使我妇女无颜色。"没有红辣椒，会使我臊子面无颜色。辣椒是臊子面的脸面。陕西几大怪中，就有"鸡鱼不吃树下埋，有了辣子不吃菜"。岐山人最爱吃的是当地的线辣子，细而长，像跳跃的火舌。将干透的红辣椒放在锅里用文火烤得又干又脆，趁热碾成粉末，再用滚沸的菜油泼入，辣椒油光闪亮，辣得人大汗淋漓。有了辣味的臊子面，北方大汉吃了后才能吃铜咬铁铮铮如钢，也才能吼出地动山摇的秦腔，也才能"人驾车辕牛在外，敲锣能把房震坏"。

三

崖畔沟边全是燃烧的野菊花。黄的，像金钱豹身上的斑；白的，如雪豹身上的点。杨树将金币一样的叶片撒得叮当作响，娃娃们用扫帚棍穿树叶，手里像提着一条条大花蛇。麦苗拱出了地皮，细细的像一根针，针尖上挑着露珠。这个时候最活跃的是狗，公狗与母狗在柿子树下恋儿子，羞得村妇脸红得像柿子。这正是农家淋醋的日子。

淋醋的日子神秘兮兮，各家都要把醋婆神敬起来。家家户户都提心吊胆，冷不丁地闯进个生人，就像来了个"扑神鬼"，全家人铁青着脸没人搭讪。小麦、高粱、谷子被磨成料，全家

乡间过事要把臊子面做好

三分之一的收成被拌了醋。稍有闪失就会大错铸成，粮食被白白浪费掉，全家人一年没醋吃，只好东家借一碗，西家讨半勺，女人脸上没了光。

屋子的地上放着大笸篮，笸篮上捂着被子，被子上是枣刺和犁铧，警示着谁也动不得。一番发酵，料被装进几个大瓦缸，瓦缸下面的眼孔里就日夜叮叮咚咚，若秋天的淋雨滴滴答答，你这才明白了"淋醋"这个词颇有诗意，而"制醋""做醋"就显得有些粗制滥造和漫不经心了。

这几年，岐山醋酸得闻名天下，岐山人便去大城市办醋厂。一样的粮食一样的手艺，淋出的醋却变了味。请来专家诊断，原来，大城市空气中醋酸菌太少，而岐山空气中醋酸菌弥漫。还有，岐山的水好。另外，老婆拌醋，大汗淋漓，这汗水也是一种活离子，更是一种引子。

岐山人给人送礼，除了糁子、挂面，就是醋，有人笑话说皮薄。可是岐山人实诚，认为把最好的东西送给了你。"外面人啥东西都能花钱买下，就是买不下咱这醋！"是的，山西的醋酸是酸却有些尖酸，镇江的醋酸是酸却有些苦酸，而唯独岐山醋，味若石榴，香若醇醪。有人试图用调啤酒的办法酿制岐山醋，咋都制不出来。酿酒容易淋醋难！岐山醋早该注册中国名牌产品了！醋成全了岐山臊子面。而醋，既是岐山妇女品行和手艺的绝唱，又是岐山日月精华的积淀。只有岐山女人才能淋出这么好的醋，也只有岐山这块圣土才能飘逸这么多的醋酸菌。但岐山女人绝不是醋坛子，她们勤劳善良，知书达理，温柔贤惠,最爱丈夫也最体贴丈夫。她们骨子里流淌的是贵族血脉,因为她们的先祖是周朝的达官贵人。三千年前,"凤鸣岐山",3000年后,岐地妇女个个都是金凤凰。娶个岐山姑娘做媳妇吧!

## 四

几十只猫伏在土墙上流涎水,尾巴翘得像秤杆。猫分明闻到了香味。全村人也闻到了香味。不用说,谁家在燣臊子。麦草火伸长舌头舔着黑老锅,锅里的肉丁在"泡泡",锅底下的火在"泡泡"。

岐山人加工臊子不说"炒",不说"烧",叫作"燣"。因为用的是文火。文火讲究的是耐性,把握的是火候,加工时间长,储存时间也长。

猪肉买回来后,男人把刀磨得削铁如泥,女人开始切肉丁。肉丁要切成"棋子豆"。女人手中的刀像铡草机,既飞快又有节奏。

清油沸滚起来,先将一碗醋倒进热锅里,醋沫子在空气中打转,再将白生生的肉丁倒进去,"嗞喽"一声满锅响,生姜、八角、桂皮四个指头一捏……在文火的逼供下猪肉先是散发着腥味,后便溢出了香味。辣面子撒进锅里,臊子便被镀上了一层红晕。

臊子舀进盒里,凝固成了酡红色的脂膏。夏天化不掉,冬天不结冰。放进汤里,香气诱人;拌碗干面,满口生津。

## 五

每个村庄里，调汤最好的，要数上了年纪的老太婆了。她们的两只小脚像一对乌鸦在锅台边盘旋。她们捏一把盐、倒一碗醋、添几瓢水，全是那么信手拈来。然而，你可千万不敢小瞧她们这副大不咧咧的神态。原来她们手上的功夫却深沉得了不得！城里的女人尝了她们调的汤后，要拜她们为师。当问到八碗水要放多少醋、多少盐时，她们总是说，这是说不清的。城里女人说：莫保守。小脚老太说：有啥保守的，没啥秘方。城里女人跟着小脚老太学了几天，但怎么也学不会。老太说：我一进门就看婆婆怎么调汤，直看到40多岁，才看会了。婆婆是跟着婆婆的婆婆看的，这没有什么书本，全凭悟性！做臊子面还要看书，这就丢人死了！是的，这功夫是学不来的。一锅汤，多放几颗盐就太咸，多滴两滴醋就太酸。增之一分太重，减之一分太淡，这便是功夫了！所以，外地人学做臊子面只知道多放醋，多放辣子，这实际是糟蹋了臊子面。他们不知道这里面有辩证法。如果让这些村妇讲"辨证施治"，搞"配套工程"，她们也堪称是人才哩。

岐山臊子面的做法，可以写一部百科全书，也可以用"薄、筋、光、酸、辣、香、煎、稀、汪"九个字来概括。但这方面的研究专家永远成不了做臊子面的高手。在一个村子，大凡臊子面做得好的，都是在生活中历经大苦大难、尝尽酸甜苦辣的人。

吃臊子面大赛上的精彩一幕

她们或早年丧夫，或晚年丧子，或儿女不孝。她们将生活中的不幸洒在了这锅汤中，所以汤中的酸味、辣味就格外鲜活。

臊子面被医学专家分析为治病的好汤药，可开胃、可益气、可祛风湿、可治感冒。这些作用或许兼而有之，然而，农民只是觉得好吃才做它。如果是为了医病，还是吃汤药的好。传说慈禧太后被八国联军逼到西京后，品尝了岐山县城照壁背后面馆的臊子面，赞赏岐山臊子面开胃顺气，活血生精，并赐"龙凤旗"一面。说来也怪，慈禧只有在兵荒马乱中才能品出岐山臊子面的味道，她把臊子面的做法带回北京，然而还是顺不了她的气，不久，就一命呜呼了，这绝对不能怪老佛爷的臊子面没吃好。

在岐山农村，臊子面往往成了家业兴旺的标志。男人要有尊严、婆娘要有名声，全在这一碗面上。精明能干的男人若娶了一个不会做臊子面的女人，便在人面前抬不起头，男人会认为断了自己人缘，女人就像不会生娃一样被人瞧不起。臊子面是家与家不较量的较量，户与户不攀比的攀比。村上来了干部，总被安排到臊子面做得好的人家。干部连一根"麻糖"（麻花）也不拿，这家人却高兴得不得了！男人压面，女人调汤，小孩端饭，全家老少都上阵来了。下派干部吃了二三十碗，从炕头站到了院子还是不放碗。宽面、细面、韭叶面都吃过了，吃得大汗淋漓，这家人还是让你吃，最后还要回敬一碗干面。岐山人给女儿找对象，就看这小伙能吃多少碗臊子面。倘若能吃几十碗，老丈人会说："能吃就能干！"这门亲事就这么敲定了。

## 六

西北风喊疼了嗓子，喊得几乎成了哑巴时，苍茫的天空被震裂出无数缝隙，雪就纷纷扬扬地飘了下来。大地像穿着白色婚纱的新娘，公路系上白腰带，房顶戴上白帽子，麦田盖上白被子。一切显得那么寂然，一切又显得那么沉静。这个时候，村上总要死几个老人。人死在五黄六月，别人会骂骂咧咧；人死在雨天，别人会说感动得老天也流泪呢；人死在雪天，别人会说天地都在披麻戴孝呢！这几个老人死得正是时候，让庄稼人看来是感天动地。

唢呐奏出撕心裂肺般的悲壮。一声哭腔，更让天地为之动容，草木为之变色。"娘，日子才过好了，你咋走了！""你死了，谁管你娃呢！"亲戚们从村口扯着哭腔直哭到院子。哭丧还是说唱，真是难以分开。一边哭，一边说，把死者一生的好处竹筒倒豆子般抖了出来。越是年长，哭的水平越老到，越能与听者产生共鸣。在哭声中，村上人说，要吃"六爷的臊子面"了！

庄稼人死了，不兴开追悼会，花圈也摆得少，烧纸的人却蜂拥而来。毛主席说："村上的人死了，要开个追悼会。"这一指示在关中农村却一直没有得到落实。"开啥呢，又没干下惊天动地的大事！天天面朝黄土背朝天，干了些啥谁不知道！"农民认为开追悼会是显摆呢，只有村干部以上的人死了才开追悼会。庄稼人穷惯了，没钱花，认为花圈太奢侈也不实惠，纸钱在阴间还可置家当。

纸钱在灵堂前像黑蝴蝶一样飞舞；雪花在院中像白蝴蝶一样飞舞。两口大锅在门口冒着热气。一口锅内落下了太阳，一口锅内落下了月亮。一口锅煮着面条，一口锅滚沸着汤。面条薄如蝉翼，细如丝线，滚水下锅莲花般翻转。汤锅像落下了一抹红霞。面条捞入碗中浇上汤，正如元代诗人张翥所描绘的那样，"腊臡剧红玉，汤饼煮银丝"。汤是不用倒的。汤倒在一个锅里，轮番浇面。先吃臊子面的一定是外面干事的和村干部，接着按辈分大小往下排。

其实，岐山臊子面源于周人的尸祭制度。人死了不能复生，活着的人为了纪念死去的人，只好找个长相酷似的人"扮尸"，让扮尸者吃顿好饭也算尽了一回孝。尸祭之前要准备天下最好的食品。《礼记》云："水草之菹，陆产之醢，小物备矣……

昆虫之异，草木之实，阴阳之物备矣。凡天之所生，地之所长，苟可荐者，莫不咸在，示尽物也。"美食盛上来后，由扮尸者先吃，再由君卿享用，百官百姓轮着享用，并要一级一级留下剩饭，称为"福巴子"。正因为要供奉"天之所生，地之所长"，岐地所有物产，大到小麦、油菜、猪肉，小到植物的根茎叶花藻之五端，红黄绿黑白之五色（取之于胡萝卜之红、金针菜之黄、蒜苗子之绿、黑木耳之黑、鲜豆腐之白）都要融于这碗面中，以此来表示孝心，培育孝道。岐山是《周礼》的发源地，由于地域闭塞，传统保守，才保留了西周时期的这一吃食活化石。岐山臊子面历经了一次次革新和演变，才登上了"中华面食之王"的宝座。最早，人们将面粉放在烧红的石头上加工成饼子，

臊子面是西府人宴请亲朋的神来之食

不知是哪个人用菜汤泡饼，才引发了灵感；面越擀越薄，汤越调越香。在西周时代，只有岐山京当地区的臊子面做得最好。京当的王家村就是当时的宫廷御膳房。至今，这里打不出井，一打井就塌。对纣王腐败恨之入骨的贤人达士纷纷弃暗投明来到西岐，一碗臊子面拂走了他们的千里风尘，驱走了他们心头的寒意。他们看到这里是一个风清弊绝、海晏河清的新天地。

## 七

红红的对联。红红的窗花。红红的鞭炮。红红的灯笼。年来到了。

儿子回来了，大多是写材料当秘书的。

女儿回来了，大多是教书的和工程师。

儿子在京城学会了说普通话，敲门时不住地喊："母亲、母亲……"母亲听不懂京腔，以为是狗用爪子刨门板，开门一看，才惊喜万分："我娃回来咧，出去了几天就不会叫娘了。"儿子说："娘，我想死你了。"娘说："你怕是想臊子面了。"一会儿，热气腾腾的臊子面就端上了炕桌。炕热气腾腾，臊子面热气腾腾，儿子头上的汗水也是热气腾腾。

岐山人文化水平高，家里再穷也要供娃念书。家长们认为，娃把书念成了，长大了凭真本事吃饭。岂料，本事越大，干吃苦差事的人就挤了堆堆。搞艺术的人多，写材料当记者的人多，秃头的人也多。画家有徐义生、罗冠生、李云集、祁志强、郑玉林、王雄宾、张让林；书法家有冯秉祥、江海沧；作家有唐栋、红柯、温亚军、冯积岐、李凤杰、徐岳；唱戏的有丁良生、张兰秦。在宝鸡、西安写材料的、搞创作的大都是岐山人。就像绍兴出师爷一样，岐山净出秀才。

臊子面在过年时候吃起来最香。越是冷，汤越煎和。文化人吸溜着臊子面，一年的委屈向父母一抖，全没了，心中的疙瘩也消失了。

儿女没说多少叮咛话，走时，娘眼睛红红的，爹没精打采。行李包中悄悄塞上两包挂面一桶醋、一罐罐臊子。

## 八

臊子面是天地人的绝妙结合。

臊子面是西周文明的浓缩与折射。西周文明埋在地下的是青铜器，留在地上的是臊子面。岐山人过事，都要吃顿臊子面。过年要吃团圆面，老人过寿、小孩满月要吃长寿面，邻里或兄弟间起了摩擦要吃和气面，埋人要吃孝子面，娶媳妇要吃嫂子面。面有挂面、铡面、机器面，有细面、宽面、菠菜面。渭南的乒乓面、三原的刀削面、凤翔的香股面都不敢与岐山臊子面叫板。在大西北，处处都可瞅到岐山臊子面的招牌，处处都可以闻到臊子面的芳香。且不论这些臊子面味道是否正宗、做法是否地道，单就解决了这么多人的就业问题，单就凭一块牌子使岐山声名远播，我们都可以原谅他们的"假冒伪劣"了！

据说，新中国成立初期毛泽东到西安，刘少奇、朱德到宝鸡视察，都尝过岐山臊子面。吃过后留下了什么话，都无从考究了。只有开臊子面馆的人说，毛主席说咱的臊子面嫽扎咧、美得太！毛主席那次来西安，留下最有名的话是"陕西的猫也不吃鱼"，意即陕西人最爱吃粘面。毛主席是湖南人，喜食辣椒而不喜食面条，想来这臊子面中的辣椒可能让他感兴趣，或许他尝到陕西的辣子不比湖南的辣椒逊色，说了几句客气话罢了。湖南大学教授何光岳经过考证，认为毛泽东的祖先就生活在岐山周原。韶山毛公祠中的《毛氏族谱》二修卷首《源流记》载"吾姓系出周姬文王子毛伯郑之后，世为周卿，因国为氏"。中国毛氏诞生于西周初年，周文王第六子郑，分封于古毛国（今岐山扶风一带），史称毛伯郑。岐山青化镇有个毛家庄村，让人不解的是全村却没有一户姓毛的人家。看来，毛泽东的祖先的确是吃过岐山臊子面的，只不过后人辗转云南、江西、湖南，爱吃辣子还是未变，倒是没了岐山醋，再也吃不到酸辣香的原汁原味了。

岐山臊子面的香味酿出了中华周秦文明之光。岐山诞生了西周政治家周文王、周武王、周公姬旦，唐代天文学家李淳风……连"撒豆成兵，呼风唤雨"的诸葛亮，实在也禁不住岐山臊子面的诱惑，用"木牛流马"驮载粮食，千里迢迢，六出祁山。可惜诸葛亮没有口福，只是隔河闻到了魏军帐中臊子面的酸辣香气，夙愿未了，归天时非要选择岐山五丈原，就让他老人家的"八卦阵"与岐山臊子面隔河相望吧！

臊子面是岐山的金名片。臊子面是中华吃食一绝。台湾师范大学教授赵宁在《赵宁留美记》一书中赞扬岐山臊子面"精彩无比",并"奉劝读者诸君,没有尝过的,赶紧拜访陕西乡党,讨来吃吃,天下美味不过如此"。臊子面的香味自远古飘来,将飘向全球角角落落……

# 铁　匠

　　我们所处的时代，是一个金属与电子、信息、石油以及新能源、新材料糅合的时代。有人说，原始社会的主角是陶，奴隶社会的主角是铜，封建社会的主角是铁。离开了铁，就没有大机器；没有大机器，就没有火车电力；没有火车电力，这个世界恐怕还徘徊于石器、陶器、青铜器与刀耕火种的时代。离开了铁，就难以摆脱打仗靠石木弓箭、耕地靠耒耜连枷、煮食靠火烤陶罐的落后状况。人类自从认识了铁，就打开了一个崭新的世界。而关中不只是诗、礼、易这样软文化的源头，也是铜、铁、钢这样硬实力的基地。

　　地球是铁球，地球最大的财富不是土壤、海水、高山、空气，而是铁。地球外表是一片静谧的蓝色，而地心却是温度高达6000度的铁、镍火炉。在火炉之上安营扎寨、生儿育女，在火炉之上谈天说地、载歌载舞，地球人像稳坐在烈焰上面毫无惧色的一群精灵。

　　"铁"字的古文字是"銕"，我们的祖先认为它是天外来客，故而给这个从天而降的陨石定位为异族的"夷"，后来发现铁是比石器、铜器更为坚韧、锋利的新材料，最好的用场是制造格杀武器的"戈"，于是把"铁"字修正为"鐵"，把矛、戟、刀、盾等兵器总称为"干戈"，也衍生出了"操戈""执戈""反戈一击""化干戈为玉帛"之类的词。

铁的本色是白色，故称为白金，氧化生锈后为黑色，又称为黑金。在金属稀少的古代，在铁问世之初，铁比金贵，铁比铜贵，铁比玉贵，铁是属于"王"掌管的，像稀土、钒、钛、锆一样的国宝。当人类进入铁的时代，就像突然驾上了火箭，一路发现这个星球本身拥有自己所需要的一切——太阳是人类的父亲，地球是人类的母亲，父母为儿女们准备好了一切衣着食粮，只要儿女们开动脑筋，从天取火，钻木取火，用阳燧取火，架起火炉，把生的变成熟的，把冷的变成热的，把软的变成硬的，从水里捞金，从土里炼铁，给铁加上"工业味精"，把铁浇铸成管、拉扯成丝、锤击成片、敲打成钉、百炼成钢，一切人间奇迹也就应运而生了。

古时把有专门特长、技术的人称为匠人。《论衡·量知》说："能剖削柱梁谓之木匠，能穿凿穴埳谓之土匠，能雕琢文书谓之史匠。"《周礼·考工记》说："匠人建国，匠人营国，匠人为沟洫。"这说明木匠、泥匠等是最早的"就地取材"的专业技术工人。而铁的发现与利用，则是一个漫长的探索过程。早在蒙昧初期，我们始祖黄帝的足迹就"东至于海，登丸山，及岱宗。西至于空桐，登鸡头。南至于江，登熊、湘。北逐荤粥，合符釜山，而邑于

風扇爐中失 鐵打滿天星

向陽作於乙未年

涿鹿之阿","黄帝采首山铜,铸鼎于荆山下",由此拉开了"领空领土大普查"、破解"日月星辰""土石金玉"与自身密切关系的大序幕。伴随着大禹治水,详查出了金、银、铅、锡、铁等物产的产地与分类,这也有了"禹收九牧之金,铸九鼎""为山川神主"的伟业。商周时期是一个青铜的舞台,五花八门的商周青铜器,闻名于世的后母戊鼎、四羊方尊、散氏盘、大盂鼎、毛公鼎等,已经证明当时的金属冶炼达到了炉火纯青的程度。西周末年,以青铜器为象征的王权式微,其中也不可低估由于陨铁的出现冶铁兴盛,引发生产关系生产方式改变的冲击力,于是原来属于官办的、世袭的铜匠玉匠丢失了祖业,丢失了饭碗,不得不从主要制造铜质的祭祀用品,走向制造铁质的生产生活用品而成为铁匠。但是,铁匠所从事的职业仍属于"高技术"范畴,铁匠仍属于"有突出贡献的科学家",因为他们从此肩负起了一个更为神圣的国家使命——以铁制的武器、兵甲等新型装备充实武库,从此国家才有了铁军、铁骑驰骋在广阔战场。所以说,关中的铁匠不是一场春雨过后破土萌生的嫩芽,立身关中的西周也远不是铁矿的发现者,冶炼的祖师爷也不是传说中的阴阳家。

西周是青铜铸造的王朝,然而那么多或温文尔雅或面目狰狞、造型诡谲的青铜器,虽然放在今天不失为国宝,但主要用场却是作为敬天敬地敬祖的祭祀品,令人疑惑的是,至今出土的大量青铜器,竟没有一件生产工具!没有工具创新,西周僵化了麻木了,只能承袭着钟鸣鼎食、烧香磕头那些老套套,而那些精心制作的礼器，一边沦落为永不显灵的摆设品、把玩品、样子货，一边也勾起了诸侯问鼎的狼子野心。

周朝有铜山，秦国有铁矿。秦国是铁匠的大本营，是农业革命的带头人，秦人是把"好钢用在刀刃上"的先行者。西周革命，从商朝俘虏与调来了大批冶炼工匠；西周东迁，许多来不及撤离的工匠散落民间，由此秦国不费气力成为一个铁匠大国。东周没落，山东诸侯醉心于争霸，这给秦国修治内功提供了一个千载难逢的发展机遇。秦国人埋头苦干，双管齐下，一边用重金招揽人才，用优厚待遇留住人才，一边大兴水利，比如大型水利工程郑国渠的开凿一举使关中东部成为万顷良田，比如蜀地都江堰的建成，使秦国有了一个支持长期战争的粮仓和稳固的后方。关中土地本是沃野千里的"上上田"，有全盘继承周人的农业技术，有水浇田，秦人同时把目光紧紧地盯在铁制农具的发明创造上。有了铁犁、铁铧，秦人率先发明推广了"二牛抬杠"这一高效的耕作技术，像有了拖拉机一样第一次实现了土壤深耕，于是有了"深耕一寸顶车粪，深耕二寸地生金"的农谚；有了铁锄、铁耙，秦人欣喜地发现"谷锄八遍吃干饭，豆锄三遍荚成串"；有了铁镰、长镰，秦人完全告别了昔日掐麦穗、拔麦秆那种繁重笨拙的体力劳动；有了铁斧、铁锯，秦人大兴土木，京城壮阔无比，乡村改换新颜，极大地增强了国威与臣民的凝聚力、自信心。水美长草，地肥打粮。秦人有了余粮，耕牛战马膘肥体壮，产生的大量粪肥又回去滋养着田地，因此秦人才有了"田里不上粪，吃饭要断顿""积肥如积粮，粮在肥中藏""要问粮食多少,先看粪堆大小""门前没粪三大堆,长好庄稼是胡吹"之类的农业经。随着农业的大发展,秦国开始大规模开山采矿冶铁,也吸引商贩突破封锁源源不断地输送铁这种战略资源,由此秦国组织起武装起虎狼之师,驾着战车,拿起天下最锐利的兵器,一如铁流滚滚势不可当地杀向东方。

周朝把青铜集中起来,等级森严地管控着这天下珍宝,而民间仍然过着瓮牖绳枢陶盆瓦罐当家的日子;而秦国则把铁奉若神明,用铁去催生千家万户的生产力。前线杀声震天,后方炉火熊熊——秦国早就进入了兵器的制式化、标准化生产时代,如威力巨大的弩能射穿对方的铁甲,矛柄折断只需要换杆而不需换头,所有车轴的车毂都是一个尺寸,操纵战马行进方向的镳巧制为"四通管",这为战场武器迅速换件修复与再生提供了极大方便……这使我仿佛看到,在秦军万马奔腾的后方是另一个战场,一群汗流浃背的铁匠,一群苦思冥想的能工巧匠,正"煽风点火"或"火上浇油",挥舞大锤,趁热打造着马掌、马镫、马衔与长矛、大刀等十八般兵器;这也使我想到,铁制武器的广泛应用,改变着战争方向与作战样式,加速着战争进程,最大限度实现了"以战止战",避免了无谓的伤亡,这无疑与杜甫"苟能制侵陵,岂在多杀伤"的战争观相吻合。所以,我们确实应当像赞颂制造"两弹一星"等国之重器的科学家一样,为秦国那些名不见经传的军工铁匠歌功颂德。

铁,让秦人大开眼界、血脉贲张,也让秦人全民皆兵、武装到牙齿。秦人在普及与综合铁造兵器上,把其他诸侯远远抛

宝鸡市金台区赤沙镇一位不愿透露姓名的铁匠,话不多,手艺却很好

在后面;其他诸侯虽也磨刀霍霍,但把注意力停留在"一剑定天下"这样的单项武器、单项优势上。国人自古有佩剑的风气,因为剑像男人的势,代表着男人的气节,匹夫见辱还拔刀而起呢!剑是强者的象征,是勇者的门户,也是智者的旗语。国王不佩剑,就像奴隶一样龌龊;大将不佩剑,三军就成了乌合之众;士人不佩剑,就像没穿裤子一样手足无措;侠客不佩剑,就像流浪汉一样软弱可欺;美女不佩剑,就像鸡羊一样任人宰割。大凡国王有四件宝:一把宝剑、一匹天马、一枚国玺、一个美人。国玺,可以世代相传;美人,可以天下网罗;天马,虽千金难求亦可求。唯有削铁如泥、寒光逼人的宝剑最难得,国王没有

宝剑陪伴左右，就像剪去尾巴的龙、折了翅膀的凤、拔掉胡须的虎一样，如何好指天誓日威震天下呢？然而，宝剑天不造、地不设，铸造天下最锋利的宝剑，成了诸侯们梦寐以求的头等大事。铸剑！随着越王一声令下，越国的铸剑大师欧冶子闪亮登场。

　　重文轻技，是中国生产力长期落后徘徊的一大根源。说到欧冶子，他不像孔子、老子、墨子、荀子、韩非子那样的思想家为人熟知，人们淡忘了他是春秋战国时期代表着先进生产力、掌握尖端钢铁铸造技术、对中国冶炼行业影响深远的发明家——出土的春秋战国的几把光可鉴人的宝剑，把中国的冶炼史、高

火花四溅的场面，宝鸡市金台区广福村铁匠张虎明已经习惯了

超的合金冶炼术推向了世界前列。正如鲁班苦思冥想盖房不用一颗钉，庖丁精益求精解牛不伤一丝骨一样，欧冶子为了铸造天下名剑，足迹遍及闽浙一带名山大川，终于找到位于今福建松溪县湛卢山的一处清幽树茂、薪炭易得、矿藏丰富、山泉清冽的铸剑之地，历经三年无数次试验，以"赤堇之山，破而出锡；若耶之溪，涸而出铜；雨师扫洒，雷公击橐；蛟龙捧炉，天帝装炭"这山水添彩、群神发力般的壮举，终于铸造出了"发及锋而逝，铁近刃如泥，举世无可匹者"的湛卢、纯钧、巨阙、胜邪、鱼肠五把天下宝剑，越王勾践以他铸的剑灭吴，楚昭王以他铸的剑破晋。史称曾追随欧冶子的匠人干将、莫邪夫妇，为吴王或楚王铸剑，关键时刻为了骤然提高火炉温度，不惜性命跳入炉膛，造出了两把天下无双的雌雄剑，又为《列士传》《孝子传》《搜神记》等民间故事增添了铁花飞溅、剑气纵横的传奇色彩。

一个铁匠的得意之作莫过于铸剑，一把宝剑搅扰起天下狼烟烽火。在古诗文中，写剑写刀的数不胜数；在帝王行列中，佩刀佩剑的栩栩如生。然而，很少有人直接把目光投向木讷寡言、心灵手巧、忠厚本分的铁匠。倒是"仗剑去国"的李白没有放过这一火星飞溅、叮叮当当的火热场景，他在《秋浦歌》中写道："炉火照天地，红星乱紫烟。赧郎明月夜，歌曲动寒川。"一个"赧"字，本指因羞愧而脸红，但这里却是火炉映照的伴着打铁号子的红脸汉，是惊天动地般的打铁好汉。还有唐时的郭震，曾身临其境领悟了铁匠铁锤下的威武与追求，把高贵的诗歌唱给了没有名分的铁匠：

### 古剑篇

君不见昆吾铁冶飞炎烟，红光紫气俱赫然。

良工锻炼凡几年，铸得宝剑名龙泉。

龙泉颜色如霜雪，良工咨嗟叹奇绝。

琉璃玉匣吐莲花，错镂金环映明月。

正逢天下无风尘，幸得周防君子身。

精光黯黯青蛇色，文章片片绿龟鳞。

非直结交游侠子，亦曾亲近英雄人。

何言中路遭弃捐，零落飘沦古狱边。

虽复沉埋无所用，犹能夜夜气冲天。

  铁匠的功德不能埋没，铁匠的本领也不可多得。铁匠是活跃在敌后最凶狠的杀手，他虽不像武士披坚执锐冲锋陷阵，却在精心打造着知己知彼、克敌制胜的坚兵利器。

  打铁先要本身硬。铁匠是集"矛"与"盾"、"坚"与"韧"、"利"与"钝"于一身的"智造"职业，也是一个苦字当头、硬碰硬的苦差事。大凡铁匠，骨瘦如柴，肌腱分明，青筋外露，面色漆黑。到老了双眼无光，迎风流泪，双手双脚布满了火星灼伤的瘢痕。试想，天天围着烈焰拉风箱，添火炭，翻坩埚，抡大锤，锉毛刺，即使一块石头也要瘦三分，哪能像公子王孙一样油头粉面膘肥体壮。铁匠是一个"察言观色""趁热打铁"的眼色活，生铁从蓝变红，从浅红变浅白，完全凭着一双慧眼。特别是抡大锤的小徒弟，要随时跟着师傅的小锤子走，稍不用力，稍有走神，师傅信手拿起的小锤子火钳子就砸了过来。铁匠干的还是一个比绣花还精巧的细活，那些铁绳环扣，像放大的金项链一样美观；那些剪刀剃刀，在老到的裁缝剃匠手里游刃有余；那些菜刀屠刀，一经厨师屠夫的手便能产生天下美味；那些铁镐铁钎，交给农人石匠就改造着山河。无人不爱的黄金白银铜板铁钱等货币，哪个不是出自铁匠的精雕细镂，那里面耐久耐磨耐腐蚀的奥妙，却是在没有任何化学仪器的情况下完成的。最神奇的是铁匠与"四大发明"密切相关——指南针的出现，把一个农牧民族送上了遥远的大海！"铁匠的砧子石匠的錾，男人的腰板金刚钻"，民谚说的"四硬"，其中两个与铁匠有关。铁匠要把易脆易锈的生铁除去杂质，打成刚柔相济、闪亮发光的钢，是硬用铁锤千万次锤打与淬火而成的。铁匠的本色是硬敲硬打，铁匠的誓词是硬破硬立。

时光荏苒，铁牛上世，机械当家，而八百里关中很难看到一个炉火正红的铁匠铺子。凤翔有一个平展得连一个土包也没鼓起的村子叫疙瘩村（也有叫圪塔村的），还活着一位80多岁的铁匠爷，他是村上最老的铁匠，胳膊上的肌肉像一块一块生铁疙瘩，他的头黑沉沉，他的手黑黢黢，太阳舔在他身上，像他家的黑狗舔他一样温情，他的模样几十年像生铁疙瘩毫无变化。疙瘩村有棵老皂角树，粗得像碾盘，浓荫匝地，气势非凡，堪称关中皂角王。树身鼓起了十多个黑胶锅状的疙瘩，像一条大黑蟒吸进了几头羊，皂角树就像铁铸般坚硬，树的枝枝杈杈上布满了匕首一样坚利的刺，像射向天空的无数箭镞，据说这个村曾是扬名关中的铁匠村，这棵树下是生意最红火的铁匠铺。

提起铁匠，疙瘩村的故事比皂角树的叶子还多。人们七嘴八舌地向我比画着铁匠炉，诉说着昔日家家户户叮叮咣咣、火星映天的红火日子，向我夸耀着娃娃哭闹不休，大人一喊"疙瘩村铁匠来了！"娃娃立时安宁下来。邻村人打架，败阵一方就会喊道："叫疙瘩村我舅来收拾你！"对方马上就成了缩头乌龟。疙瘩村早在西周就是青铜作坊，祖辈的手艺活就是铸铜炼铁，到了民国，雍州城有半条街是他们的铁器货。"打铁要有好风箱，河南商丘的风箱好使唤！""烧炉要用青冈木，耐烧火力大！""打铡刀是铁匠的头疼活，铡麦草铡刀发烧不卷刃，难的是刃上加钢。""秦始皇的大军用的是咱村的铁箭头，汉武帝时给铁箭上抹了盐，据说有了铬的元素，德国人1937年才掌握了这一技术，美国人1950年才掌握了这一技术。李世民打天下，手中的那柄宝剑，传说是疙瘩村上铸的。""疙瘩村的犁铧犁地像刀片犁面，锄头锄草从不卷刃，斧头砍树像刀子杀羊，镰刀割草如牛吃草。""老手艺丢光了，也不值得惦念，现在要啥有啥，连3D打印都出来了，再笨的人也不会学打铁！""冬造纸，夏打铁，有了冤屈无处说。""风扇炉中火，锤打半天星。鞋上窟窿眼，衣上尽补丁。"……

是的，人们不会忘记秦皇汉武唐宗宋祖的功绩，不会遗忘太公孙子白起韩信霍去病诸葛亮那样的英雄，也铭记着曹沫专诸豫让聂政荆轲秋瑾那样的剑侠刺客，但很难有人为最后一个铁匠树碑立传。而"手无寸铁""铁骨铮铮""铁证如山""铁打的江山"这些词却永远为逝去的铁匠活着。不要忘记，1930

年中国这个所谓的冶炼古国，钢铁年产量只有1000吨，而同期的日本则高达62万吨。帝国主义列强曾靠坚船利炮肢解瓜分了中国，也曾用飞机大炮的"钢铁战争"在朝鲜战场考验过中国。为了炼"争气钢"，为了打破西方经济封锁和技术垄断，我们曾砸锅捐刀砍伐森林土法上马大炼钢铁！当中国成了世界第一钢铁大国，当非金属新材料替代部分钢铁，当"嫦娥奔月""蛟龙入海"，中国人的腰杆也硬了起来，但过度开发造成的钢铁过剩与环境损失，也成了国家的一道难关，大手大脚浪费钢铁资源也成了一大祸患。

钢铁是怎样炼成的？好钢要用在刀刃上！

## 木 匠

　　大关中靠河临渭抱秦岭，坐收山水之利，尽得草木之宜，十三朝帝都扎根于此，无不是看准了吃了又冒尖的大粮仓、伐了又长高的大森林！

　　然而，昔日林木蔽日、在水一方的关中却尴尬地背上了"黄土高坡""尘土飞扬"的绰号，秦岭北麓灌木丛生不见巨木，渭河奄奄一息水不兴波，进入城乡长杨垂柳鲜有老树，只有掰着指头能数清的数棵老皂角树老槐树，还在告诉人们这里曾经水草丰茂，这或应验了"聪明的脑瓜不长毛，热闹的地方不长草"的民谚。

　　大关中的参天大树哪里去了？

　　关中热闹否？关中村村有戏台，处处有庙宇，天天有庙会，看戏乏了就去赶集，赶集累了就去拜神。关中人没了树木遮阴，就显得智商退化。关中西部曾经森林茂密，是周天子的养马场，是关中的大水塔，有了绿树清流飞鸟，也就添了智开了慧增了勇，于是催生了《易》《诗》《礼》这些水灵灵的文化。而林木的

桌上剁青龍頭

后代子孫封王侯

向陽作於乙未年秋

衰落恰恰与文化与智慧的衰落同步。关中人越来越像兵马俑了，皮肤变得粗糙了，表情变得呆痴了，大脑也变得萎缩了。烧锅缺柴火，盖殿缺栋梁，喂马缺草料，连打一口像样的棺材都要从荆、蜀之地远道取材。森林资源枯竭，水资源入不敷出，三年两头旱，偌大的京城长安"坐立不安"，再不将京城迁向东方，过惯了威风与奢华日子的天子，肯定扫兴得脸上无光。

树，先于人降生；树，是智慧的催生婆。不论是佛教、儒教，都是在树下产生的。孔夫子周游列国失败后，在老家曲阜一方杏树林里办起了中国第一所民办大学，创立了儒家学说。释迦牟尼感到人生苦海无边，遂抛妻离子，流浪到菩提迦耶的一株菩提树下苦苦修行，七七四十九天后大彻大悟，于是创立了佛教。不啻是释迦牟尼和孔子在大树下修炼成功，柏拉图在雅典的一片森林里办起了"柏拉图学园"后，亚里士多德在这片林中徜徉了二十多年，终于成为继柏拉图之后的又一西方圣哲。可以说，整个东西方文化，都是一片树林中见风就长的红孩儿。

关中大地从周秦就响起了"坎坎伐檀兮"的声音，大树被砍了，人才也被砍了，神秘的风脉慢慢耗散了，关中就像脱了门牙的老汉跑风漏气。我们把森林叫作"天然氧吧"，氧含量不足，关中人的红铜脸变成了青铜脸，记忆力也越来越差，出的名流、状元也就越来越少。近代的大学者、科学家、革命家大都出于林木秀美的南方而不是西北，也从另一个角度暗示着"十年树木"与"百年树人"的奥秘。

树木被砍光了，怨谁？人们肯定怨木匠。盖房要用木头，割桌椅要用木头，修宫殿要用木头，打棺材要用木头。木匠说："不砍木头住哪儿？不砍木头坐哪儿？"木匠只管做，只为讨口饭吃，管你树木不树木；他们是手艺人，管你生态不生态！在木匠眼里，他们天生下来是拾掇整治弯木头的，就像牛要吃草，农人要割麦一样。荀子曾在《劝学》中说："木直中绳，𫐓以为轮，其曲中规。虽有槁暴，不复挺者，𫐓使之然也。"木匠手中的斧子犹如屠夫手中的刀子，屠夫杀羊时羊会咩咩地叫，木匠砍树时树也会"疼呀死呀"地哭。木匠手中的锯子一来一往，一如撕扯开棉布，木头的纹理犹如波浪一样晃动。木匠的刨子往前一推，刨花就起卷，如一条条舌头掉在地上，又像用刀子在刮薄薄的脂膏。而尺子、斧头、锯子、刨子、凿子、墨斗是木匠的奴仆，尺子是指挥棒，斧头是猛虎，凿子是豺狼，锯子是吼狮，刨子是猎豹，墨斗是鹰鹞，木匠拥有地上的"狼虫虎豹"，拥有空中的"鹰觑鹞望"，再硬的木头、再弯的木头都会被吞噬降服。木匠手中的锛子是专啃树疤节的猎狗，手中的尺子是专治弯腰驼背者的法器。"直木匠，弯铁匠"，木匠靠着手中的几件宝，可以把长木头做成车辁辘，把短木头做成通天柱，也可以把弯木头烘烤成直拐杖，像鼓盆钵桶、桌椅板凳，一切木料在木匠手中都有用场。阎王不嫌鬼瘦，木匠不怕木弯。这匠那匠中，木匠和铁匠是最苦的，但木匠比铁匠更受人尊敬。关中人盖房割家具，即使自家吃糠咽菜，也要把木匠招待好，鸡蛋加油饼少不了，烧酒盘子更少不了。木匠活儿不仅吃力，而且技术含量高，是面子活儿。在土墙土屋土炕的一方天地中，一口箱子、一方炕桌就可让屋中不同凡响，就成了家里的传家宝。

当木匠不仅要有好身体，而且脑瓜要灵，算术要精，尺寸多长，卯眼多大，都在几个指头间定位。如果稍有疏忽，这根木头就废了。盖房下料如元帅用兵，割柜做箱如绣女用针，造车制船若凿山架荒。木匠的眼睛往往对着太阳眯成一条线，比模特大赛裁判的眼睛更毒，他们跳过许多表象，直接看枣树是梭子，看榆木是船，看桐木是锅盖，看桑树是扁担，看梨树是案板，像孙大圣逃不出如来佛的五指山一样，任何一棵乔木灌木主干枝杈都逃不出木匠的斧柄。木匠眼里多是直线加方块，啥活儿都讲究棱是棱、角是角，箍出的桶严丝合缝，打成的车浑然一体。这匠那匠中，木匠对天赋的要求最高，他们是物理学家又是数学家，还要有诸葛亮的脑瓜楚霸王的体力。他们要活泛又要本分，要精明又要肯出力，猛如虎又要轻如风，懂阴阳又会掐吉凶，所以出脱一个好木匠往往很难，他们像当地的风水师一样令人敬畏。他们所用的鲁班尺标有"财、病、离、义、官、劫、害、吉"，掌握着这家人的命脉。他们在木梁上要个小聪明、做个小动作、刻个小怪物，这家人的光景就江河日下，或出盗贼或出娼妓，或病恹恹或瓜兮兮。所以，盖房和埋人在关中是最大的事。盖房盖好了这家人就财源滚滚，埋人埋好了这家人就发人发官。所以，风水师和木匠是谁也得罪不起的人，也是乡间吃得最好的人。乡间有《上梁颂词》曰："日出东方一点红，东翁请在华堂中。金盆玉杯聚八仙，富贵荣华万万年。手拿酒壶七寸长，连斟三杯按阴阳。第一杯酒先敬天，风调雨顺太平年。第二杯

凤翔县柳林镇六中村三组木匠王永强

酒再敬地，地使阴阳百草齐。第三杯酒敬鲁班，鲁班师傅来下凡。上梁上到青龙头，后代子孙封王侯。上梁上到青龙腰，后代子孙坐八轿。上梁上到青龙尾，后代子孙中状元。上梁上到青龙边，后代子孙买大田。栋梁含正一齐平，平平安安代代传。"

木匠大略上可分为大木匠和小木匠。大木匠是盖房盖庙盖殿的，小木匠是做马车、柜子、门窗、棺材、凳子、风箱等物件的。木匠细分为雕、琢、推、拉、立等工种。大木匠首推有巢氏。《韩非子·五蠹》篇曰："上古之世，人民少而禽兽众，人民不胜禽兽虫蛇。有圣人作，构木为巢以避群害，而民悦之，使王天下，号曰有巢氏。"有巢氏用木建房，人才从树林、窑洞、崖缝中住进了遮风避雨的房子。古代隐者总是餐霞饮露，高蹈方外，终老泉林，他们留恋自然，热爱山水，但谁也不愿成为老虎口中的面条，成为蟒蛇嘴中的火腿，所以房子是人类迈向文明的第一道门槛。飞禽有鸟巢，狐狸有洞穴，人类该有自己的屋子。自有巢氏开始建房后，置田、盖房、结婚、生育就成为活人的几大构件，也成为人模人样的象征。开始建的房可能是棚屋，后是厦房，再是大房，又有了宫殿、亭台、楼阁、庙宇，为盖房子，要耗掉一个人的大半生命。

树林是从人类大盖其屋开始凋敝的。树木有了用场也开始遭殃。树木是大地的脊梁与肋骨，也是人的皮肤、人的雨伞、人的火炉。人们砍伐森林钻木取火，本为照明煮饭取暖，这下住在了安乐窝，慢慢也磨损了野性、折损了与自然的抗争力，变得脆弱娇气金贵，变得怕风雨怯雷电。所以当房子成了驶向文明的快舰，树木就是木桨桅杆，木匠就是船长，木匠是敲开文明冰湖、点燃文明火把的探路者。有了房才有了真正的家，有了家才有了人丁、田地、财富。

搜检一部木匠史，大名鼎鼎、如雷贯耳的当属鲁班，鲁班与孔子同乡，一个是中国建筑业的集大成者，一个是儒家思想的集大成者。他由锯齿般的草叶割破手发明了锯；他能削竹木为飞鹞，可在天上盘旋三日不下；他制作了攻城的云梯、磨面的石磨。《鲁班经》至今被民间工匠奉为法宝，今天中国对建筑行业的最高嘉奖是"鲁班奖"。鲁班发明的木匠专用工具，就像教师教书手中有了教本，就像士兵打仗手中有了武器，这才有了庞大的木工阵容，有了耸入云天的宫殿，有了十分精美的家具，有了美轮美奂的楼阁。应该说，自鲁班后华夏工匠是世界上装备最精良、技术最精湛的建筑大军。他们的技艺精湛到什么程度？在《庄子·徐无鬼》里有记载：楚国国都郢的一位匠人，能"运斤如风"，用斧头把人鼻尖上薄如蝇翼的白粉削掉而不伤鼻！

关中气候温暖，林木葱茏，是先民踏遍青山选定的风土吉壤。其半坡遗址、北首岭遗址映照出先民生存的串串足迹。从遗址中残留的木檩、骨刀等就可窥到原始工匠的创造火花。那时的关中，大树参天，荫翳交叠，虎豹出没，麋鹿奔跑，稼禾葳蕤，万姓胪欢。从西周遗址看，有脸盆大的蚌壳，有半米长的鱼骨。千陇一带更是溪水淙淙，巨木亭亭，适宜于农耕放牧。于是周人从豳地来岐山安营扎寨，秦人从秦安来雍城放牧耕田。西周在

凤翔县柳林镇六中村三组木匠王永强用老工具做锅盖

岐山下的周原扎下根后，开始了营建都城。"乃召司空，乃召司徒，俾立室家。其绳则直，缩版以载，作庙翼翼。"西周城以贺家村为中心，东西长1500米，南北宽600米。文王大殿位于城内西南角，留下的蟾蜍石雕有碾盘大，双目圆睁，四腿如柱。刨出的柱础石也形如大鼓，挖出的地下陶管状如竹节。史书上岐山箭括岭是天然森林，"柞棫斯拔，松柏斯兑""作之屏之，其菑其翳""修之平之，其灌其栵""启之辟之，其柽其椐"，每一页都是"山林川谷美，天材之利多"。有了合抱之木，岐邑城建得巍巍壮观，西周工匠们把绝妙的手艺糅进了西周文明大厦之中，可惜岐邑城被风雨剥蚀，战火焚烧，只留下埋在地下的青铜器了。岐地林木被大肆砍伐，箭括岭因付出太多露出了斑秃顶。西周迁都镐京后,咸阳附近幽篁邃密、林障秀阻,有了南山之木做支撑,镐京城在叮叮咚咚的砍伐声中如鼠变虎、如蛇变蟒、如帆得风、如灯得油。

秦人是从雍地由小草长成大树的,秦人在此苦心经营四百年,羽翼已成,特别在孝公时商鞅变法,"粟如丘山"。到惠王时"取岐雍巨材,新作宫室,南临渭,北逾泾,至于离宫三百"。关中三百离宫,关外四百离宫,工匠何等辛苦?秦统治者无疑是把天下之檩用来煮熟自家一个鸡蛋。一个阶层有多豪奢,另一个阶层就有多贫穷,上层是宫殿,下层是狗棚,木匠是帝国荣华大厦上的一片瓦、一颗钉、一块砖。始皇统一六国后,大兴土木,天下木匠更是不堪重负,无手艺的民夫被拉去修万里长城、治骊山陵寝,有木工手艺的则被拉去修宫殿:"秦每破诸侯,写放其宫室,作之咸阳北阪上。""又造渭南上陵苑,建阿房宫。"杜牧在《阿房宫赋》中写道:"五步一楼,十步一阁;廊腰缦回,檐牙高啄;各抱地势,钩心斗角。盘盘焉,囷囷焉,蜂房水涡,矗不知乎几千万落……使负栋之柱,多于南亩之农夫;架梁之椽,多于机上之工女;钉头磷磷,多于在庾之粟粒;瓦缝参差,多于周身之帛缕;直栏横槛,多于九土之城郭;管弦呕哑,多于市人之言语。"这多那多,工匠肯定多如牛毛。大兴土木,必然要大兴徭役。工匠在监工"违期即斩"的喝令声中,如病牛拉犁、驽马驾辕,往往在皮鞭下毙命,比那些"可怜无定河边骨,犹是春闺梦里人"的边关士卒命运更悲惨。边塞诗人写战场之凶惨,却遗忘了内地工匠之苦命。实际上战争吞噬的无辜之命，还没有大兴土木吞噬的无辜性命多。战争往往如炸雷一闪而逝，而座座皇宫的崛起却并非一蹴而就。

"戍卒叫，函谷举。楚人一炬，可怜焦土！"戎人抢掠沣京，项羽烧焦秦都，朱温拆毁长安。封建帝王你方唱罢我登场，接连上演"厌旧喜新"的闹剧，他们嫌故都闹鬼嫌其恶秽嫌其陈旧，于是秦筑咸阳、汉作汉城、隋修大兴、唐开长安。出身穷困的刘邦夺得天下后，让萧何主持作宫室之事。萧何把长乐宫彩绘一新，在西侧又建未央宫。央者殃也，皇帝为趋利避凶，让灾难永远未殃其身，便起了这样一个怪怪的名字。萧何又建成东阙、北阙、前殿、武库、太仓……"乡棒子"刘邦像刘姥姥进了大观园眼花缭乱，便怒责萧何："是何治宫室过度也？"萧答曰："天子以四海为家，非壮丽无以重威。"刘邦遂转怒为喜。皇帝要"重威"，就要靠威严的宫殿撑体面、壮胆子。皇帝之威，一半在龙袍，一半在宫殿。汉武帝时"承文景菲薄之余，恃邦国阜繁之资，土木之役，倍秦越旧，斤斧之声，畚锸之劳，岁月不息，盖骋其邪心以夸天下也"。一个"倍"字，说明汉武比秦皇更暴虐，他大手大脚把文景二帝节俭下来的家底花了个精光，把关中巨木搜刮了个精光，于是大汉不得不与野草为伍。

秦朝汉朝的斧头卷刃了斧柄朽了，隋朝唐朝又提着新斧头匆匆上朝。隋都大兴城建于开皇二年（582），其铺排程度更胜一筹。史书载隋大兴城由一代建筑大师宇文恺操刀主持修建。"畦分棋布，闾巷皆中绳墨，坊有墉，墉有门，通亡奸伪无所容足……""棋布栉比，街衢绳直，自古帝京未之有也。"宇文恺是堪舆大师，把《周易》的乾卦卦象理论运用到建都之中，从长安地形中找出了6条东西向的黄土梁，按乾卦中的六爻布置宫殿、皇城、寺院。在修缮隋太极宫即大兴宫的同时，兴建了大明宫、兴庆宫，这三大宫殿是长安城中的主体建筑。此后又新建了西市东市、坊里及寺院道观，一举建成天下最豪华的京城。除此之外，还以"死者万数"在麟游修建仁寿宫即后来的九成宫。可惜"仁寿宫成，帝业半倾"。而唐朝兴建的东西9721米、南北8651米的长安城，10倍于现今的西安城，兴建的大明宫又超过隋朝皇宫，成为天下最壮阔的皇宫。隋唐帝王除了"高大上"的怪病，还痴迷于烧香拜佛。隋文帝在全国修建了四五千佛寺；武则天执政期间，建佛寺多达4600余所，"武后铸浮屠，立庙塔，役无虚岁"，"所费以万亿计，府藏为之耗竭"，而不论民间草棚充斥，百姓水深火热，他们要的是作威作福、成神成仙！

天堂是空中楼阁，天堂是聪明绝顶的木匠打造的。中国古建艺术饱含着木匠的想象力创造力，仅屋顶设计样式就有庑殿顶、硬山顶、悬山顶、歇山顶等等。鼓形的石柱础上立起巨柱，柱上架梁，梁上撑柱，柱上再架梁，屋顶形成坡面，侧看像个"凶"字，便叫硬山顶。房屋顶部做成四面流水的四大坡，正脊两头装饰螭吻，口吞脊，尾上卷，背插剑，意即用宝剑镇住邪端，以除火灾，叫作庑殿顶。宫殿内部的装饰更为绚丽，而藻井尤为神奇，用木条做成像螺蛳壳状的造型，深若井，青绿为底，金粉涂之，穹然高起，如伞如盖。井下肯定坐着帝王。井者寓水，藻者寓花，皆取灭火之意。圆顶上盘卧巨龙，口衔宝珠。宫殿

天花板上用和玺彩绘，旋子彩画。一座宫殿就装饰也要工匠像上天摘星一样，勾头挺腰，气喘吁吁。大殿屋顶用的是琉璃瓦，多像色彩鲜艳的峨冠；檐下是斗拱，多像美人脖子上的玉坠金链；门窗镂刻的牡丹争艳，多像含情脉脉的美目。于是，建筑物上就有了活着的神、出气的仙、会飞的龙、能跑的鹿，然而这些神灵喜欢的是"天之道，损有余而补不足"，讨厌的是"人之道则不然，损不足以奉有余"。

纣王高筑鹿台，为自焚备好了柴火；秦皇大治骊山，为速亡

一些古建筑上的木雕充分展现了老木匠的精湛技艺

掘开了墓穴。从这个意义上说，楼台亭阁宫殿是木匠为帝王们打造的地上棺材，而帝王们却乐颠颠兴冲冲往里钻。盘点五千年二十多个朝代，这宫那殿，这寺那庙，可哪朝哪帝有大兴学校、大办医院等惠民之举呢？"后人哀之而不鉴之，亦使后人而复哀后人也。"新中国成立后，有人建议修筑政务院大楼，毛泽东一口否定说，我们住进了高楼大厦，就脱离了群众，高高在上。也有人建议专门给他新建一处办公场所，但立即遭到批评，所以他一直住在中南海的皇帝故居，连墙皮掉了也不让粉刷，继之而来的却是"植树造林，绿化祖国"这前所未有的创举。多年前，各地大修衙门，比阔斗富，甚至有的乡长都坐在了总统间。《八项规定》颁布后，停止楼堂馆所修建，把有限的资金向边区老区棚户区集结。西安修建阿房宫被习总书记一顿猛批，更合了"前车之覆，后车之鉴"。汲取前人教训，才能艰苦奋斗，卧薪尝胆，才能江山永固。

旧时代帝王的荒淫无度，不能怪罪木匠！木匠没错，木匠像一把斧，是看谁用，良人砍柴，盗贼砍人！木匠念经念的是"钩心斗角"，游走于乡间的小木匠则是百姓幸福指数的提升者、播撒者。千家万户的厦房虽然简陋，但却是广大百姓的避风港、遮雨伞。没有木匠造屋，何来这家那家？大车，这种用硬木做成的交通工具，运载国人在颠簸中穿行了几千年，就辘轳而言简直是一件精美之作。十八根辐条像金箭射地，像羽毛划天，出自无名木匠之手，让人拍案称奇。而航海之船，驮载着郑和下西洋，更是耐海水浸泡，耐海浪冲击。那精美的风车，比今天的宝马车还复杂！木匠之手有着魔幻般神奇，他们是国人创造发明大军之中的佼佼者，但他们却很少留下什么大名，他们的名作因是木制品，也被时光毕毕剥剥地消耗尽了。就西府而言，如今只留下凤翔县城的周家大院和扶风县城的温家大院。虽说比不上山西的乔家大院，也堪称小家碧玉，精巧迷人。

村中的小木匠犹如一棵小草。他们单薄的身子上背着锯、刨、墨斗。他们给这家盖起房又等着那家召唤，给这家割完衣柜又等着那家使唤，而自己"手艺虽好却恓惶，一生住的柯权房。推刨拉锯斧凿响，终年到头忙中忙"。在没有电锯的时代，扯板子是很吃力的活儿，撅起尻子弓着腰，你拉过去我扯过来，仿佛是抢着一件宝贝，汗珠在他们脊背上滚动着犹如草叶上的露珠，人们苦笑他们是"二鬼扯锯"。邻村有一老木匠在张家村盖大房时，按乡俗在大梁架好后"走梁"，可一脚不慎踩了个空，送到乡卫生院已气绝身亡。这一幕发生在我上小学三年级的春天，尽管过去了四十多年，却像锛子在我心坎上挖出了深深的坑。我时常感叹木匠难当人难活。祝家庄有个俊俏的小木匠，做柜子、箱子出了名，引得不少女人看稀奇，一姑娘向他抛出了绣球，但他穷得娶不起媳妇，两人定计私奔，从此再也不见了小木匠身影。

这几年，乡间盖房用砖头水泥，有了建筑匠自然没了木匠。家具也时兴用木屑压成的"样子货"。木匠的行当也消歇了，只有盖庙才有用场，乡间很少听到锯木声。门窗也用上了铝合金制品，木头不再是"抢手货"，林木自然得到了保护，乱砍滥伐也得到制止。"木"在乡间红火了几千年终于让位"金"与"塑"，但金属塑料是冷冰冰的东西，传递的不是乡间人的热情大方。乡间没了木匠，没了手艺人，乡间就变得寂静冷清，而国人千年绝技也面临着灭亡丢失。

"收旧家具喽！"古董贩子那不紧不慢的叫喊声，像叫魂一样在乡村里转悠。他们看中的是红木屏风楠木床，楸木立柜桐木箱，描金的妆台雕龙的窗，丈二的供桌一马跑到头的梁……

# 石 匠

　　八百里老关中，是帝王之乡、天下粮仓，更是一个天下无二的造石器的大作坊、存石器的大库房。渭水与秦岭，一水一山，一软一硬，软的生智，硬的生勇，智勇兼备，大智大勇，关中就奇迹般地变成了中华文明的源头。

　　"人猿相揖别，只几个石头磨过。"蓝田人玩草窝玩泥巴，就盖起了茅屋；燧人氏玩木头玩石头，就点燃了篝火，学会了劈山开路填石架桥，烧出了陶器炼出了铜器铁器。

　　人是泥做的坯子，但骨骼却是石头做的，肉体与灵魂浸透了石头的秉性，这正合了人说的铁石心肠铁石之坚。试想，有了烈焰翻滚的岩浆，地球才开始唱歌；有了女娲补天的壮举，人间才开始安生。而人与石的不解之缘，则是从天下第一个石匠——我们的老祖母女娲拉开大幕的，我们都是石匠的后人！

　　石头不是顽石绊脚石，而是救命的灵石宝石。天上裂开了大窟窿，天下洪水滔天，我们的老祖母女娲不惧身单力薄、流血牺牲，日夜火炼五色石，一趟趟飞向天空，终于给子孙后代赢得了一个结结实实、阳光明媚的青天。世界上各民族起源之初信这神信那帝，唯有华夏民族开天辟地信自己，战天斗地当第一！抬头看天，我们这个民族横空出世就非同凡响；抬头看天，我们这部史册的封面就大写着"人定胜天"；抬头看天，人与自然的和谐是争来夺来而不是坐享其成！

看吧！《史记·五帝本纪第一》就铭记着黄帝"时播百谷草木，淳化鸟兽虫蛾，旁罗日月星辰水波土石金玉"的功绩，一个"石"字，说明我们的文明序曲就吟唱着石头之歌。一个"玉"字，展现的是中华民族温润如玉与宁为玉碎、不为瓦全的崇高品质。黄帝是女娲的传人。

看吧！《史记·夏本纪第二》就雕刻着"禹行自冀州始。冀州：既载壶口，治梁及岐"的开山治水的伟业，其中"梁""岐"，即今韩城、岐山，这说明关中是大禹溯源治山、跨界治水的宏伟创举的龙头工程。大禹是天下最大的石匠。

看吧！《列子·汤问》就记述着"河曲智叟"与"北山愚公"激烈的辩论，一个是："甚矣，汝之不惠。以残年余力，曾不能毁山之一毛，其如土石何？"一个是："虽我之死，有子存焉；子又生孙，孙又生子；子又有子，子又有孙；子子孙孙无穷匮也，而山不加增，何苦而不平？"于是愚公挖山不止，"操蛇之神闻之，惧其不已也，告之于帝。帝感其诚，命夸娥氏二子负二山，一厝朔东，一厝雍南。自此，冀之南，汉之阴，无陇断焉"。愚公是石匠中的英雄。1945年，毛泽东在中共七大以《愚公移山》为闭幕词，重新诠释愚公故事，为其注入了崭新的内涵，使之張石匠李石匠打的石頭四角方短的打来做橋墩長的打来做橋梁 工匠習俗「石匠老大」 代詔第廿足見石匠是打出来的 向陽作於乙未年仲秋

成为中国共产党人坚忍不拔、中华民族百折不挠的强大精神武器,从此,神话故事中的"愚公精神"与现实中的"井冈山精神""长征精神""延安精神"等,共同凝结成我们新的长城。

看吧!一部《西游记》、一部《红楼梦》,都是以石头为引子展开的。孙悟空是由顽石而石卵、由石猴再变美猴王的,被压在大山下五百年痴心不改,一旦绝地逢生就展示出七十二变的神力,他夺得定海神针武装自己,他追求平等反抗压迫,大闹天宫又炼成火眼金睛,跟随唐僧西天取经驱妖除魔,历经九九八十一难修得正果。如此这般,谁还说石头冥顽不化?而《红楼梦》中的贾宝玉,则来自女娲补天剩下的一块石头。宝玉衔玉而诞,玉上有字,自幼聪明绝顶。但他长大却不爱富贵爱女子,不喜正经八百的经史子集,却偏爱《牡丹亭》《西厢记》之类"诲盗诲淫的坏书",痛恨八股文,讨厌程朱理学,给那些读书做官的人起名"国贼禄蠹",总一副叛逆样。"满纸荒唐言,一把辛酸泪。"谁能咀嚼出其中的真滋味呢?

不错,我们的历史是用石头堆起来的里程碑。哪一个王朝哪一座王宫,不是用冷冰冰的石头做成了热乎乎的文章?从大禹治水起,人们实际上是与石头作战,是利用石头强国富民。秦国的郑国渠、都江堰、灵渠,汉朝的漕运,隋朝的大运河,包括毛泽东时代林县的红旗渠、关中的引渭渠与全国星罗棋布的上万座水库,还有大寨梯田,以及举世无双的三峡大坝,都是人的骨头与石头在比赛软硬。现代技术条件下,石头能提炼稀有金属、提炼石油,能纺纱织布,尤其是石头变成了水泥,使我们的生活方式有了革命性的飞跃。如今，我们天上飞的、海里游的、地上跑的，也统统都在石头缝里"做道场"。

丰腴灵秀、雍容华贵的关中，说这千百年靠的是石头起家玉石闻名的，人们大概不信。说到石头，首先使人想到了玉。早在大禹时代，关中就以"璆琳、琅玕"为贡品，"蓝田生玉"也顺理成章走进了成语阵营。玉是石头的仙子，玉是国王的命根，连天帝也叫玉帝，祖先造字时，给几乎所有的玉器都装配着"斜王"旁，像玎、珠、玑、玫、玮、珏、琳此类的字竟有一百多个！自秦雕刻了玉玺，帝王就拿起金口玉言的架势说一不二，天下就为这块石头打了个六亲不认血肉横飞。纯到极致，叫冰清玉洁美玉无瑕；富到极致，叫锦衣玉食金玉满堂；爱到极致，叫温润如玉怜香惜玉；严到极致，叫金科玉律玉圭金臬。玉是王公国戚的护身符，也是民间男女的定情物。《诗经·国风·邶风·柏舟》有"我心匪石，不可转也。我心匪席，不可卷也"；《诗经·国风·卫风·木瓜》有"投我以木瓜，报之以琼琚。匪报也，永以为好也！投我以木桃，报之以琼瑶。匪报也，永以为好也！投我以木李，报之以琼玖。匪报也，永以为好也"。

一座秦岭，谁也无法说清埋藏着多少比玉石还要宝贵的财富。实际上，关中平原被夹在乔山和秦岭的铁钳中，华山如同关中的头颅，一山一岭就像关中的胳膊，左手抚摸着江汉平原的鲜嫩，右手采摘着黄土高原的坚果，西安像它的心脏，太白山像它的胸脯，它的一只脚伸向了四川盆地，一只脚蹬向了巍巍昆仑，它这一仰天大睡，就成了中国南北分水岭，就成了中

石刻一锤一画都马虎不得

华的动物园、植物园、药材库！我常常想，软的东西需要硬的东西来驮载，平展得驴打滚、马赛跑的大平原，往往需要坚实的高山来守护，这就如同舌头与牙齿一样相辅相成刚柔相济。这也使我想，陕川在多少亿年前是否是连在一起的大平原？地球打了个滚，吐出了腹中的几口苦水，苦水凉下来就有了大秦岭，蜀人和陕人的往来就比登天还难。乔山看起来并不陡峭，但却很硬气，薄土覆盖下便是青中泛红的黑石头。人类在选择栖息地时，一要看土壤，二要看山脉。土壤是软的，山脉是硬的，一软一硬才能让人住得安宁。先祖们深明此理，所以选择依山傍水的地方安营扎寨。

　　石头是宇宙派来的天使。地壳运动就像母腹生育胎儿一样猩红壮烈，大山是其中的产儿。运动越剧烈，流的血水越多，山就越高越大。大山是地球的骨骼，土再厚没有骨骼做支撑就成了肉蒲团。上天造人时就先打发石头来为人服务了。石头看起来又冰又硬，实际上是古道热肠、侠肝义胆。石头像鸡蛋一样，剥开坚硬的外壳，里面全是人类需要的蛋清蛋黄。猿人与猛兽搏斗，投掷的是石块。先人们是玩石头的汉子，玩石头使他们有了石火镰，碰擦出火，结束了茹毛饮血的蛮荒时代；玩石头使他们制造了石斧、石铲、石臼，让他们学会制造工具，成为万物灵长。玩石头玩出了碌碡、碾子、磨子，让他们学会耕种；玩石头又玩出了炼铜、炼金、炼银、炼铁，让他们成为主宰地球的大王。人类的生产力是从玩石头中成熟的。石器时代实际上一直蔓延到20世纪90年代。那时候的关中乡间，磨面要用石磨，碾场要用碌碡，碾地要用石磙子，捣蒜要用石蒜窝。石头跟人如影随形，须臾难离。石头作为生产工具，与人类厮磨了几万年，人类是带着又冰又冷的石头步入物华天宝的文明社会的。

　　一部秦史，最耀眼的功绩都刻在石头上。秦始皇初次东巡，在邹峄山刻石，泰山刻石，琅琊刻石；二次东巡，在芝罘刻石，后又在碣石刻石，会稽刻石，中间也曾遇到天降陨石，"黔首或刻其石曰'始皇帝死而地分'"，秦始皇大为扫兴，遂"遣御史逐问，莫服，尽取石旁居人诛之，因燔销其石"。这场公案，或是人为，或是天意，但秦始皇死果然秦亡却是事实，可见一块天石不是空穴来风。

　　一部汉史，最彪悍的战阵都刻在石头上。雄才大略的汉武帝，为横扫匈奴，破格重用18岁的霍去病为校尉，霍去病跟随大将卫青深入祁连大漠，六战六捷，立下了汗马功劳。可惜24岁的他久战积劳，不幸早逝。《汉书·霍去病传》载："元狩六年薨，上悼之，发属国玄甲，军阵自长安至茂陵，为冢像祁连山。"把坟冢建得像一座祁连山，这在世界墓葬史上空前绝后，但这还不足以体现汉武帝对霍去病的眷念，真正彰显英雄伟业的则是旷古绝今的墓前石头群雕。其中一座"马踏匈奴"，是用整块巨大的石头雕刻而成：一匹无鞍辔的战马，膘肥体壮，四肢如柱，长尾垂地，威风凛凛，雄风猎猎。马腹下仰蜷着一个左手持弓、右手执矛的匈奴头领，虽做垂死挣扎状，却无计逃脱。另一座"跃马"，矫健敏捷，昂首伸颈，随时准备拔地腾跃。还有神态自若的"卧象"，凸显狰厉之美的"野人搏熊"等，都在张扬着"张中华之掖，灭匈奴之气"的雄浑境界，也把汉代石雕艺术推向了峰巅。

　　一部唐史，最复杂的故事都刻在石头上。唐朝的宫阙倒塌了，但留下的包括《九成宫醴泉铭》《云麾将军碑》等名碑的大量石碑，与唐朝十八陵石雕群像一起，忠实再现着盛唐的辉煌，其中昭陵六骏尤为著名。当然，最耐人寻味的当数武则天的无字碑。一字不着，谁的解释都无法还原历史。而建于北宋元祐年间的西安碑林，经过近千年的艰辛搜集，收藏的碑石、墓志、造像、经幢等已多达数千件，成为世界上藏品最丰富的石雕艺术馆。

关中是石头的天堂。早在周秦之际，宝鸡的十面石鼓就响起了石刻文明的鼓角。这十块鼓形石头，因每面石鼓上刻四言诗一首，被康有为称为"中华第一古物""书家第一法则"。而散落于民间的无数石碑，更是形形色色、多姿多彩，它们是凡夫俗子的"史记"与"资治通鉴"，是没有围墙的艺术殿堂。石头不仅是人类生产力的第一个平台，而且成为记录文明、传承文化、寄托思想的载体。纸张易烂，而金石难朽，一块块石碣又成为另一部厚重的史书。人们对石头的利用可谓榨干取尽，像砸核桃一样取出其内核搞冶炼；像渔夫撒网捞出大鱼、贝壳、珍珠一样，用大小石头加工出石桥、石槽、石狮、石虎、石马、

凤翔县西河村石匠李永堂

石羊、石锤、石桌、石凳；像磨一面镜子，镌刻上花卉、仙人、文字。木柔，铁硬，唯石头介乎二者之间，且遍地都是，取材方便，在铁制品未使用前，石头善莫大焉，功劳盖世。

从祖先打磨出第一柄石斧后，就有了无数个石匠。人类生产分工越明晰，这匠那匠手艺就越精湛。石匠大体上可分为大石匠、花石匠、小石匠。大石匠是造石桥、造石栏槛、造石牌坊、造石窟、造石佛的；花石匠是造石狮、石羊、石桌、石元宝、石阙、石碑、抱鼓石、上马石的；小石匠是造石碾、石磨、石槽、石缸、石桩的。石匠使用的工具有錾子、钎子、锤子、剁斧、尺子、线坠……石匠要有一身蛮力，在山顶上一刀一刀像切豆腐块一样切石头。石头很强硬很显摆，但石匠比石头更强硬更显摆。关中的采石场像蜂窝一样密集在乔山。岐山周公庙后的夹皮梁，盛产花岗岩，有小花石、麦紫石、白砂石，是做磨子、碌碡、石槽、牌坊的上等料。岐山箭括岭下的乱石山曾是打石碑的好场所，此处所产青石有名的叫柏青石，黑油油亮堂堂，并缠绕着柏石纹，布满了一缕缕云霞。这里还出产龙青石、松青石、云青石，石碑底色上有一幅幅如龙翔凤翥的天然图案，把字刻在上面就像诗配画一样惬意。沿着乔山，从东到西，是一个个采石场。富平的石头亮得像墨玉，是做碑子、打石条的上等料，蒲城唐桥陵的石人石马石兽，用的也是富平出的经久耐磨的火成岩。

"叮叮当，叮叮当，千里听见铁锤响。张石匠、李石匠，打的石头四角方。短的打来做桥墩，长的打来做桥梁。石匠打石架桥梁，架好桥梁好赶场。"这首《石匠歌》唱出了打桥梁的艰辛。石拱桥发明后，很快风靡全国。关中虽无大江大河，但小河像毛细血管一样布满大地。关中的石桥，用料讲究的要从富平拉来，其艰辛程度可想而知。在大车上装上石料，怕压断车轴，路上车夫连个盹儿也不敢打。桥上的石头必须挑了又挑，无裂纹无斜纹，千人踩，万人踏，安全为上。石桥要平整厚重，桥墩要坚实无缝。建座石桥有时需两三年工夫，石匠常常要披星戴月赶工期。錾子下火花飞溅，叮咣之声此起彼伏，最难闻的是凿石的味道，像狼跑过去一样臭烘烘，砂石打瞎眼球是常有的事。嘴里、鼻孔里填满了砂石。石匠大都患有胆结石、尿结石、胃下垂。石匠们住在茅草搭成的窝挡风避雪，吃的是冷馍，喝的是冷水，干的却是天下第一苦力活。

　　石匠是下苦人，下苦人没有名分。天下有名碑、名石、名作，但鲜有石匠的名号。据说民国末年，西府石匠有万余人，可极少载入史册。好在西安碑林研究人员搞了一部《西安碑林藏石所见历代刻工名录》，整理出了上至北魏下迄民国刻工193人，也算是对那些幕后英雄的补偿。这字好，那画好，但没有刻工的艺术再造，哪能成为传世佳作呢？

　　石雕是粗活也是细活，粗到茅坑边，细到帝王前。石匠们戴着石头镜，蹲在石窝子里，脸像粗麻石，手上裂开了一条条石缝子，胳膊鼓起青石砣一样的肉疙瘩。石雕的第一道工序叫錾石。用铁锤使劲击打錾子，在石头上打出一条缝子，一直到石块脱离石山，石匠眯缝着眼，再打量着它能做什么。这时候的石匠像个媒婆，很想把石头嫁出去。圆的做磨子，粗的做碌碡，细的做石桩，方的做门墩。石匠把人的伟力全抖了出来，他们用血肉之手搏击着坚硬的石头。錾子像屠夫的刀子在石头上游走着，刴子像切割机把石头刴成两半，刀子像冰刀一样在石头上雕出无数的花卉、珍禽、走兽。石匠打碌碡只需三天，碌碡上布满了无数道竖棱，竖棱像一排排牙齿，在麦场就啃下了麦粒。石匠打石磨要八天时间，磨子就成了铜牙铁嘴，把麦粒嚼成粉末。石匠打石槽要二十天时间，棺材状的石料被掏空了五脏六腑。做石牌坊、造石桥是石匠活中最苦的细活。石牌坊是一种标志性开敞式建筑，早期人们称其为"衡楼"。它立于京城、祖庙、社坛、陵墓等建筑中，用于旌表大善大德之人，一般为三间四柱或五间六柱，分冲天式牌坊和非冲天式牌坊。汉代以后，中国城市形成了一定规模，城中有里坊，里坊有坊墙、坊门。如果坊中出现了好人好事，就在坊门上张贴通告，予以褒奖。为了延长褒奖好人好事的时间，人们慢慢就建了石牌坊，以彰显忠臣烈女的事迹。大多数石牌坊斗拱拥抱、檐角翘起、柱干挺拔、额枋堂皇，上雕麒麟、奔鹿、白鹤、狮子等，从抱鼓石到檐楼，精雕细刻，运用了平雕、透雕、圆雕等手法，牌坊从上到下氤氲着一种灵气，弥漫着一种豪气，一入人的视线，若华丽的凤凰展翅扑来，似雄奇的大鹏飞翔蓝天。岐山孔庙内曾有一冲天式石牌坊，虽无斗拱翅角，但古朴庄重，可惜在"文革"中被拆除。凤翔县的石牌坊过去最多，县城城隍庙、县城东关、亭子头村、北碾头村等都立有石牌坊。传说亭子头村立石牌坊时，匠人架好柱子后，额枋重如泰山，怎么也架不上去。这时来了个白头老汉，众人忙向他老人家讨教。老者曰：我已百岁，土拥下巴。说罢突然消失。众人恍然大悟，是示意用土推法。遂筑起大土堆，人拉牛拽，很快架好额枋。

这匠那匠，代诏第一，石匠老大。石匠中最细致的活要数刻碑子。碑身打好后，还要细细打磨，平整得要像镜面一样光滑，像脸面一样细腻，无芝麻大的坑洼。石匠用木棍绑上一块青石，在碑身上来回磨蹭，一个月下来，碑身通体平整得像缎面，润滑得像婴儿的脸蛋。刻一通碑需要数月。先请老先生用

这个小狮子让石匠李永堂爱不释手

朱砂颜料在碑上书丹，老先生一天只写几十个字，写多了就眼花了。主人家要给老先生一页牛毛毡、一身新衣服、一双新鞋，还要给几斗麦、几块银圆。老先生趴在石碑上一会儿起来哈哈气，一会儿起来捶捶背，一会儿起来捏捏腿，急不得，躁不得，直到交差才吐一口长气。刻工用錾子细细刻，竖如悬针，点似秤星，撇如蚁腿，稍有疏忽，前功尽弃，磨平刻的字，重新开始。刻的字要有立体感，靠的是心工。心到手到眼到，这活比绣花还难。三分写，七分刻，再好的书法家要把自己的作品流传万世，就要靠刻工细刻慢琢。这就如同电台播稿子，稿子写得好，还要靠播音员念好。

　　关中石匠最怵的活是雕刻墓石。帝王墓室工程浩大，像秦始皇陵一建就是三十多年。帝王们为了"万岁千秋"，一般从登基就开始建陵。秦朝以后的帝陵，皆用条石横竖交叠砌筑，墓门用青石雕成，采石、雕刻、搬运、合缝，不敢有一点纰漏。帝王们是个短见鬼，生怕工匠、石匠成为盗墓贼，在陵寝竣工之时，往往将筑墓者无一漏网地封死在墓道。

　　石匠是真正的艺术大师，也是艺术的殉道者。今天的社会正在冷落遗忘这匠那匠，老石匠们大多已作古。我今夏在凤翔县城采访时，打听到一位名叫刘周勤的老石匠还健在，于是登门拜访。刘周勤向我讲述了两代石匠的辛酸史。其父刘安，十岁时被人贩子卖到了天水，遂给财东家喂牛扫院。财东家给娃请来私塾先生，他跟着一边干活一边识字。后又逃回凤翔老家，干起了石匠营生。在夹皮梁打磨子、打碌碡，靠积攒的钱在县城买了几间门面房做石匠铺。当时西府游击队头头焦世雄、邰永亨、邰光瑞、亢少平常常出没于凤翔城宣传红色革命，几次被特务追得无处藏身，在石匠铺装成买磨子的才得以脱身。刘周勤从小跟着父亲干石匠活，建过姚家沟、亢家河等三座桥。1940年，凤翔塔寺桥被日本鬼子飞机三次炸塌，其中炸死了34名乡亲，他和父亲三次及时修复。他在乱石山打过碑身。他说，那里的柏青石是中华一绝，纹路很美，石质细腻，可惜现在成了采石场，被炸得遍体鳞伤，让人看了心疼。他说当石匠人要实诚，特别是刻碑子是留千年的手艺，不能光为钱，要把老祖宗的文脉看得比天大。他刻的碑子笔笔精到，字字灵动，缘于他人品好。他对电脑刻碑很有看法："那是给碑子搔痒痒，刻的字没立体感，没书法味！"他说他有四块最好的青石板，要下功夫刻"梅、兰、竹、菊"四条屏留给后人。他说："县城药王庙有四个柱础石是我刻的，有龙头、花草，绝对一流，你赶快去看看，赶快去看看……"像刘周勤这样的关中老石匠如今显得没有用场了。世间的好多声音虽然被风刮走了，但"叮叮咣咣，叮叮咣咣"的声音响了几千年，这声音是力的爆发，是美的倾诉！我想应该在夹皮梁、乱石山为石匠们留下一群雕塑。他们雕了这，刻了那，唯独没刻下自己，我们民族不应有遗忘症，遗忘了过去就背叛了现在。

乡间的石匠活下的不多。再也不见戴着石头镜，背着剁子、斧子，腰弯成一张弓的石匠了。农业机械的普及，使乡间很少有人喂牛喂马了，因此也没了石磨、石槽、石碾子、石桩市场了。

乡间盖房门楼也不讲究了，石门墩、抱鼓石、石盘、石门早已用不上了。院子里是青砖红瓦、瓷砖水泥台阶，打眼看很耀眼，但却没了文化味。关中符号如满天繁星在晨曦中散尽了。如果有一种显影液，能浸出石匠手挥铁锤、剁山劈石的伟岸身躯，那将是对只知享福、不知奉献的新一族最好的警示。如果有一种留声机能放出"叮叮咣咣"的声音，那将是对靡靡之音的最好回应。

五年前的仲秋，我曾赴英国纽卡斯尔大学进修。英国的纽卡斯尔跟中国的宝鸡市地位不相上下。原以为英国的城市都是现代化建筑，是玻璃罩罩、灯笼框框的样子货，但纽卡斯尔处处是石条砌的古堡，有些已有千年历史，这种厚重与沧桑，告诉我一千多年前的英国石匠绝对是一流工匠，我也真正掂量出英国一个小国为何曾经征服世界的奥秘来：玩瓷器玩鼻烟壶玩世不恭的民族，往往要败在玩石头的民族手里！

# 骗 匠

天老地荒的老关中，没有人能够准确描绘她的第一声啼哭，也没有人能够说清牛马驴骡羊鸡狗猪猫是如何被驯化为人类伙伴的。有人要说，这些动物与我们的生存文明八竿子打不着，写铁匠木匠石匠都合情理，但硬把骗匠拉到历史舞台上亮相，多有生拉硬扯小题大做之嫌。这话没错，骗匠不入史，骗匠属下三流，文明史册上太监、盗贼、骗子、赌徒、妓女、嫖客，你方唱罢我登场，但确实少有史家诗人心血来潮，名正言顺地给剶猪骗羊的骗匠涂脂抹粉。然而，离开了这些牲畜禽兽，人类的处境一定单调而艰涩。没有牲畜，千里路上谁替我们拉车？万顷良田谁替我们耕耘？漫漫长夜谁替我们守家护院、打鸣报时？而我们餐桌上的牛奶羊奶马奶猪肉牛肉羊肉鸡肉等珍馐美味又从何而来呢？倒是史圣独具慧眼，处处留心文明开端时的蛛丝马迹，理直气壮地把骗匠这个"光彩"的行当，郑重记录在《史记·五帝本纪第一》："时播百谷草木，淳化鸟兽虫蛾。"原来，这件事是我们始祖黄帝的一大功德，而不是我望文生义无中生有的杜撰。

"卑贱者最聪明，高贵者最愚蠢。"未来可以装扮得花枝招展，但历史却无法阉割。抹杀骟匠的功劳，我们就无法回答子孙后代关于六畜家禽之类的学问，我们是不能支支吾吾"知其然，不知其所以然"的。《楚辞·天问》中云，夏启在征服了有扈氏以后，把俘虏罚作"牧竖"，强迫他们"牧夫牛羊"，即成为牧畜的奴隶。这段史料说明，夏朝已出现饲养牛羊的奴隶了。到了商朝，中国的农牧业已经发展到一定的水平，畜牧在商代经济生活中占有重要的地位，"马、牛、羊、猪、狗、鸡"这个六畜概念已形成。商王所用的御马，有"御马监"负责饲养。翻开《诗经》，305篇中提到羊的就有十几篇，马有29篇。《无羊》篇反映周宣王时期的养羊业相当兴盛，对羊的繁殖和经济价值更为重视了，如《礼记》记载："大夫无故不杀羊"，"大夫不坐羊，士不坐犬"。据传，我国在公元前7000年左右便开始养牛，当时为了吃肉，黄帝时代开始用牛驾车，西周时又用它耕田。而《诗经》中的牛主要用作祭品。《礼记·王制》云："天子社稷皆太牢，诸侯社稷皆少牢。"牛羊猪三牲全备者，谓之太牢；只有猪羊者，曰少牢。《鲁颂·閟宫》："秋而载尝，夏而楅衡。白牡骍刚，牺尊将将。"为了使秋天祭祀用的牛完好无伤，夏天就用栏木把它们圈养隔离起来，足见郑重其事。用红色和白色的公牛祭祀，还要把酒尊也做成牺牛的形状。"国之大事，在祀与戎。"祭祀在古代社会中是头等大事，而《诗经》中作为祭品的牛，无疑为人类做出过巨大的贡献。周朝是以农为主的朝代，畜牧

騙匠  向陽作

仍占有相当的地位，王室设有专门养马的机构，并根据马的体形、年龄、性别等给予详细而准确的命名，按颜色分，有骊（纯黑）、骑（青骊）、骥（赤黑）、驳（红白色）、骍（身黄体黑）、䯄（骊白毛杂）、黄（黄而杂红）、驱（黄白杂）、骓（清白杂）、驿（红黄色）、骃（灰色有杂色）、骐（黄白相间）、骐（青黑成纹）、驔（青黑色而有斑纹像鱼鳞）、骈（有深浅、斑驳隐甑）等。《大雅·文王之什·绵》就生动记载着周人从豳地西迁的场景："古公亶父，来朝走马。率西水浒，至于岐下。"而这一切，都与骟匠之类的专业密不可分。

关中的许多老行当蒸发了风化了，但骟匠还没有消失，只要人类还饲养着牲畜家禽，还想吃上膻腥味淡的上等肉品，骟匠就一定不会自行告退的。你看，走街串巷的骟匠，自行车头上插根细铁棍，铁棍上飘着红红的缨子，一边得意地拨拉着自行车铃铛，一边扯着破锣嗓子高喊着："劁猪骟羊哩！劁猪骟羊哩！"庄户人听到这熟悉的声音，立即开门揖客，脸上堆满了巴结似的笑意，他们懂得只有骟匠那一把鱼形刀割走"赘肉"，才能牛肥马壮猪长膘，他们戏称骟匠是"计生干部"，是"双手沾满鲜血的本领"，而牲畜听到这刺耳的声音，顿时像受刑一样烦躁不安，它们的基因藏有这种畏惧的信息。这个时候，发情的叫驴牯牛牙猪公羊首先发慌，也引得母牲畜站立不安，像病猫一样缩成一团，恨不得藏在地缝中。动物们似乎明白，骟匠是一个"心毒手狠""眼尖手快""毫不留情"的角色，明晃晃的利器专找传宗接代的命根、生儿育女的要害，他那一刀下去，本能就成了无能，天性就成了无性，焉有快乐可言！

上帝造人后也造出了一群群与人五官相似，但又多了两条腿的动物。地球上阴气太重，需要猪马牛羊狗这些散发阳气的动物活蹦乱跳给人做伴，让人活得有滋有味。役使万物也让牲畜们在人类遭遇饥馑荒年时有填充物。想来，上帝为人生存下去想得十分周到，精心做了许多巧妙铺垫和安排。人类刚一诞生，即遇到狼虫虎豹的威胁，它们野性十足不可驯化，唯有牛马羊猪狗这些动物颇有人性。但要驯化这些畜类朋友，人类是动了许多脑筋的，大概少不了"捆绑法""鞭打法""饥饿法""优选法""配种法"，尤其是"阉割法"，"一割就灵"！骟匠如农人间苗，一要留下最健壮的，二要尽可能避免它们近亲繁殖。于是，逐渐有了牛帮人犁地，马帮人拉车，驴帮人拉磨，鸡帮人叫鸣，狗帮人护院。因此，人把牛马叫家畜，把鸡鸭叫家禽。一个"家"字，房子下面就卧着"豕"，没有"豕"，就不叫"家"！明代陈云瞻《簪云楼杂话》说朱元璋曾为阉猪户写过"双手劈开生死路，一刀割断是非根"的春联，看来朱皇帝出身低贱，是懂得骟匠中间这大学问的。

人与动物也是一个相克相生的食物链。动物肉是人类千年美味佳肴，古人讲烹龙煮凤，恨不得把天上飞的、地下跑的都咥光嚼尽。人们把牲口驯服了，就想着让它们成为一口气不歇、专心拉车推磨犁地的工具；也想着让它们成为不掉膘只长肉的速成品。而骟匠是堵住牲畜发情掉膘这一暗道的操手。公猪、母猪发情时总爱绝食拱墙，猪是为了爱不惜身的色魔。人让母猪下了几窝猪娃后，过了繁育期，母猪就像不大结果的老树，人就希望母猪很快肥起来，要想母猪肉吃起来不那么腻歪，也不那么干涩，就要靠骟匠刀子的神力。若母猪不被劁割，肉难吃得像吃老棉花，像嚼鞋帮子；而公猪不被切掉睾丸，天天光想那个事，日夜拱圈啃槽窝里斗，脊梁瘦得像麻秆。羊也是这样，羊不被骟掉会在崖背上发情，连青草也食之乏味，它们被割掉睾丸后会变得很温顺，很乖巧，很听使唤。母牛母马生育能力强，骟掉了就等于骟掉了劳力，所以它们轻易不会挨这一刀。

　　骟匠与屠夫是表兄弟。骟匠骟动物时绳子捆、杠子压，任凭猪嚎羊哭驴蹦弹。骟匠胆大心细，胆小者不敢下手，眼花者会要了畜命。若稍有闪失，猪翻白眼羊蹬腿，不仅要赔偿损失，而且会坏了名声。所以，骟匠骟牲畜，不动老，不动小，专挑三四个月刚断奶的牲畜下手，也必须在一大早未饲喂之前用刀子，这个时候找要害部位很容易，若长得再大，于日后生长不利，伤口也难愈合。

　　骟匠职业脏臭血秽，不堪入目，但却拜师华佗。华佗是中国历史上第一个施行开颅破膛手术的医中之神，华佗这妙手回春术，大概也经过了动物身上千百次实验。然而，大德行好本领用错了地方，是要搞出许多人间悲剧的。比如惨无人道的阉割术，几千年硬是把多少活蹦乱跳的男童阉割成了太监。太监没了阳具丢了根本，一辈子不男不女，笑声像雏鸭，哭声像老鸹，皇帝虽然不再担心后宫淫乱，放心与三千佳丽制造纯种的龙种，但物极必反，压下葫芦浮起瓢，铜墙铁壁般的秦朝江山被阉人赵高"糟糕"了，年仅42岁的汉元帝被弘恭、石显两个太监"打包"了，唐肃宗时的太监程元振、鱼朝恩，则以"观容使"的身份掌握了兵马大权，唐朝从此一蹶不振。所以历来危害国政的有皇亲、外戚、女色、宦官四大祸害。

古代中国是一个牧业大国，秦汉唐宋以来耕畜肉畜存栏多达上千万头，战马总量也保持在三四十万匹，牲畜的良种繁育、远亲杂交与疾病瘟疫防治，是一项影响综合国力的重要工作，若没有成千上万的骟匠人为干预牲畜性别比例，任其自由繁衍，那么牲畜品质与肉类品质的下降不可避免。

在农村，骟匠因长期与牲畜打交道，掌握了牲畜的生长规律、血缘关系、喂养条件、役使程度等信息，也往往兼职兽医及牲口交易的经纪人。他们懂得怎样调理牲畜脾胃，从牲畜的毛色、耳朵、蹄子、牙齿、骨架甚至叫声、尾巴，就能分出贵贱，知道能不能怀驹，善不善拉车，有的则能一口报出猪牛羊净肉的分量。所以骟匠虽然一身臊，名声也不大好听，但几头挣钱，日子过得怪滋润。

新中国成立初期，岐山县每个乡镇有骟匠五六人，全县骟匠有200多人，当时每个大队牲畜存量在三四百头。那时缺乏机械，一匹骡马就相当于一辆手扶拖拉机，一头牛更是顶十数个精壮劳力，也相当于中等农户的半个家当，这是农民养牛成风、爱畜如命的根本原因。如果牛残疾或卧槽不能役使，要牵到位于蔡家坡的兽医检疫站开具残疾证才退役。那时社队厂子都有大车队，牲畜运货轻捷方便，陕棉九厂想用一辆汽车和生产队

骟匠康永兴展示自己的传统工具

换一头好骡子，社员们怎么也不答应，说开汽车要有专门司机，汽油也烧不起，喂骡子很轻松也好使唤。牛一般使唤十三四年，骡马使唤近20年，人与牲畜亲热得像兄弟。骡马牛驴使用够年数后，农民心疼得舍不得杀掉。杀牛时，牛挣扎着前蹄跪在人面前，泪水像珠子一样往下滚，叫声显得十分凄惨。屠夫也跪在牛前祷告道："老牛老牛莫怪罪，队长让我开你胃！"有的屠夫则对猪羊宽慰说："猪呀羊呀你莫怪，你是人间一盘菜！"一个放羊人曾对我说，一天下午，他在山上睡着了，睡到天黑时分，羊一圈一圈卧在他身边为他织起防护网。他在乔山深处放羊,遇见了狼,十几只公羊围在他身边左冲右突,硬是拼命用犄角抵退了狼,保住了主人的命。过年时,生产队要杀几只羊,羊齐刷刷跪下流着眼泪,恳求主人高抬贵手,可羊肉太香了,人杀羊时总是乐翻天。人的心最硬,人说翻脸就翻脸。岐山青化镇翟家村村口立有一通为猪"歌功颂德"的石碑,大意是说先祖原籍江苏省铜山县,清嘉庆年间,因遭洪灾,江河暴溢,水卷民房,先祖令青年夫妇扒上大猪漂流泗水逃生,落脚在杜家沟碾子窑,为不忘猪救命之恩,每年正月初一、十五两日戒食大肉。这一通功德碑,当属中华碑林中的奇碑。前年,

宝鸡市岐山县骟匠康永兴正在骟猪

我在这个村采访时，村上一位老人望着我看罢这通碑后那奇异的眼光，向我讲述道，翟家村有个在四川德阳工作的翟永祥，1999年曾到江苏铜山寻亲，果真在徐州市找到了翟家山，他翻阅资料后证实清嘉庆年间那一带曾发过大水，全村几乎绝了门。那对被猪救起的夫妇安家周原，历经200多年，如今已繁衍出84户396口人。人们骂人总爱骂"你笨得像个猪"，猪让人看不起，实际上猪很聪明，是生物中的强者。猪是杂食动物，它有它的生存法则，吃生冷变质食物不拉肚子，卧在肮脏潮湿的屎尿中不得病，有的猪会替主人招呼门户，有的猪预测到房倒屋塌会向主人报警。猪还是游泳的高手，村上一位后生曾对猪会游泳产生怀疑，将一头猪赶到河中做试验，没想到猪天生是游泳健将。这块碑诉说着一桩奇异的故事，至于义牛义马义狗舍身救主，更是让人不得不赞叹畜类的灵性。新中国成立初期，整个太白县只有一匹马，仅供县长下乡骑用。可这匹马死了，县上给省政府的报告上写着："太白100%的马死了！"吓得省长一身冷汗，调查后得知原来只有一匹马！再过多少年，乡间的六畜也会100%死掉。机械化不需要这些吃力流汗的家伙了，人也要讲卫生，可爱的马、可爱的牛大概会成为"珍稀动物"。

世事变化得让人无法捉摸，我们这一代人像坐着过山车从农耕时代奔向文明社会，但我们的魂还在牛犁地、驴拉磨的时代游荡。我们生活得珠光宝气、应有尽有，但总像丢了魂似的说不清啥才是幸福指数。没了少年时人欢马叫、鸡飞狗跳的生存符号，我们像星外来客，这些现代化把我们与自然与牲畜隔离成了两个世界。如今的家畜在人眼中都成了"牛排""烤乳猪""驴肉火烧""铁锅羊肉",何谈人与动物的和谐?而骟匠更是在乡间少得可怜。每个村子的牛剩下了两三头"牛代表",十几头"样板猪",倒是不看门不拉磨的狮子狗哈巴狗成了宠物也成了祸患。

骟匠没活干了,村子也就像锅底缺柴冷冷清清。几经周折,我在岐山找到了一个老骟匠孟文芳。他70多岁了,如今劁猪骟羊手脚还很麻利。他说:"由于劁猪术,才有了阉人术,劁猪在先,阉人在后。"他青年时从河北到蔡家坡畜牧兽医站上班,骟过的猪羊成千上万。他从岐山劁猪骟羊到陇县、平凉,睡牛房、蹲屋檐,骟个公猪挣两毛钱,骟个母猪挣三毛钱,谁递给他个洋芋他就很感激。他在采访结束时说:"现在人不认牲畜了,也不认人了,光认钱。人成了'独活虫'。'独活虫'很霸气,但活得很孤单,没了与人厮守几千年的牲畜,人能活出啥滋味?"

我们这个历史车轮是牛马拉来的,我们这个大道是祖先牵着猪羊骑着毛驴高一脚低一脚踏开的。古人用家畜祭神,说明家畜并不卑贱;古人用家畜征战,说明家畜并不懦弱。民谚曰:"走东的不管西,劁猫的不骟鸡。"我说的骟匠,似与现今大多西装革履的人没有瓜葛,但这就是我们的来路。但愿我们穿着牛皮鞋、吃着东坡肉、铺着二毛褥子,还能记得文明光鲜的史册上,还有一个血淋淋、臭烘烘的骟匠。

# 簸箕匠

编筐编笼编簸箕，编箩编筛编篱笆，编绳编鞋编草帽。天地是一张硕大无朋的大网，用光线与时间、群星与云彩、雷电与山川编织着自己。人间也是一张无形有形的大网，有的人靠勤劳智慧，编成美梦；有的人信歪门邪道，编成噩梦。天地如经，男女如纬，人人都像梭子一样周而复始，以自己的世界观价值观编织着未来。

人与动物的最大区别在于发明和使用工具。但自然却是人类的先生，始终在开启着创造智慧，点燃着发明火花。人们从鸟巢学会了垒窝，从鼠洞学会了穴居，从蛛网学会了编织。一个民族一个国家的富足与工具的优劣多寡息息相关。草原民族弯弓射雕，人随草走，一顶帐篷唱歌跳舞度终生。农耕民族耕耘收种，筑城垒堡，百样家当辛辛苦苦恨不足。老关中是农耕文明的源头，数千年来始终领跑着器具制造。遗憾的是老关中虽有许多充满发明创造智慧的器具，但至今还没有一本详尽的图文并茂的《器具大全》传世。而忽略了遗忘了这些须臾不可

簸箕匠 向陽作

离的家当，我们就会妄自菲薄人云亦云，幼稚地相信农耕社会是"二亩地，一头牛，老婆孩子热炕头"那样一幅如轻音乐一样悠闲的画卷。

一粒米、一把柴、一锅水、一锨土、一页瓦，风不能吹来，鸟不会衔来，神不会送来，都是靠人像蚂蚁搬食一般才能弄到家。《新唐书·狄仁杰传》中说："工不役鬼，必在役人；物不天降，终由地出。"农家过日子，从生活工具到生产工具，"有头有脑"的不下百件，比四邻六亲更亲近；"没眉没眼"俯拾即是，比诸子百家更实用。这些物件，大多阴阳一对，公母搭配，比如升与斗、水桶与扁担、钉子与榔头、蒸笼与笼盖、镢头与镢把、刀子与磨石、秤锤与秤杆、牛鼻绳与牛轭头，一如人的十指，粗细长短不一，各有各的用处，缺了哪个都碍手碍脚。而在众多器具中，单打独斗、能装能运、一物多用的当属簸箕。

簸箕是农耕社会的一个活化石，记载文献可上溯商代。到了西周，簸箕已经得到广泛应用。《诗经·大雅·生民》曰："诞我祀如何？或舂或揄，或簸或蹂。释之叟叟，烝之浮浮。载谋载惟。取萧祭脂，取羝以軷，载燔载烈，以兴嗣岁。"翻译过来，就是"祭祀先祖怎个样？有舂谷也有舀米，有簸粮也有筛糠。淘米之声沙沙响，蒸饭喷香热气扬。筹备祭祀共商量，取艾烧肉飘芳香。大肥公羊剥了皮，又烧又烤供神享，祈求来年更兴旺"。

因而说，簸箕在华夏大地一颠一簸，上下抖动了几千年，祖先所有的公粮口粮、主粮杂粮，都是从敞开大嘴的簸箕舌头上簸出来的。簸箕至今仍为农家所必备，足以看出这个其貌不扬的物件，确实有着独特的本领与顽强的生命力。它精确的造型与设计，无时不折射着"简单易行"与"物用使其然"的智慧之光。

簸箕是所有工具中的一个神器，美观大方、实惠耐用莫过如此。《说文》曰"箕，簸也"，即扬谷去糠，剔除麦衣、秕谷、稗子、沙土、柴草、贼豆（即不易煮烂又硌牙的豆子）等杂质。出自山野村夫之手的簸箕，简直是一件精美的艺术品，我甚至觉得用它簸筛粮食实在是一种奢侈。它应该是观赏品，也应该是珍藏品。新编成的簸箕，里里外外细密结实得如同古代将军的盔甲，洁净得恰似少儿的脸蛋，立起来像裁剪一新的裙子，放下来像水波荡漾的池塘或刚刚耕耘过的田地，敲起来也一如战鼓咚咚作响。簸箕是一个多功能的物件，虽不像铧犁那么尖利，也不像碌碡那么坚实，却能揽能晒能滤能扇风，也能挡风遮雨。簸箕虽没有火眼金睛，却能辨别良莠真伪，再小的柴草也休想蒙混过关。簸箕虽不是守门员，却能耐非凡，再乔装打扮的石子也休想鱼目混珠。簸箕没有多少重量也没有肠胃，一口一口吃光了粮囤，但自己却没有咽下一粒粮食。有了簸箕把关，五谷才黄灿灿、鲜亮亮，人们才能吃上不会轻易硌牙的白米细面。

宇宙是一张大簸箕，银河、太阳、地球、月亮一如跳动的米粒。中国则是一张小簸箕，莽莽昆仑是它的后帮，九州在它腹内躁动。万里长城也像一张小簸箕的后帮，五岳在它的怀抱安眠。中华文化讲究筑城、造宅要占簸箕形，讲究群山怀抱、绿水环绕，凡簸箕状的地形在风水家眼中都是阻风聚气、添祥纳福的福地宝地。《诗经》中有用来形容岐山周公庙地形的诗句："有卷者阿，飘风自南。"实际上"卷阿"就是簸箕形，难怪周公庙一带被岐人称为"簸箕谷"。西周的这张簸箕很神奇，它揽拾的不是五谷而是天下风云，鼓足干劲一颠一簸，颠出了勇气，簸走了懦弱，开创与延续的是中华文脉。

老关中两山夹一水，也是簸箕形。南山北山为人们准备好了编织各种器具的柳条荆条桑条竹条藤条铁杆蒿。《诗经》提到的树木有50种，最多的是桑树。桑树与梓树在古文化中的地位很高，两者一个养蚕结果，一个是栋梁良材，人们心疼得下不了手随意砍伐它们。于是人们把目光盯向了漫山遍野越砍越旺的柳条等。柳条确实柔弱，但将它们编缀在一起，就立马显示出它们的坚韧与筋骨。

簸箕有大簸箕、小簸箕；变形的叫笸篮，有大笸篮、小笸篮，有圆笸篮、方笸篮、梯形笸篮，也有盛馍笸篮、针线笸篮、旱烟笸篮等；有的也叫箩筐。笸篮的做工较之簸箕简单点，但工艺更讲究图案花样，有人过日子很珍惜，给其涂上老漆或猪血，人老几辈还用旧如新。簸箕是工具，做簸箕也靠工具。铁镰、方锥、槽锥、钩针、拨停、绳锤、捋篾刀、铁夹、尺子等，是簸箕匠的好帮手。一个大簸箕，至少要用150根柳条，横条100根，竖条42根，边沿用数根粗柳条当边骨，缠缀后帮的则要用趁湿剥下的柳条皮，外行人往往误以为宽窄一律的柳条皮是竹篾。簸箕舌头也是用轻薄匀称的柳木板制成。簸箕周身除了合成的细线绳细麻绳，无铁无钉，无榫无卯，无孔无胶，更不用硫黄熏、颜色染，一似天衣无缝。

编簸箕有复杂的工序与工艺，也照样独具匠心。砍伐柳条，讲究季节，有春条、夏条、秋条。北魏贾思勰《齐民要术·种槐柳楸梓梧柞》说："至秋，任为簸箕。"意思是秋天砍伐的柳条是最耐用的上等货。砍伐柳条是个钻山下沟的吃力活，衣服常被荆棘挂得稀巴烂，手脚上布满了道道伤痕，也时常担心受到野兽毒蛇的攻击。而砍下的柳条多含水分，从深山搬运回来辛苦异常，但为了保持水分使不干燥，簸箕匠往往趁湿翻山越岭披星戴月往家赶。编簸箕的第二道工序是剥柳条，传统的方法是先在大口蒸锅中蒸上几小时，再用碌碡碾上几遍，柳条皮与骨才能骨肉分离。在蒸柳条时，火候、湿度都尤为重要，随时要掌握，不可掉以轻心，蒸得太老了色泽不白亮，蒸得太嫩了皮不利。在此基础上，还要用手套上铁夹，一根接一根捋去毛茬，这时的柳条才像葱根一样泛白，散发着清新纯净的香味，比馍馍出笼的味道更强势，比解开松木板的味道更诱人。塑料与拖拉机问世后，聪明的簸箕匠找到了更为便捷高效的剥皮方式，即用塑料纸将柳条包裹成捆，增加温度湿度，再用胶轮拖拉机反复碾压，成倍提高了工效。

据岐山老簸箕匠崔治和说，他们这个行当拜的祖师爷是列国时的孙百龄、白原与毛遂这三人，传说他们三个结拜兄弟打死了秦国的大将王翦，玉帝降下罪来，他们无法逃避，只好躲到地窖以编簸箕为生。后来，所有的簸箕匠都称自己住在"神仙洞"，是"地下工作者"。这个传说无考，只有赵国的毛遂自荐出使楚国，

宝鸡市凤翔县唐村镇大槐社村簸箕匠樊克勤

以"三寸不烂之舌，强于百万之师"而促成楚赵合纵，名载史册。但恒湿恒温冬暖夏凉的地窨地窖，确实是编簸箕的最佳场所。地窨地窖口子小，深达三四米，很像缺水地区的水窖。簸箕匠蹲在里面犹如战士蹲在战壕，心无旁骛，也无人干扰，一心一意编织着梦想。编簸箕一如妇人织布，先经后纬，他们先选好粗细一般长短一致的柳条，然后在尺子上缠上细绳，定好中基线，铺好八眼眼条即经条，再穿梭横柳条，横压竖，竖压横，一边收放绳子，一边用槽锥缠沿子，挤压得柳条密密匝匝、均匀美观，连头发丝的缝隙也没有，而绳子勒出的近千个棱槽像云贵高原的梯田。至于边框包角，最能显示簸箕匠的神功，柳条皮塞进柳条中，缠得多了，妨害整体平整，缠得少了，用不了多久就露筋露骨，由此可窥出匠人之艰辛、手艺之精良。

  我是在岐山益店镇晁村见到92岁的簸箕匠崔治和的。他可能是关中寿数最大的簸箕匠，他的身子还硬朗结实，一天还能编一个簸箕。他说他早年丧父，15岁就跟人编簸箕，不久就能每天编两个簸箕，一年至少要编300个。我帮他算了一笔账：这辈子他竟编了4万多个簸箕，摆开来比西安古城墙的周长还要长！他带出的徒弟有12个，不过大多下世了，还能做的只有3个。他的手艺活近到关中，远到甘肃河南，现在老了，儿子不让编了，可他觉得闲得慌偷着编。闻知要上报纸，老人家乐得有些发急，他带我上了二层阁楼，里面堆满剥了皮的柳条，他说年纪大了，不能上山了，这些柳条是从汉中洋县贩子手中买的。为了方便，他还种了一亩九分地的柳条。他拿出他编成的各种簸箕和笸篮，向我夸耀着自己编的东西有多好多细。下了楼，他又拿出自家用了多年的老簸箕，自信地敲敲说："一点儿也没走样，再用几十年也没麻哒！"他翻开工具包，如数家珍地讲述着它们的来历与用场。他说尽管塑料制品光亮便宜，但那些五颜六色的东西有污染，寿命也耐不过簸箕。簸箕至今在农村还有市场，也不愁积压，一个零售能卖到120元。但这老手艺是要失传的，因为青年人瞧不起。他说，自己窝着腰编了一辈子簸箕，也没落下个关节炎什么病的，记者能采访他这个不识字的簸箕匠，能给他增寿五年！

簸箕匠是社会的缩影与存照，也从一个侧面给出了物价表。崔治和老人讲，民国年间，一个簸箕可换一个响元；抗战开始，物价飞涨，一斗麦子值两千元；日本投降，落到五百元。临新中国成立时，国统区发行的纸币天天贬值，只好要粮不要钱，一个簸箕能换斗二升粮。新中国成立后进入合作化，一个簸箕值四元。人民公社时，簸箕匠每天挣一个半全劳力的工分，那时簸箕用量也大，成为生产队的一项副业，也没有人说这是"资本主义尾巴"。簸箕匠虽然很辛劳，但簸箕是抢手货，尤其是岐山的簸箕匠心灵手巧，编的簸箕俊样结实，平凉、西安人套着马车一车一车往回运。岐山益店镇晃村崔西组，过去有簸箕匠50个，益和村有簸箕匠数百个，是宝鸡有名的簸箕村。另外，关中的合阳县和阳村是有名的簸箕村，据《合阳县志》载："和阳村的柳条簸箕，向为本县土特名产。"20世纪50年代，全县有三个簸箕合作小组，拥有簸箕匠43人，簸箕编织达到鼎盛时期。

俗话说的"无艺不养家"，也可说成"无艺国不强"。不独簸箕匠是"大国工匠"，老关中这个庞大的供销市场，还活跃着像草帽匠、笼匠、席匠、筐匠、竹匠之类的编匠，他们同样也是利用自然、改造自然的能工巧匠。《诗经·小雅·鹿鸣》曰："我有嘉宾，鼓瑟吹笙。吹笙鼓簧，承筐是将。"西周时金属稀少，祭天敬祖的器具多用茅草藤条编成的箩筐。编箩筐不比编簸箕那样讲究，但箩筐的实用性却不能低估。比如西起临洮东至山海关的万里长城，至今都是世界最大的工程，那无法数计的石头沙子夯土，要耗费多少箩筐装运，算也算不清；还有世界上第一条"高速公路"，人称"皇上路""圣人路"的秦直道，土方工程之多，无人知道用了多少箩筐；还有遍布关中的帝陵，硬是用黄土堆成了山，也有箩筐的功劳。那遍布关中的城墙，

冬天编簸箕双手冻成"红萝卜"

也是一筐一筐的泥土筑成。《新唐书·志·第二十七·地理一》记载，关中京兆府的土贡有粲席，同州的土贡有龙莎，凤翔府和陇州千阳郡的土贡有龙须席，正是苇席、竹席、草席这些统称为炕席的凉席、温席，让唐朝京城的官民睡了个舒坦。史载盛唐时长安人口多达百万，想必席匠不是一个小数目。有了席，才有了"拔锅卷席""夺席谈经""匪石匪席""割席分坐""挂席为门""居不重席""卷席而居"等成语。但要知道，编席吃的是"坐席饭"，一张席从备料到成品，人都像壁虎一样全身伏在席面，腰腿弯成几折，双手布满伤痕，哪张席都留有席匠的鲜血，到老了，鲜有腿脚利索的席匠。

因地制宜，靠山吃山。凤翔县堪称关中的"艺人县"，泥塑、画匠、木匠、铁匠、小炉匠各种手艺人比比皆是。比如凤翔盛产麦子玉米，但令人惊奇的是麦秆玉米皮的价值超过了粮食，这是因为凤翔人眼里有水，把草编看成了摇钱树。据《编在凤翔》一文说，凤翔草编普及到8个乡，涉及品种达到3000种以上，年产值超过千万元。比如编草帽这种"大路货"由人工转向机器，现在再由机器回归到手工花样草编，有的做成了小天使，有的做成了人物、动物，产品出口到东南亚。凤翔还盛产竹背篓，仅南指挥镇从业者就有四五百户，有的老者舍不得丢下老手艺，还在编着销路冷清的牛笼嘴、粪笊篱。

"应怜屐齿印苍苔，小扣柴扉久不开。春色满园关不住，一枝红杏出墙来。"宋代诗人叶绍翁的《游园不值》，从些小遗憾转为不虚此行，但也轻轻叩开了一个久违了的话题，即我们祖先的门面并不阔气，广大乡间多为柴门席门篱笆门，可谓瓮牖绳枢，还有那些边远村落的篱笆墙，也让人深思屈原的"长太息以掩涕兮，哀民生之多艰"。

史圣司马迁是一个深知"国之本""民之本"的大师。他不仅谙悉"帝王经""将相经"，更关注"生意经""致富经"。他在《史记·货殖列传》中说："周书曰：'农不出则乏其食，工不出则乏其事，商不出则三宝绝，虞不出则财匮少。'财匮少而山泽不辟矣。此四者，民所衣食之原也。原大则饶，原小则鲜，上则富国，下则富家。贫富之道，莫之夺予，而巧者有余，拙者不足。"意思是说农、工、商、虞这四个方面，是人民衣食的来源，至于贫富没有谁能剥夺或施予，但巧慧聪明的人财富有余，拙笨愚昧的人却衣食不足。他由此得出结论说，致富没有常业，而财货也没有常主，有才者能聚集财富，不肖之徒则会败家失财。由此可见，簸箕匠之类的百工，的确是老关中的基石与墙里面的柱子，尽管他们像小草一样默默无闻，但正是他们的勤勉与坚持，才酿造出了一个民族的个性和特质，才使得中华成了制造大国、创造大国。

老关中没有走远，她活在《易经》《诗经》《史记》里，活在传说里歌谣里诗史里，更活在我们的中国梦里！

# 樵　夫

人人开门七件事，柴米油盐酱醋茶。

如果仔细琢磨这句人老几辈念叨的口前话，就不难发现一个有趣的现象：柴，柴火、柴草、柴垛这毫不起眼、歪七扭八的一族，竟像人人讨厌的老鼠拔了十二生肖头筹一样，被蓬头垢面、衣衫褴褛的樵夫，笨手笨脚、胡里颠倒地推上了人们生活需求的头号宝座。

上天造物公平着呢！你看，不会筑舍置产的家畜、不会添盐加醋的野兽、不会吟诗作画的飞禽，只凭着天生一身经得起暴晒、经得起风霜的毛料服就闯荡一辈子；而人精明得能掐会算、上天入地，但离开了火就可怜兮兮哆嗦成一团。

人间烟火！火！火！火！自从人类惊奇地看到第一缕曙光，发现第一簇闪电，第一回吃到野火烤熟的坚果与动物尸体，就对神奇的火与火种，产生了浓厚的神秘感、依附感。

烟火人间！柴！柴！柴！谁向往着火依恋着火，就意味着谁有机会熬过冬季与暗夜，就为生命赢得了一分热度；谁懂得

樵夫 向陽

钻木取火、采蒿传火、击石打火，谁能够保存火种、点燃篝火、高擎火把，谁就能成为族群的首领、神话一样的英雄；谁能晒着太阳、升起炊烟、拥抱火炉、安卧火炕，谁就能夜夜做梦、辈辈发人。

祛寒靠火，煮饭靠火，点灯靠火，炼铜靠火，冶铁靠火，蒸汽机靠火，发电靠火，走向太空也靠火！一部人类进步史，从盗取天火开始，从柴草而煤炭，从电力而石油，从核能而风能，都在为夺取、占有和开发、利用热能而奋斗。而在这漫长的薪火传承历程中，功不可没、功在千秋、最值得点赞的非樵夫莫属！

樵夫者，是拾柴筑巢钻木取火的有巢氏、燧人氏，是翻山越岭割茅束薪的三皇五帝，是在磻溪打柴钓鱼编民谣而撬动天下的姜子牙，是西周手持阳燧、取火于日、掌管神火的司烜氏。别说深山、山畔的子民以砍樵贩樵为生，平原人家农闲时结伙进山背柴火，连多少帝王、名臣、雅士一文不名时，都曾干过这捡柴、砍柴、背柴的樵夫营生。

大山是人类栖息的老窝，老关中的文明是以大山为底幕，以柴草燃起的冲天大火烧荒开田为序曲的。炎帝黄帝是药神也是火神，火能治百病，拔火罐、扎火针、烧艾灸、熏火盆，皆为"寒则温之"的治病救人之大道。《小雅·庭燎》篇中有"庭燎之光""庭燎晣晣""庭燎有辉"的名句。"庭燎"者，堆起柴草烧起大火，取祭天祭祖、敬神驱鬼、吓兽灭虫、庆祝丰收、祈盼平安之意。关中至今还保持着"庭燎"的习俗，过年、冬至要"燎"，端午、麦罢要"燎"，姑娘出嫁、新媳妇进门要"燎"，孩子受了惊吓要"燎"，日子过得不顺当也要"燎"。人们常说的"火烧火燎"，指的不只是急得火烧眉毛，也指的是"烧"去邪、"燎"走晦，似乎如此这般，日子才能过得红红火火。

　　走出荒僻的深山，到名山里去找靠山。《史记》载，早在大禹治水时，就勘定关中的岐山、千山与壶口、砥柱、太行、西倾、嶓冢、内方、熊耳这九座大山为天下名山。西周的古公亶父也是勤勉聪明的樵夫，他谨记祖先的教诲，一次次沿着鸟道兽迹劈开荆棘，摸清了记熟了豳地通往岐山的险关与捷径，鼓足勇气率领族人西行南下。那时还没有"秦岭"这个称谓。周背靠岐山这个林荫匝地的靠山，面临源源不绝的渭水，眺望着逶迤千里、四季常青的南山，就像找到聚宝盆一样兴高采烈："南山有桑，北山有杨"，"南山有杞，北山有李"，"南山有枸，北山有楰"。(《小雅·南山有台》)"伐木丁丁，鸟鸣嘤嘤"，"伐木许许，酾酒有藇"，"伐木于阪，酾酒有衍"！(《小雅·伐木》)周人高唱着这改天换地的赞歌，也不时忆起远在豳地艰难度日的歌谣——"七月食瓜，八月断壶，九月叔苴。采荼薪樗，食我农夫"(《豳风·七月》)，油然产生了一种改朝换代的雄心壮志。

　　周人占据了岐山这块风水宝地，一边内修仁政，一边将目光投向了遥远的西方南方东方，不断地派出樵夫打探诸侯与商朝的动静，丈量道路河流，测量枢纽关隘，记录物产风俗。到了文王手里，关中从东到西与南山对峙的老龙山、黄龙山、尧山、乔山、金粟山、药王山、嵯峨山、九嵕山、岐山、千山等，都成了周人取之不尽用之不竭的资源宝库。有了参天巨木茫茫林海，有了千里沃土万顷良田，西周的娃娃长得模样俊俏，牛羊多得如云，战马肥得冒油，锅盔烙得像锅盖，商贩贵客多得尘土生烟，战车装饰得锃亮，王师千里东进不挨饿、不受冻，将士个个精神抖擞斗志昂扬！而万恶的纣王玩火，最后只有鹿台自焚一条绝路了。

西周是在血泪中泡大的，西周崇尚红色，西周是樵夫砍柴烧红的江山！纵观所有朝代的孕育发迹，唯有西周坐收天时地利，接受了大自然无私的馈赠与奖赏——南北二山的千年原始森林，鸟兽成群，河流如织；周原的肥沃土壤，种瓜得瓜，种豆得豆。种田，有祖先后稷的农耕专利；畜牧，有葱茏茂盛的草原草场；狩猎，不需远足跋涉；捕鱼，近在门口路旁。这样的天然条件，落到谁手里，都要一夜暴富的。但是，"积善累德十世有余"的西周，并没有因此而大手大脚乱砍滥伐，而是清醒地意识到森林的形成是一个长期缓慢的过程，并非人力所为，十年可以树木，但要成林，往往需要百年甚至千年。因此，智慧仁慈的周公在制礼作乐时，周详地规定了护林守林法则。《礼记·月令》载，立春，"禁止伐木"；立夏，"毋伐大树"；立秋，"草木黄落，乃伐薪为炭"；立冬，"日短至，则伐木取竹箭"；深冬，"乃命四监收秩薪柴，以共郊庙及百祀之薪燎"。而在《诗经》里，有多篇记载着砍伐柞树、棫树、朴树、枥树、构树、椴树等杂树以及灌木等，而非名贵的巨松古柏大梓珍檀。《大雅·绵》有"柞棫拔矣，行道兑矣"，《大雅·棫朴》有"芃芃棫朴，薪之槱之"，

《大雅·旱麓》有"瑟彼柞棫，民所燎矣"，《大雅·皇矣》有"修之平之，其灌其栵。启之辟之，其柽其椐""柞棫斯拔，松柏斯兑"。由此可见，周人在向自然索取的同时，也在温柔地呵护着自然，他们要给子子孙孙留下青山绿水、金山银山，而不是荒山秃岭、穷山恶水。

西周自丰京而镐京，掌权了，大意了，挥霍了，日夜酒席宴乐了，灯火辉煌烧得眼睛昏暗了。到幽王掌管天下，荒淫无度，无所作为，把玩铜鼎宝玉美女腻了，实在无聊到极点，就点燃烽火擂响战鼓调笑褒姒、调戏诸侯，结果有再一再二，没有再三再四，最后一把火没有招来勤王之师，却招来了西夷犬戎。幽王毙命了，镐京烧毁了，祖先奋斗了几百年的积累被抢掠一空，唯一值得庆幸的，就是那南北二山的森林有了几百年喘息生养的机会。

西周亡了，秦从偏远的天水骑着马、赶着羊、提着锯子斧头赶到了关中。秦人来了，是奔着"阪有漆，隰有栗""阪有桑，隰有杨"（《国风·秦风·车邻》）而来，是盯着"蒹葭苍苍，白露为霜""蒹葭萋萋，白露未晞"（《国风·秦风·蒹葭》）而来，是笑着"终南何有？有条有梅""终南何有？有纪有堂"（《国风·秦风·终南》）而来，也是抚着"山有苞栎，隰有六驳""山有苞棣，隰有树檖"（《国风·秦风·晨风》）而来。西秦在关中的这几百年，正如战国时期的苏秦向秦惠王陈说连横之计那样，关中"田肥美，民殷富，战车万乘，奋击百万，沃野千里，蓄积饶多""此所谓天府，天下之雄国也"，很快成了孔武有力、雄心勃勃的巨人。到了秦始皇时代，"奋六世之余烈，振长策而御宇内，吞二周而亡诸侯，履至尊而制六合，执敲扑而鞭笞天下，威震四海"，取百越、造长城、治骊山、隳名城，大兴土木，劳民伤财，南北二山能取的大材几乎伐光，不得不从遥远的蜀地及桂林、象郡输送巨木。秦始皇的气焰嚣张到了极点，眼中已经没了人间，无名野火烧得他向仙山楼阁进发，但做梦也没想到"瓮牖绳枢之子，氓隶之人"的陈涉，只折下了一根树枝，登高一呼，就撬翻了秦国高贵无比、不可一世的龙椅宝座。

秦国亡得可怜，比不起眼的柴火还要速朽。秦人痛哭哀号，哭天喊地，干哭得已经无泪。秦人最憎的是那"二杆子"项羽，是他一把大火把咸阳无数隔天离日的宫殿烧成了一片焦土！秦人无不恶狠狠地诅咒：项羽得不了天下，项羽不得好死！

楚汉之争前，曾到骊山送徒的亭长刘邦，望见关中之富庶，京城之华丽，心里就像被猫爪子挠了一样痒痒。楚汉之争，他避实就虚，袭武关，至霸上。本是怀王与诸将约定"先到咸阳为君"的，可项羽翻脸不认账。刘邦以"三十六计走为上"的看家本领，去汉中当了汉王，像吃饱了的狮子豹子舔了舔蹄爪，但依然死盯着关中这块天下最美的肥肉。一不做，二不休，暗度陈仓，二返长安，刘邦先赢一着。垓下大战，项羽兵败自刎，尸体被乱马踩践，这也终于替秦人出了一口恶气。

然而，刘邦面对一个饿殍遍野、十室九空的大关中，在定都大事上狐疑满腹，犹豫不决。这时一个叫娄敬、后赐姓为刘的人，用"夫秦地被山带河，四塞以为固，卒然有急，百万之众可具也"，力劝刘邦定都关中，同时，张良也用"金城千里"来概括关中的优势，这一左一右，终于让刘邦定下了扎根关中的百年大计。汉初的一穷二白是出了名的，连宰相上朝也没有马匹征用，只好坐上吱吱呀呀的牛车。但是，汉朝的那一班文武百官，哪个不怀揣着花天酒地锦衣玉食的梦想，谁又愿意过着与百姓一样的清苦日子。于是，汉朝也开始挥着斧斤向南北二山进军，兴建汉城，大造宫室，经年累月，其气派比秦朝有过之而无不及。尽管"文景之治"时崇尚节俭，但到了西汉末年，仅关中就修建了三十多处行宫离宫，南北二山遭遇一轮又一轮的浩劫。

关中虽在战火中动荡了几百年，但关中的王气还没有散尽！隋朝来了，他要开山毁田，他为修建仁寿宫几乎砍光了麟游的大山；唐朝来了，他要气派，要点长明灯，关中的王气在一堆又一堆篝火、一坊又一坊炉灶中将要灭绝！

唐时的长安城是当时世界最大的都市，养活着百万人口，百万人要取暖、要烧饭，这是一个现代社会都头疼的难题。天宝元年（742），京兆府23县有362921户，辖467乡120坊，仅长安、万年二县就有138500户，其中城内120坊、74200户，城外104乡、64300户，粗略估计长安城编户在75000家。

一个都城每年要烧掉多少薪柴？从华中师范大学城市与环境科学学院龚胜生的一篇论文中，我找到了一组惊人的数字：75000编户年耗薪柴当在30万吨左右，其中京官7万吨，市民23万吨。30万吨薪柴按如今的大卡车装载5吨计算，也要装6万辆卡车。30万吨薪柴堆积一起，至少要占长安城五分之一面积，或像一座大山一样壮观。为解决京城人烧柴问题，朝廷专门设置了钩盾署，职责是"掌供邦国薪刍之事"，为各方人特别是宫廷、百官、僧人等提供薪炭。有些时候，薪炭供应紧缺，不少户面临断炊，朝廷为此也设置了木炭使，相当于今天的能源局，这个职务大多时由京兆尹兼任，可见烧柴是关系国计民生之大事。没了柴火，连个鸡蛋也炒不熟，再毒的太阳也不能烤出饼子来，所以古人将柴列在第一位，是深知要喝一口开水、吃一碗热粥都离不开柴，没了柴就冰锅冷灶，没了柴就冷窝凉炕。皇宫虽富丽堂皇，但也要食人间烟火。唐代宫中人数逾万，每年消耗上等薪柴至少3万吨。钩盾署每年从市场上购木橦16万根，从岐州、陇州等雇樵夫7000人，每人每年要保证送给长安城木橦80根，这样算来，仅百官所耗木橦就要72万根。除终南山是重要薪炭供给地外，岐州和陇州自然成了长安的柴垛子。这里的大树充当着木橦，还有蒿草荆棘也被剃头式地送往城里。本来"百里不贩樵，千里不贩籴"，但为了满足京城烧柴之需，为了解决岐州、陇州的薪柴用驴驮车载距离长、成本高的问题，唐开国不久，在陇州筑五节堰，抬高千河水位，专门漕运木材。武后年间，又在岐州开升源渠运送薪柴。

过度樵采，在唐代近三百年间，南北二山就成了癞痢头，同时河水下降，灾害频发。史载唐朝大水灾有五六百次，大旱灾有66次，大疫大虫灾几乎隔年就生。贞观元年（627）春，麦苗枯死，至于八月乃雨。贞观二年六月，京畿旱蝗，李世民无奈亲自捉蝗虫并祷告："人以谷为命，而汝食之，百姓有过，在予一人，而其有灵，但当蚀我心，无害百姓。"贞观十四年夏，大燠，也就是大闷热，热死牛马无数。贞观十五年春，霖雨不停。咸亨元年（670）四月，宝鸡大雨雹。长安三载（703）八月，京师大雨雹，人畜有冻死者。天宝十三年（754）秋，大霖雨六十日不止。元和二年（807）七月，今彬县一带降霜杀稼……

京城庞大的炭薪需求，造就了一支樵夫大军，也无疑加重了百姓的负担。樵夫大都过着"束薪白云湿，负担春日暮"的艰辛日子。而白居易的《卖炭翁》，则辛酸地记述了朝政江河日下时砍柴卖炭者的悲惨命运。"卖炭翁，伐薪烧炭南山中。满面尘灰烟火色，两鬓苍苍十指黑。卖炭得钱何所营？身上衣裳口中食。可怜身上衣正单，心忧炭贱愿天寒。夜来城外一尺雪，晓驾炭车辗冰辙。牛困人饥日已高，市南门外泥中歇。翩翩两骑来是谁？黄衣使者白衫儿。手把文书口称敕，回车叱牛牵向北。一车炭，千余斤，宫使驱将惜不得。半匹红绡一丈绫，系向牛头充炭直。"后来北宋的苏辙，大概是受了白居易的启发，创作了《买炭》一诗："苦寒搜病骨，丝纩莫能御。析薪燎枯竹，勃郁烟充宇。西山古松栎，材大招斤斧。根槎委溪谷，龙伏熊虎踞。挑抉靡遗余，陶穴付一炬……御炉岁增贡，圆直中常度。闾阎不敢售，根节姑付汝。升平百年后，地力已难富。知夸不知啬，俯首欲谁诉。百物今尽然，岂为一炭故。我老或不及，预为子孙惧。"进一步迸发出百年以后，地力难支、后人无柴可取的忧伤与呼吁。

王气不是别的神秘模样，王气是一口清新的空气，是奔腾的河流，是茂盛的青山，更是百姓的安逸与顺气。关中的王气就这样消耗殆尽了，它再也不能承受一座京城的重负！王朝立足关中，是福也是祸；王朝远离关中，是祸也是福！

告别唐朝的这一千多年，关中的生态始终没有恢复元气。如今的关中，除了人迹罕至的深山，很难在近山找到一棵碾盘粗的古树，即使水桶粗的大树，也要遍地寻觅。要不是"植树造林"，南山浅表难以找到横梁、檩条、长椽，北山也只是狼牙棒、兔儿梢、铁杆蒿等荆棘灌木。采访中，一位岐山长者得知我打听樵夫，便摆摆手说，谁的先人没当过樵夫？樵夫的活最苦最重最危险，衣服烂得像叫花子，腿脚拧得像打摆子，双手脏得像猪蹄子，人就像从死人堆里刨出来的……天下苦力活中，樵夫当列前几位。鸡叫时背上干馍，扛上扁担，牵上毛驴，向深山进发。喝几口沟渠水、抓几把岭上雪解渴，便在山梁上找寻着灌木、蒿子。把柴扎成捆，三捆四捆扛在肩上，从岭上背到岭下，眼珠子挣得快要迸出来，放到沟底，又一口气奔到岭上，折腾几个来回，直到百十斤柴上到驴脊背，才啃几口干馍。这时已到夕阳西下倦鸟归林，回到家中连脱衣服的劲儿也没了。翌日鸡叫时分，披星戴月，急奔几十里外的柴市，赶快脱手。柴市有个规矩，叫"柴不过夜"，意思是湿柴含水分多，如不出手，分量大减。而大多数庄稼汉没有手艺，只能吃这"瓜力"，一生就在山上、集市上兜圈子，向乔山要零花钱。不少贫困人家无钱买毛驴，就只能用肩挑，时间长了，肩上就隆起一块蒸馍大的肉疙瘩，农民叫它"蹦蹬"。岐山一带至今流传着《蹦蹬歌》："大雪纷纷，割肉三斤；不知名姓，脖项长个蹦蹬，今日见我要肉钱，你却把蹦蹬搬到头后面。"这些樵夫大多患有胃病，并且大都是罗圈腿。新中国成立前，关中县城和小镇养活了不少人家，而用柴量之大让人吃惊。于是家里十分贫穷者，就一头扎进卖柴生意堆中。樵夫中有老的有少的，大多骨瘦如柴蓬头垢面，所穿衣服补丁摞补丁，尻蛋有时也亮在外面，褂子油渍渍汗渍渍。他们出的是蛮力，过的是穷日子。岐山京当镇大石沟口杨家原有个叫杨锐的长者，领着两个儿子以卖柴为生。大儿子兴儿方头大脸，一表人才，能一口气把百数斤柴担挑到二十里外的青化镇，方圆十里八乡都称赞这小伙力气大有出息。可是没过几年，他瘦成了一把骨头，一晚上要喝一桶水，人们说他肚里有个水乌龟，要不停地喝。他到山上割柴也找个山泉汲个不停。实际上他得的是糖尿病，不到三十就挣死了。

  我的父亲也是樵夫出身，他15岁时，爷爷就撒手人寰，一家人就靠他卖柴为生。祖母给父亲买了头"白嘴亮眼"的俊母驴，父亲每天赶着毛驴，鸡叫时分去四十里外的箭括岭后割柴。二百多斤重的柴捆子只能由大人们帮他掇到驴背上。1953年初夏的一天，父亲从岭上给驴驮上二百斤重的梢子柴，突然大雨倾盆，狂风大作，长长的崛山沟就剩下他这个小孩及一头驴。父亲生怕干柴淋雨压倒毛驴，可毛驴或深知他的艰难，一口气翻过几个大沟将柴驮到了集市上。父亲说，这毛驴怜惜穷人，深谙人性，简直跟《三国演义》"马跃檀溪"时刘备的神驹差不多。在集市上卖完柴大多已是深更半夜，一次他在扶风县城卖柴，凌晨三点路过罗家村西山神庙，毛驴竟踌躇不前，叫唤不已。父亲知道，这是遇见了鬼，因为毛驴遇见鬼才有这样的举动，山神庙过去是停放死人的地方。"驴拌嘴，碰到鬼；驴停步，鬼挡路。"今天是应验了。他吓得毛发倒竖，倒抽冷气，这时同村的万奎爷赶着小公马卖柴路经此地，这小公马几声嘶鸣，前蹄踢踏得路上石头起火星，神神鬼鬼被吓跑了，这才解了父亲的困。

新中国成立时的青化镇、扶风县城的柴市最大。逢集日柴市要占五六亩地。柴担子要卖好价钱既靠好柴也靠包装。硬柴上好的是杏木椿木，最差的是杨木桐木；软柴最好的是毛香拐拐，最差的是黄柏蒹。城中的商号及居民经常买柴，要蒙混过关很不易。但凭着"柴诱子"能说会道，到天黑时不剩一捆柴。捉秤的也很同情卖柴的，好说歹说总能卖掉质量差的。有一次父亲砍了自家场边的桐树梢去卖，等了一天无人要，捉秤的给他联系了北家庄一户农民。返回路上遇到了一只恶狼，几次想下口，父亲赶忙跳到驴背上，忽听得沟对面一老者训斥儿子道："狗日的，再不听话，我就打断你的腿……"狼以为有人追赶过来，才跃身跑向一旁麦地。父亲一生都记着樵夫的艰难，他参加工作后一回到村上，总要给帮他往驴背上扛柴捆的伯平叔买几盒烟。

20世纪六七十年代，乔山仍是关中人的柴垛子。缺吃少穿，缺油少柴，关中人日子十分艰难。每到冬天，不少人家拉着架子车去崛山沟、箭括岭后割柴。半夜起身，半夜回家，几十捆柴堆在院中，就解了一家人锅眼之急。那时关中的沟沟坎坎像拔光了羽毛的鸟，剃光了头的罗汉。直到一二十年前，关中乡间才烧起了煤。现在城里人用上了煤气天然气，但雾霾这鬼东西也混进来，且越来越大。难道是煤、油、气被从地球心窝里掏出，地球心脏受到影响、伤了筋骨吗？这使我想到，没有火，就饥寒交迫；有了火，也难免烟雾笼罩；火太大，也要当心引火烧身！

想必人们还没有忘记三四十年前，关中人用火石与火镰碰撞出的火花，用艾蒿缠绕成火绳的火耀，也还没有忘记一个善于使火的民族、发明火药的民族，直到新中国成立前后才会大规模制造火柴并委屈地称它为"洋火"！

樵夫这个行当消失了，但樵夫的故事还在流传。"薪火相传"这句成语，出于《庄子·养生主》："指穷于为薪，火传也，不知其尽也。"柴薪容易成灰，但千万要留下火种，点亮万家灯火！

# 附 录

## 附录一

## 风考古
—— 吕向阳散文创作浅识

吴克敬

对风的考古，是吕向阳十多年来坚持不懈的一项业余工作。

说他坚持业余，只是个职业的区分。他的本职工作，是宝鸡日报社的社长，他发现了风，并为之像文物考古工作者一样，进行着艰苦而细微的追索和探求，他做得比考古还致密还深入。所以，他对风的考古是专业的。那么，风是什么呢？我们挂在嘴边的有风气、风化、风情、风物、风俗、风度、风骨、风尚、风味、风习、风雅、风谣、风月、风致、风流、风骚……我要往下罗列，该是怎样的大观，想来人人心中有数，而且还不是自然界里物质的风。这风那风的，看不见，抓不住，但我们生活于其中，谁又感觉不到呢？总而言之，风如时间一样，伴随着万事万物，当然包括我们人，它已经非常老非常老了。我为时间写过文章，直言时间老得白发苍苍，胡子老长，在没有人类的时候，时间就已经存在了；生物的进化有了人，时间依然存在；便是地球上没有了人，时间也不会因为人的消失而消失。因此我说了，时间的记忆力不好，它那么老，能记住的人和事，太少太少了。而风与此不同，虽然风的年龄也极老，也将不死地老下去，但风的记忆不错，风会记住许多对风有感情的人和事。

千古一部《诗经》，风、雅、颂，风独占鳌头，邶风、鄘风、卫风、王风、郑风、齐风、魏风、唐风、秦风、陈风、桧风、曹风、豳风等，统纳在国风之中，共计有160篇，是咱们中国人最早的文学记忆。"关关雎鸠，在河之洲。窈窕淑女，君子好逑。"开篇的第一首诗歌，传诵了几千年，谁开口都吟诵得出来。所以我还要说，"风"是汉语里至为尊贵的一个字，因此我在许多地方，都很骄傲我生长的地方叫扶风，以为这是九州之内最美好的一个县名。

风对人来说是可以扶的，风是力量，风是美酒，风是万物之魂，风是宇宙之魄，扶风直上九万里，这是多么令人心潮澎湃而努力向往的目标啊！我得承认，扶风的县名给了我巨大的启示，而与扶风相邻的岐山呢？凤鸣岐山，同样是个为理想插上翅膀而振翅高飞的吉祥之地。仅仅隔了一道沟，我的出生地在沟东的扶风，吕向阳出生在沟西的岐山。我尊重着风的传奇，吕向阳比我有心，他考古着风的神奇。

《三十六个挖宝人的命运》《神态度》两部厚重的书，就整齐地码在我的书柜里；此外还有一叠他去年发表的《老关中》系列散文，影印后摊开在我的书桌上。像我前些年阅读他精心出版的《三十六个挖宝人的命运》及《神态度》一样，我在阅读时于心产生共鸣，于情产生共响，就会不能自禁地在他的书稿上写写画画，把我阅读的体会和感受，及时地，却也是不知轻重地刻写出来。翻看我的刻写，我不觉油然而生一股敬佩之情，同时也就有了我写这篇短章的题目——风考古。

吕向阳在任务繁重的新闻领导岗位上，见缝插针挤时间，出版发表的百余万字专著，无不浸淫着风的古老、风的内质，以及风的渊博和深厚、风的胸怀和情怀。《三十六个挖宝人的命运》是这样的，《神态度》是这样的，《老关中》系列也是这样的。

忘不了三十六个挖宝人，所挖掘的宝不是一般的宝，差不多都是国宝级的青铜器，譬如毛公鼎，譬如虢季子白盘，譬如青铜龙，譬如何尊……随便一件，都珍贵得使人脸热心跳，其出土时的腥风血雨、哀痛悲伤，真是一言难尽；而出土后的文化信息、文物价值，又特别鼓舞人心。而这一切，用别的汉字是无法度量的，只能用一个"风"字了，也就是青铜器所蕴含的风物、风雅和风采了，实在让人着迷。

饿死鬼、扑神鬼、等路鬼、吝啬鬼、短见鬼……编排有序的《神态度》，一顺溜写了一十六个鬼，此外还有八幅《小人图》、一十五篇《风土记》及一十八篇《碎玉池》，让我阅读出来的，依然是无处不在处处在、无时不有时时有的一个"风"字，有风气，有风化，有风习……浩浩荡荡，风生水起，伴随我们生活的，竟然有那么多鬼！有那么多小人！有那么多需要我们警惕的事！仔细品读，感受该是别样的，同时也是充实的。

《窑洞》《戏楼》《祠堂》《庙会》《拴马桩》《铁匠》《石匠》《骟匠》……《老关中》系列，吕向阳以他一贯的风格，带着考古者的眼光，挖掘并书写着他新的著作。有理由相信，他有风拂面，他有风入心，他扶风而歌，他会有如风一样的成果，凤鸣岐山，在山顶上让风为他记忆。

2015年11月16日西安曲江

（吴克敬，1954年生于宝鸡扶风县，西北大学文学硕士，陕西省作协副主席、西安市作协主席。近年共创作小说、散文、随笔400余万字，出版了《渭河五女》《碑说》《状元羊》《风流数》等28部著作。曾荣获庄重文文学奖、冰心散文奖、柳青文学奖等奖项。2010年以中篇小说《手铐上的蓝花花》获第五届鲁迅文学奖。）

### 附录二

# 用文字为民间文化"立碑"
## ——吕向阳系列民俗文化散文解读

### 耿 翔

当前的散文创作，缺乏的还是时代转折中的命运写真。一些作家似乎总游离于现实生活之外，散文与"小我"很近，与"大我"中的国家、民族、历史、社会、民生越来越远，最终陷入疲软、浅薄和平庸。散文也似乎失去了与时代的对话，失去了把握社会现实的能力，失去了道德承担的勇气。近读陕西报人吕向阳的三个系列民俗文化散文，这些重重的疑虑，似乎有了一些稀释。特别在这个雾霾锁关中的冬天，有了"面朝大海，春暖花开"的感觉。

## 《小人图》：民俗苑地掘得的第一桶金

三万字的《小人图》是作者从凤翔木版年画中觅得的一组"异类"和"怪胎"。民间艺人把小人的伎俩镌刻成八幅版画——《扶上杆儿抽梯子》《得风扬碌碡》《见了旋风竟作揖》《爱钱钻钱眼》《白地捏骨角》《用钱买上皂角树》《吹涨又捏塌》《东吃羊头西吃猪》，意在提醒人要防小人。吕向阳敏锐地感到在"小人堆中"可找到瑰丽的民俗大文章：不仅在拷问关中人的劣根性，也在拷问国民的劣根性；不仅让人感受到逝去的小人影子，也让人捕捉到当代小人的可憎。他认为仅仅宣传我们的传统美德而忽略了我们的缺点，这不是"为国民治病"的良医。当年的鲁迅先生弃医从文，以拯救国民灵魂为己任，他的作品成了真金，成了钻石，成了泰山。于是吕向阳在2012年用了多半年时间，"按图索骥"，为每幅小人图写出四千字的点评，入木三分，寻根刨底，从丑态中映出世相，让民俗版画成为醒世钟，成为照妖镜。该文呈现出三个鲜明特色：一是视角独特，主题新颖。在司空见惯中鞭辟入里，在见怪不怪中亮出伤痕，把小人押上了审判台。二是以小见大，俗中见雅。这些以关中俚语命题的文章，听起来滑稽可笑，看起来似天方夜谭，但民俗的穿透力就在于嬉笑怒骂中让人眼前一亮。三是纵横捭阖，吹糠见米，借民俗之老树，发正气之新枝，每篇文章是檄文也是美文。所以《美文》杂志在头题一次性刊发了这么长的散文，这也是吕向阳在民俗苑地中掘得的第一桶金。

## 《神态度》：今天该怎样侍弄散文这个"鬼"

《神态度》这组长篇系列散文从留在乡民嘴上的"毛鬼神""日弄神""夜游神""醋坛神""土地神""阴溜神""饿死鬼""扑神鬼""屈死鬼""狐狸精""倒包客""尻子客"等土得掉渣、卑微细碎的"神神鬼鬼"中洞幽烛微，把作家们一直撂荒了的地第一次进行垦殖播种。这些神和鬼也许是从西周之前就结伴扎根于关中大地上的，是中国语言的"活化石"，是关中人天天念叨的形象大使，是民俗苑地中的奇葩，但这神那鬼究竟是怎么传下来的，又究竟包含着什么样的本质及寓意、道德及精神？随着城市的扩张、乡村的凋谢、普通话的推广，神神鬼鬼很可能就顷刻从人们的传播中消逝。如果没有人把这些猥琐但很热闹的鬼神记录下来，那将是关中文化最惨重的损失，也是中华传统文化的失血。对这些神鬼的梳理盘点、刨根问底，没有现成资料可查，作为"记者头头"、很接地气的吕向阳，一趟趟去乡间从白胡子老人口中采风，访谈了百余老农，翻阅了《易经》《道德经》《论语》《史记》《陕西通史》《中华民俗通鉴》《宝鸡市志》及各县县志，为这些在乡间出没了几千年的小神小鬼树碑立传。著名评论家常智奇先生称赞他是"为天地立心，为生民立命"。这些文章有一种强烈的批判现实主义的色彩，一般作家很可能拘泥于这些神鬼的历史影子和传统画像，吕向阳却高扬辩证唯物主义和历史唯物主义神鞭，在批判假恶丑中颂扬真善美，在晾晒陈货中影射新角色。他的《土地神》之所以荣获中国副刊作品金奖，在于他撕心裂肺般的呐喊："三十年来，国人丧失了1亿亩耕地，污染了45%以上的土地，仅去年一年，西安市违法用地达28658亩，有12万亩地未批而用，而该市一年的用地指标仅为4万至5万亩。"在《日弄神》中他写道："而近来82岁的老诗人流沙河对青年人的十个忠告，其中之一就是'青年人千万不要做官'。人们又要发问：一个国家没有青年官员，不说百年，就是十年，也必将面临人才断代，而没有青年接班的国家，岂不成了一群没王的蜂！由此可见，一些日弄神打着'学术权威''思想权威''一代大师'的幌子，鼓吹的却是无政府主义、自由主义、金钱至上、及时行乐等颓废思想！流沙河的话未免有失偏颇。"他在《毛鬼神》中写道："如今官场有毛鬼神，一边念马列，一边拜鬼神，两边讨好，他们焉知太上清静无为，佛祖四大皆空，绝对不是用钱能够腐蚀拉拢的。"他写的《狐狸精》由于思想深邃，新意迭出，开掘纵深，被选入《2014中国散文排行榜》一书。周明先生读了他的这组文章后评价道："与一般散文写小情小调明显不同的是，《神态度》说古讽今，别开生面，弘扬正气，呼唤正义，有很强的现实意义。"周明认为，"吕向阳现象"值得散文界思考：今天，我们究竟该怎样来侍弄散文这个"鬼"？

## 《老关中》：忧虑的乡愁应是济世的抱负

今年6月至10月，吕向阳用了五个月时间，一边深入乡间采风，一边利用工作间隙，埋头赶写长篇系列散文《老关中》。酷暑蒸人，他跑了三十多个村子，记录和拍摄了许多珍贵的老关中风俗和遗址。星期天，他杜门谢客，挥汗如雨，把自己关进书房，从早上写到深夜，连午饭也顾不得吃，写出了十余万字的《老关中》。关中大地上曾孕育出农业文明时代最辉煌的民间文化和乡村文明，老关中符号负载着一个民族的血脉和灵魂，折射着一个民族的精神和风骨。黄土地上的传统文化和沧桑历史，在城市化进程中已成模糊的背影。但它是我们剪不断的精神脐带、化不开的浓郁乡愁。吕向阳泪眼模糊地拾遗着残碑断碣、衰草斜阳、瓦楞青苔。他凭借记忆、想象、寻觅、探访，叩开尘封已久的记忆之门，把一幕幕红尘烟雨、岁月落花，刻画成色彩斑斓的老关中民俗画卷。

《老关中》有《涝池》《窑洞》《厦房》《门楼》《戏楼》《祠堂》《油坊》《磨坊》《庙会》《拴马桩》《泥老虎》《臊子面》《铁匠》《木匠》《石匠》《骟匠》《簸箕匠》《樵夫》等篇目，共计十八篇。前面部分是记录悄然远去的民间凡物，后面是为乡村艺人造像。风物见证着关中农人的生死命运、艰辛与幸福。而这些身怀绝技的匠人们都命运多舛、跌宕起伏、游走乡间，他们见证着手艺失落的苦涩。吕向阳用思想的洛阳铲刨出了民俗文化的根须末梢。一般作家只是在所经所见的吉光片羽中刻画逝去岁月，吕向阳则从传说和史料中寻觅这些民俗的诞生原因、根脉神韵、生长轨迹、精神原乡，使文章显得格外厚重、格外鲜活。

《老关中》远接上古气势恢宏，近接乡音勾魂摄魄。《老关中》刚一刊出中国散文界就表现出极大兴趣。王宗仁、温亚军、杨闻宇等客居异乡的关中游子,纷纷以"闻到了泥土的暖,炊烟的香""让人梦回老家""自然中的大美"给予热烈回应。《美文》常务副主编穆涛称赞这组作品有"大气度、大胸襟、大艺术"。《延河》执行总编阎安认为"是突出地域文化的典型代表作"。西安市作协主席吴克敬认为吕向阳的《老关中》系列"扶风而歌,他会有如风一样的成果,凤鸣岐山,在山顶上让风为他记忆"。散文大家王宗仁在《忧虑的乡愁是济世的抱负——读吕向阳〈老关中〉系列散文》中感叹:"乡愁,是用铁勺从水井里舀在心里的月亮,是村妇棒槌低一声高一声中的嬉笑。数十年了,远走他乡,常常觉着漫长,读着向阳的散文,方觉恍在昨天,我又回到了故乡。吕向阳在这些追述关中民风村情的散文中,将自然美与人之美融为一体,或者说他很善于写自然美中的人之大美。……吕向阳从土得掉渣的门楼引发出的乡愁,让我不由得想到台湾诗人余光中的《乡愁》。"著名青年评论家马平川在五千字的《在广袤旷远的关中大地上追寻精神原乡——评吕向阳系列长篇散文〈老关中〉》中写道:"故土永远是散文的精神原乡,作为一种文化乡愁,已注入吕向阳的血脉。吕向阳的写作承续了散文的人文传统,他以赤子之心的温润,在质朴的关中大地上体悟生命的沧桑与永恒,让心灵自由地接通地脉,在乡村民间风物之间安妥一个作家的灵魂。"马平川评介:"吕向阳的《老关中》……完成了对关中的独特发掘与文化寻根,是一幅充满关中风情的斑斓画卷,是一曲直面沧桑、感喟人生的无尽挽歌。随着画卷徐徐展开,老关中世间百态、风俗人情扑面而来,一幅幅鲜活生动的生活场景、一个个惟妙惟肖的匠人,把一个昔日关中的风貌生动、准确、艺术地反映出来。……吕向阳纵横捭阖,元气沛然,刨根问底,顺藤摸瓜,牵丝扯蔓,吹糠见米,在不动声色中,饱蕴山野之气,挥洒得如月光泻地。"马平川在评价《老关中》的艺术风格时说:"以点带面,点面结合","带有关中西府地域文化与民俗特点,且与惯用语、口语、谚语、方言杂糅调和，色香味俱全"，"细节与场面，水乳交融。……写得本真透彻、鲜活质朴而又摇曳多姿，其中对地域习俗的展示，特有场景的铺陈和人物的描绘尤为生动"，"在那历久弥香的甘淳里，让我们享受到来自舌尖味蕾的快感"。著名军旅作家宋天泉在《穿梭时空的老关中信使》一文中写道："吕向阳是关中赤子，他深深爱着这片圣土热土。在他眼里，《易经》在云天漫步，《诗经》在山川访友，《周礼》在万家结亲，《史记》在树下说古，连那些造型各异的拴马桩、呆头呆脑的石碌碡、香气袭人的老油坊、活灵活现的泥老虎、走街串乡的骟匠、炉火紫烟的铁匠，都在诉说着往日的非凡。……为国分忧、为民鼓呼是文学的灵魂，上关安邦定国、下联针头线脑，是文学的生命力。'阳春白雪'固然高贵，但'下里巴人'绝不卑贱。大散文写民愿民望，大题材写国情社情。与擅长写花草山水、儿女私情的文章比，吕向阳的作品长天大云、古风浸淫、长枪大戟、侠气纵横，大有韩愈'龙文百斛鼎，笔力可独扛'般的雄健气象，由此也奠定了他在中国散文界的地位与影响。"

《老关中》是一曲"深情而忧伤的赞歌"。现代化像一场超级台风，把关中老景象摧残得所剩无几，向阳为此深深忧伤："这摇落的不仅是枯枝败叶，更有树根与树干！名不见经传的这物那物、这匠那匠，都隐含着最初的文明曙光，也是原始文化创造的母体，是周秦汉唐的燃料与发动机，不能让老关中成为遥远而缥缈的梦！""为史册拾遗补缺，为底层树碑立传，为子孙见证来路，为先人立档叫魂！"一个记者心头有一轮明晃晃的太阳，笔尖奔涌着一个真切切的关中。

《老关中》是一部沉重的创业史。土里土气的建筑、粗俗卑贱的匠人，却是文明的筋骨、艺术的宝库。在历史的指缝间，我们疏漏的有价值的东西太多。

《老关中》是一部关中的文明史。如宋天泉所言,向阳在《易经》中找到"编匠木匠",在《诗经》中找到了"铁匠骗匠",在《周礼》中找到了"门楼庙会",还从孔子、老子、墨子、荀子、韩非子等先贤的论述中摘录了上百条珍贵线索,从而为《老关中》找回了许多活生生的影像。

《老关中》是一部辉煌的科技史。向阳从《齐民要术》《天工开物》等科技古籍中查阅到大量第一手资料,同时翻阅了数十本县志,他对"重农轻商""重文轻技"等结论提出了质疑,认为支撑农耕时代的最活跃要素是百堵皆作、百业兴旺。

## 解读者悟:报人吕向阳给我们的启示

### 启示一:散文家要成为一个出色的"炼丹师"。

好的文学作品,语言本身产生的吸引力量是无法抗拒的。散文语言不仅仅要准确、简练、生动,而且要有色彩和力量,特别要吸纳鲜活的群众语言。在《油坊》篇中,他不但深刻描述了"缺油的饭菜清汤寡味,缺油的堡子死气沉沉,缺油的三军腰长腿短",而且论述了百姓分油时"油葫芦排队,毛主席万岁"的欣喜。在《门楼》篇中,以"驴粪蛋,外面光,不知道里面受恓惶",讥讽一些公家净装潢门面。在《磨坊》篇中,以"磨扇上面一扇像天,下面一扇像地,不消三五十圈,任是五谷杂粮,一如满天下的人,谁也找不到自己原来是个啥模样;磨扇上面一扇是男人,下面一扇是女人,男女阴阳搭配,磨合在一起消磨日子,娃娃就如一堆堆麦麸豆瓣从磨的缝隙流了出来,然后变成了像白馍烧饼面条油饼一样的俊男靓女;磨扇上面一扇也若大山,下面一扇也若大河,山河面对面搅和在一起,才有了平原谷地仙境险境令人向往",把一对沉重的磨扇人性化了。吕向阳的散文已形成特色鲜明的"向阳体"语言,他是个出色的语言"炼丹师"。

**启示二：散文创作要有自己的"根据地"。**

为自己寻找一个创作根据地，对于写作者而言，其实就是找一个灵魂扎根的园子。根扎牢了、扎深了才能发芽、开花、结果。问题是一些作家找不到自己写作扎根的地方，跟着时尚潮流走，什么流行写什么，什么热门写什么，结果作品像鸡毛一样轻，像杂草一样乱，总像个流寇、像个游狗，作品就谈不上价值感。

吕向阳把自己的根据地扎根在民俗堆中，舞枪弄棒、冲锋陷阵、弹无虚发，这说明作家有了自己的根据地，就像河水有了源，大树有了根。

**启示三：散文要从"真实"抵达"真相"。**

散文是写真实的人、真实的事情，问题是现在一些散文看似真实，实则不真实。散文是灵魂的裸奔，扒光自己直到骨头，燃烧自己直到灰烬。散文家是生活的潜泳者，深者得其深，浅者得其浅。散文家只有扎根土地、扎根人民，才能回到人的生命真相上来。

**启示四：散文要有穿透世道人心的力量。**

散文的力量在于穿透世道人心，散文的价值在于守住天地良心。散文家的笔应该是"手术刀"，由表及里探找病灶、剜疮治痛。吕向阳的散文探究着生活纷繁嬗变的深层本质，感应着生存现场的整体脉动，传达的是一个新闻人的襟怀与情操，彰显的是一个作家的道义和良心。

（原载《陕西日报》2015年12月16日10版）

（耿翔，诗人、作家，陕西永寿人，现为《陕西日报》专题部主任。著有散文诗集《岩画：猎人与鹰》《望一眼家园》等，诗集《母语》《西安的背影》《长安书》《秦岭书》等，散文集《马坊书》等。诗文曾获第三届柳青文学奖、第五届老舍散文奖等。）

**附录三**

# 长篇散文的文化叙事和乡愁美学
## —— 以吕向阳"关中三部曲"为例

章学锋

**内容提要**：在全球化背景下，作家对传统文化的焦虑，为文学创作带来了转型的契机，长篇散文创作呈现出文化反思和突破的新态势。作家吕向阳的"关中三部曲"，以独特的生命感受抵达传统文化的根脉，以崭新的叙事能力和文体形式，标示着散文创作的文化存在感和独特的乡愁美学意蕴。

**关键词**：长篇散文　文化叙事　乡愁美学

2015年1月，作家吕向阳出版了他写作30年来的第一部散文集，引发媒体对其人其文跨年的报道。2015年12月16日，《陕西日报》以整版篇幅解读吕向阳系列民俗文化散文，篇幅之巨系该报近20年来"头一遭"。2016年1月1日，《中国文化报》刊发文坛大家周明先生阅读吕向阳散文新作的长篇评论。在出版高度产业化的当下，舆论即便对文学风向标长篇小说的关注，能持续一个月都较罕见，更别说散文了。吕向阳写了什么？他是怎样写的？他能给未来散文创作怎样的导向？本文试图从文化叙事品质和独特的乡愁美学底蕴等维度分析吕向阳长篇散文，以期对上述疑问进行诠释。

## 一、"关中三部曲"是朴素的生命颂歌

吕向阳引发舆论和散文家关注的，是他创作的三部长篇散文集《小人图》、《神态度》和《老关中》。

《小人图》是一部凤翔木版年画的反思录。凤翔的民间文艺家总结了生活中八类小人的惯用伎俩，一刀一刀地镌刻成《扶上杆儿抽梯子》《得风扬碌碡》《见了旋风竟作揖》《爱钱钻钱眼》《白地捏骨角》《用钱买上皂角树》《吹涨又捏塌》《东吃羊头西吃猪》八幅版画。显然，版画创作者要提醒人们：提高警惕，严防小人。从这八幅散发着浓郁关中风格的木版画中，吕向阳不仅读到了民间文化的大雅大俗，更读到了延续至今的国民劣根性。"细细观之，扼腕长叹，世道在变小人未变，从中就可窥探出那张阴毒猥琐的丑脸来。"①这一创作动机所透露的，与一般文化散文审美所不同的是，这部长篇散文是审丑的！是的，散文创作既离不开弘扬真善美，也不能在批判假恶丑时缺席。在《小人图》中，吕向阳"按图索骥"，为每幅小人图写出四千字的感怀式散文，"入木三分，寻根刨底，从丑态中映出世相，让民俗版画成为醒世钟，成为照妖镜"②。

《神态度》是一部关中民众口头语的活档案。相信很多人，特别是陕西关中人，在听到"饿死鬼""扑神鬼""等路鬼""咨啬鬼""短见鬼""屈死鬼""毛鬼神""日弄神""夜游神""醋坛神""土地神""阴溜神""狐狸精""倒包客""嘴儿客""尻子客"等土得掉渣、卑微细碎的词语后，都会莞尔一笑的。可是，有谁知道：这些词语的背后隐藏着怎样的烟尘往事？这些词语是起源于遥远的周礼年代吗？这些词语历经两千年发生了怎样的精神嬗变？在《神态度》中，吕向阳抢救式地完成了对这些乡民口头上的神神鬼鬼的梳理盘点，用明清传统小说的样

式，为这些在乡间出没了几千年的小神小鬼树碑立传，留存下这份珍贵的散文版非物质文化遗产档案。

《老关中》是一卷关中乡村生活的民俗画。他说："在创新与毁弃同在又日夜加快的今天，如何给乡愁搭建巢穴，给逝去的民风留下酵母，我用拙笔写下一组老关中的往事，立此存照，使后来者知道我们的祖先生计艰难且智慧卓绝，我们的来路并不平坦也不轻松，我们需要留住根、守住魂，更需要借助先前的遗风民俗之大树来庇护我们、保佑我们。"考量《涝池》《窑洞》《厦房》《门楼》《戏楼》《祠堂》《油坊》《磨坊》《庙会》《拴马桩》《泥老虎》《臊子面》《铁匠》《木匠》《石匠》《骟匠》《簸箕匠》《樵夫》等十八个篇目，不难看出：记录正在消逝的乡野风物和匠人行当，是这部长篇散文的两大重要组成。这部富有关中精气神的长篇散文，得到散文界狂飙式的普遍好评。周明先生称赞道："用散文的方式为乡野风物开始了文学'申遗'。"[3]王宗仁先生感慨："吕向阳把土炕上的那盏煤油灯提到我的面前，让我闻到泥土的暖、炊烟的香。"[4]

吕向阳是陕西岐山人。岐山是著名的周公故里，是孕育周礼的故乡，也是西府文化的一个重要发源地。西府文化是关中文化的重要组成。关中是中国的关中，也是世界的关中。站在关中看中国和世界，与站在中国和世界看关中，都能解读出很多新意和深意来。在中华民族五千年的历史长河中，关中是中华文化自觉的逻辑起点，也是中华文化自信的起点。就历史来说，关中是中华文化的重要发祥地；就现实情况来说，关中至今还缺乏能贯通历史的当代长篇散文。树有根，人有魂，文化应该薪火相传。在这片热土上学习、工作、生活，吕向阳对关中大地的历史文化、传说掌故了如指掌，他把观察、思考、研究关中大地视为自己最大的乐趣，以一个歌者的姿态，自觉延续着传统文化的基因，在中国文学融入全球文学的大合唱中，喊出中国作家现代性的强音。李泽厚在《中国近代思想史论》中评价严复所译《天演论》时，曾这样激情地写道："人们通过读《天演论》，获得了一种观察一切事物和指导自己如何生活、行动和斗争的观点、方法和态度，《天演论》给人们带来了一种对自然、生物、人类、社会以及个人等万事万物的总态度，亦即新的世界观和人生态度。"⑤吕向阳的"关中三部曲"，抒写风物史志，记录乡愁，回望历史，给当前的散文界带来了一股清新的气息，让人生发出许多新的认知和感悟。"关中三部曲"既是一曲献给关中大地的朴素的生命颂歌，也是一枚面向世界播撒中华文化的火种！

## 二、"关中三部曲"是寻根的终极追问

那么，"关中三部曲"是怎样写出来的呢？

作为《宝鸡日报》这个地方级党报的掌门人，吕向阳把新闻界的"走转改"活动，嫁接到了长篇散文创作上。继在民俗苑地的深井里成功打捞到《小人图》后，他在写作《神态度》时不仅翻阅了《易经》《道德经》《论语》《史记》等典籍，还查看了《陕西通史》《中华民俗通鉴》《宝鸡市志》及各县县志等史志文献，更难能可贵的是"一趟趟去乡间从白胡子老人口中采风，访谈了百余老农"⑥。在写作《老关中》的五个月时间里，他冒着蒸人的酷暑，从《诗经》《周礼》《齐民要术》《天工开物》等古籍中查阅到大量第一手资料，从孔子、老子、墨子、荀子、韩非子等先贤的论述中找到了上百条珍贵线索，同时"跑了三十多个村子，记录和拍摄了许多珍贵的老关中风俗和遗址"⑦。

和象牙塔里喃喃的学院派相比，吕向阳是个行走的写实派。作为长篇文化叙事散文，"关中三部曲"以关中的民俗民情、传统文化以及生

活其中的人为主要叙述对象，开掘、表现和反思中华民族传统文化，旨在挖掘以关中文化为代表的中华文化在当前的困窘及预测其今后的趋势。为让作品能赢得时间和历史的承认，他在动笔前就从传说和史料中寻觅出民俗文化的诞生原因、根脉神韵、生长轨迹、精神原乡。他在读书学习之余，沉下心来迈开双腿扎根生活，让思维探向古籍文献，用双脚走遍山村乡野，观察最底层民众的生活状态，记录他们的痛苦与欢乐、成功与失败、矛盾与冲突、前途与命运。这种致敬传统典籍外加田野考察的作风，有浓郁的非虚构创作的色彩。这种静心回归传统搞创新的做法，显示了吕向阳对历史的雄心与对未来的气魄。因为，乡村是中国城镇化进程中的参与者和建设者，而不是冷漠的旁观者。

"关中三部曲"，是当前社会文化语境的产物。当前，日益清明的社会生活正在摆脱庸俗社会学的束缚，为作家从更深广的领域对传统的文化心理结构进行反思提供了可能。作家需要自觉把握这个大变革，积极探索面向未来的新的创作方向：全球化倒逼出作家内心的创作自尊，摆脱社会转型时期内心的焦虑和彷徨，摒弃中外名家名作带来的影响和阴影，定力十足地挖掘本土文化的魅力内涵，努力勘探属于自己的叙述和表达，并赋予文字一种于混沌中开天辟地的力量。得益于生活和文化底蕴的积淀，吕向阳将目光从对社会政治的关注转移到历史文化和风俗民情，用"民族性""乡土性"来冲出报章散文碎片化的包围圈，为长篇散文文化意识的觉醒进行了一次有益的探索。

"关中三部曲"，是作家责任和担当意识的凸现。正如作家在《祠堂》中的自语："到祠堂去寻根！趁着关中的'上层建筑'还没有消失殆尽，我应当'抢救性'地为后人留下一个祠堂的模样。"这句话可以视为作家创作"关中三部曲"的核儿。当一个经历了30多年"以经济建设为中心"的民族，重新将全社会的焦点调整到文化建设这个"根"上之后，重寻精神家园就会成为一种必然，这种自发而又深沉的文化反思意识必然成为作家所咏叹的一个重要基调。

"关中三部曲"，是作家对现代化变革语境进行文化反思的结晶。以最本土的传统文化作为切入点，挖掘并重现属于我们这个民族的人的内心生活图景和灵魂之相，以及重新找回已经被遗忘的中国人特有的智慧、思维特征和审美方式等，"重新审视中国的传统文学"，"寻找汉语叙事新的可能性"⑧，连接断裂的文化传统的脐带，用中国传统的美的表现方法，来真实地表达中国人的生活和情绪。在《日弄神》中，他这样理性严峻地写道："而近来82岁的老诗人流沙河对青年人的十个忠告，其中之一就是'青年人千万不要做官'。人们又要发问：一个国家没有青年官员，不说百年，就是十年，也必将面临人才断代，而没有青年接班的国家，岂不成了一群没王的蜂！由此可见，一些日弄神打着'学术权威''思想权威''一代大师'的幌子，鼓吹的却是无政府主义、自由主义、金钱至上、及时行乐等颓废思想！流沙河的话未免有失偏颇。"⑨在《吹涨又捏塌》中，他发出了这样带有全球视野的忧思："'吹涨捏塌法'神奇就神奇在炮制者以公允以调解的面孔出现，坐等鹬蚌相争；'吹涨捏塌法'神奇就神奇在有奶就是娘，管他美与丑；'吹涨捏塌法'神奇就神奇在一石三鸟，以售其奸，把自己变成'和事佬''不倒翁'。当今的'世界警察'——美国，发动伊拉克战争时，说萨达姆有大规模杀伤性武器，鼓动着'八国联军'出兵，其实美国人一眼盯上了伊拉克的石油，一眼盯上了北约和日本的钱包，而伊拉克的油、美国的军工产品，就成了他经济的新的增长点。不久以前北非的利比亚、眼下西亚的叙利亚、地跨亚非的埃及等国出现的变化，都是美国的'吹涨捏塌法'在兴风作浪。同样，美国还在中国的南海和钓鱼岛继续上演着'吹涨捏塌法'，其险恶目的就是在亚太地区离间中国与邻国关系，让中国发展的巨轮慢下来、停下来，直到倒退回去。"⑩

"关中三部曲"，是作家文化寻根的终极追问。长篇散文寻根的意义、方向和目的是什么？作为一个对本民族文化具有高度认同感的作家，吕向阳的答案是：只有把创作的根深植于传统文化的土壤中，才能长成参天大树，这是寻根的意义；只有表达出东方人的思维优势和审美优势，才能走向更广阔的世界空间，这是寻根的方向；只有让民间文化释放出当代的热量，才能成为重铸民族自信的武器，这是寻根的目的。因为，"融入了全球化的新世纪的中国文学，它应该是能够充分地表现中华民族的生活体验、传统习惯、审美情趣的；它应该是和我们几千年来的悠远流传的传统文化、古典文化浑然相接、和谐融入的"⑪。

## 三、"关中三部曲"是独特的乡愁美学

如果说"关中三部曲"的最大贡献是表达了作家致敬传统、启迪当下、感召未来的话，那么其在内容上最突出的特点则是书写了独特的乡愁美学。乡愁是离乡游子抒发情怀的文字，也是华语文学一个永恒的母题。生长生活在宝鸡的吕向阳，当过兵，教过书，如今供职于家乡。按说，并没有去乡的他，是不应该有如此浓烈的乡愁。在"关中三部曲"中，作家是顺延"西岐—宝鸡—关中—中国—世界"这个思绪跳动的。他的乡愁是一种以关中为支点，观照中华和世界的大文化乡愁。作家董桥说："没有文化乡愁的心井注定是一口枯井。"吕向阳的大文化乡愁，具有独特的美学意蕴。

### （一）站在故乡大地追寻不离乡的乡愁

放眼世界文坛，每一个有影响的散文家，都对本民族文化具有高度认同感，他们寻找和挖掘文化以给未来文化和民族精神的重建提供历史

依据。他们文化叙事的描摹，既是对传统文化的兴趣，也是按照建构现代民族国家的要求，寻找传统，重构传统，将寻找自我和寻找民族文化精神联系起来，以散文的方式来寻找未来之路。吕向阳是一个流落于传统文化之外的游子，他对以传统习俗为标识的传统文化的思念和追寻如长歌当哭："如果是一个星外来客，看到这废墟一样的景致，一定会怀疑这里经历了一场霍乱或战乱！窑洞就这样完成了历史使命，就这样跟地下的墓穴一样永远睡着了。没了人的窑洞就像摘了眼珠的眼睛，黑咕隆咚；就像掉了牙齿的嘴巴，跑风漏气。"⑫随着时代的发展，昔日的老物什正在消逝，面对远去的油坊，作家叹息"若是老关中还有一处像隆隆吼雷一样的老油坊，别说榨油可发大财，仅申遗卖门票，就门庭若市了！而哪位艺术家能给关中老油坊画一套类似《天工开物》的法具图，或画一幅类似《清明上河图》的画卷，就立下了不世之功，也不用托人情套近乎，作品肯定是要被中国国家博物馆当作珍品收藏的"⑬。看到门楼的变迁，作家不觉心生感慨："这几年，关中乡间拆土房盖洋楼，洋门楼、铁皮门代替了土门楼、榆木门，进了村子，大门几乎是一色的红海洋，门上多嵌有'惠风和畅'等字样的瓷砖，但门楼大多是水泥楼板架成的四方形建筑，呆头呆脑，毫无生机，让人顿觉关中人缺乏才情，缺乏个性。不少离乡归来的游子，也认不出这家是谁那家是谁了。"⑭在《戏楼》中，作家发出咏叹："如今的戏楼，利用率极低，麻雀筑巢，农民晒粮，艳舞兴盛，传销聚会，秦腔像纸质媒体遇到网络挑战一样风光不再……秦腔是戏剧界的秦始皇，戏楼是剧坛的兵马俑！我在想，没有了秦腔，秦人还是秦人吗？秦人没腔了咋办哩？"⑮类似这样的乡愁，在"关中三部曲"中不胜枚举。作家写传统，并不是为了回到过去，而是通过传统这面镜子，来映射出当下的欠缺。这样，彼岸景观才能和现实之花相参照，从而使作品产生出一种罕见的穿透力。吕向阳是一个具有夸父情结的作家。夸父是中国古代的一个神话人物，以毕生的力量追求光明和未来，即便死后也给人们留下了无比宝贵的桃林。夸父情结，肯定在潜移默化地影响着吕向阳，并成为他散文里一道挺立着的脊柱。吕向阳笔下的乡愁，是内心怀有抱负和理想的文化乡愁，是和《汉书·高帝纪下》中写的"游子悲故乡"、杜甫《梦李白》中"浮云终日行，游子久不至"一样的乡愁，并不是一种地理概念的简单乡愁，而是一种行走在故乡大地上的复杂乡愁。这种乡愁，因为缺少了常见的漂泊与流浪，而显得别有新意，境界阔大。

**（二）站在更敞亮空间把脉人类大乡愁**

唐宋散文八大家之一的韩愈曾提出"文以载道"，意思是说写文章就是要讲明道理。吕向阳的文字，散发着强烈的载道思想和对人类共同命运的思考。站在历史和现实的节点上，面对再也回不去的过去，巨大的时空距离感，让作家放大心中那份甜美的细节，站在一个更敞亮的空间，以审视世界和宇宙的姿态，来把脉属于人类的大乡愁。看到英伦的石头城堡，作家想到了家乡的石匠："五年前的仲秋，我曾赴英国纽卡斯尔大学进修。英国的纽卡斯尔跟中国的宝鸡市地位不相上下。原以为英国的城市都是现代化建筑，是玻璃罩罩、灯笼框框的样子货，但纽卡斯尔处处是石条砌的古堡，有些已有千年历史，这种厚重与沧桑，告诉我一千多年前的英国石匠绝对是一流工匠，我也真正掂量出英国一个小国为何曾经征服世界的奥秘来：玩瓷器玩鼻烟壶玩世不恭的民族，往往要败在玩石头的民族手里！"[16]在《厦房》中，作家则神思千古地写道："厦房是连接窑洞与大房的纽带——最早的人类从洞中爬出来后，在洞口用树木搭起'接檐'，能早早迎接日出，也有利于安全，后人经过革新创造，终于发明了厦房。厦房凝结着华夏子孙的审美观念，挥洒着能工巧匠的智慧和汗水。'夏'字上搭个顶就成了'厦'，说明厦房才是华夏儿女情有独钟的居室。"[17]汪曾祺说过，"风俗是一个民族集体创作的生活的抒情诗"，是"立足于本民族的东西"，同时也应该"能够吸收一切东方和西方的影响"。[18]在写关中的簸箕匠时，宇宙万物在作家心中翻滚涌动："宇宙是一张大簸箕，银河、太阳、地球、月亮一如跳动的米粒。中国则是一张小簸箕，莽莽昆仑是它的后帮，九州在它腹内躁动。万里长城也像一张小簸箕的后帮，五岳在它的怀抱安眠。"[19]这种大气磅礴的乡愁，绝不是余光中笔下的"邮票"可比拟的，而是一种观照人类共同命运和全新宇宙观的大乡愁。无疑，吕向阳拓展了中国文学中乡愁的内涵。

### （三）站在审美视域表达幽默的乡愁

"关中三部曲"以叙述为主，随处可见的幽默感为传统的叙述增添了亮点。大量机灵的甚至是狡黠的幽默，携带着作家的人生智慧、机锋和讥讽，像冬日田地里的麦苗掩藏不住对大地的深情那样，悄悄地在雪下积蓄着报春的力量。这种黑色幽默的出现，看起来带着些许的嘲笑，骨子里却是正经八百的善意，使作品在回应世间难题时，有了更丰满和更内敛的诠释，也使得作家笔下的乡愁有了审美的视域和幽默的表达，从而给读者以更精神更饱满的阅读收获。在《拴马桩》中，作家笔头一转："说白了，没有骡马牛羊的臭尻子，就没有关中人的黄米白面。越臭的越香，越土的越洋，这就是自然辩证法。"[20]看到凤翔民间艺术家的老虎泥塑后，作家不由感叹："这也使我想到，泥土是万物之源，真正的艺术品一定是土里生土里长的，脱开了地气，人也没有了豪气。"[21]当工业文明攻城略地取代很多传统乡村作坊后，作家的心情无比沉重："时光荏苒，铁牛上世，机械当家，而八百里关中很难看到一个炉火正红的铁匠铺子。"[22]然而，作家却并没有陷入孤独的哀叹，他调皮地写道："'手无寸铁''铁骨铮铮''铁证如山''铁打的江山'这些词却永远为逝去的铁匠活着。"[23]从这个意义上说，"关中三部曲"中的乡愁，是一种带有审美情趣的幽默的乡愁。对自己倾心追求的这种风格，作家表白："我们民族崇尚打虎的英雄，却缺乏打鬼的猛士。信鬼的民族糊涂虫多，怕鬼的民族胆小鬼多。打鬼要有法宝，打鬼要有勇气，只有痛打凶神恶煞，铲除封建迷信，我们才能实现'中国梦'！"[24]同时，他也坚定地相信："老关中没有走远，她活在《易经》《诗经》《史记》里，活在传说里歌谣里诗史里，更活在我们的中国梦里！"[25]这番表白，与孟子的"我善养吾浩然之气也"和太史公的"意有所郁结也"如出一辙。作品有了这种浩然之气，必然至柔至远，至大至刚！

## 结语

当今世界，东西方文化的交融已成了大时代前进中不可抗拒的历史洪流。在这样的时代背景下，建构全面、真实的中国形象将成为中国作家必然的历史使命。正如鲁迅先生所说，"有地方色彩的，倒容易成为世界的"[26]。作家只有更坚实地站在脚下的大地上，才能仰望更高远的星空，"面向作为人类的读者，并设计人关注的各方面"[27]，创作出融历史、现实和未来于一体的对话性的作品。毫无疑问，吕向阳的"关中三部曲"正是体现这种对话性的探索之作，他将个人的乡愁提升为人类的集体乡愁。作家笔下的关中，在剧烈变化的社会环境下，流传几千年的文明传承、社会秩序、公共意识等都正发生着颠覆式的变迁。我们以为，作家笔下的关中，不再是单一的真实或虚构的关中，而是具有了更多可研究、可探讨的人类生存样态和人文景观的一个切面。从这个意义来说，"关中三部曲"拓宽了长篇文化散文的形制，给华语文学的乡愁赋予了新的内涵，自会有更深厚的生命力和更广泛的影响力。期待吕向阳能在今后的创作中，继续聚焦神圣而荒诞的生活图像，继续在关中大地不断挖掘，不断颠覆自我，写出更好、更新的作品。

**参考文献：**

①⑨⑩吕向阳.神态度[M].西安：陕西人民出版社，2015：147，71，194.

②⑥⑦耿翔.陕西报人：用文字为民间文化"立碑"——吕向阳系列民俗文化散文解读[N].陕西日报，2015-12-16(10).

③周明.书写风土人情之美——有感于吕向阳散文新作[N].中国文化报，2016-01-01(4).

④王宗仁.忧虑的乡愁是济世的抱负——读吕向阳"老关中"系列散文[N].宝鸡日报，2015-11-27(11).

⑤李泽厚.中国近代思想史论[M].合肥：安徽文艺出版社，1994：259-260.

⑧格非.塞壬的歌声[M].上海：上海文艺出版社，2001：235.

⑪白烨.2005中国文坛纪事[M].北京：文化艺术出版社，2006：119.

⑫⑬⑭⑮⑯⑰⑲⑳㉑㉒㉓吕向阳.老关中[M].西安：陕西人民出版社，2016：8，74，25-26，50，186，23-24，201，205，127，154，156.

⑱汪曾祺：回到现实主义，回到民族传统[J].新疆文学，1982-2，74.

㉔章学锋.用散文为民间文化存档 吕向阳此举获鲁奖得主点赞[N].西安晚报，2015-05-12(8).

㉕白麟.吕向阳《老关中》系列写作告罄[N].宝鸡日报，2015-10-29(6).

㉖鲁迅：鲁迅全集·第十卷[M].北京：人民文学出版社，1981：206.

㉗[美]艾布拉姆斯著.赵毅衡等译.以文行事·编者前言[M].南京：译林出版社，2010：2-3.

（章学锋，浙江乐清人，《西安晚报》文化部主任编辑，主要从事新闻与文艺交叉学科研究。）

## 附录四

# 穿梭时空的老关中信使

## —— 读《老关中》十八篇

宋天泉

一

关中情是村情社情，关中事是家事国事。吕向阳的《老关中》十八篇，就是倾诉乡梓情、故园梦的深情新作。

古老中国的文明篇章从关中拉开序幕，老关中的一物一景、一匠一工、一诗一歌，都携带着原始劳动与创造的印痕。不了解昔日关中风物，就难以了解我们文明古国的来路、智慧与传统。

吕向阳是关中赤子，他深深爱着这片圣土热土。在他眼里，《易经》在云天漫步，《诗经》在山川访友，《周礼》在万家结亲，《史记》在树下说古，连那些造型各异的拴马桩、呆头呆脑的石碌碡、香气袭人的老油坊、活灵活现的泥老虎、走村串乡的骟匠、炉火紫烟的铁匠，都在诉说着往日的非凡。

吕向阳的散文，每每在文学界引起共鸣，我以为奥妙之一就像盖大房重在选材，备齐了一搂抱不住的柱子一马跑到头的椽，大木匠的墨斗拐尺斧子锯子锛子刨子就灵气十足，泥水匠的灰斗瓦刀泥页就格外顺手，连土工的应声也麻利干脆。向阳并非不谙山水田园都市风光的题材，而是醉心从农村题材、历史题材、现实题材中，挖掘和提炼属于"冷而热、古而怪、平而险"个性的文学灵魂。

在茫茫人海中伐神打鬼，在万千景致中披沙拣金，在貌似平淡中打造新奇，在乡土乡俗中搜宝鉴宝，是吕向阳散文作品的鲜明特色。

种田、从军、执教、办报，是吕向阳的人生阅历，也是不可复制的特殊经验。他的根、他的梦都在西岐。他走南闯北，关中俚语尤其是西府方言是他的特别通行证，字里行间尽是老陕土得掉渣的"雅言"。他是孔子说的"能近取譬"的高手，高深的道理浅显的事物，一经他巧妙比喻就有鼻子有眼、长翅膀长脚。他是"眉头一皱，计上心来"的有心人，其主根与毛细根系静静吮吸着民风民俗传统文化的养料，其枝叶却洋溢着唯物辩证法、历史唯物主义的芬芳与魅力。

他是报人，善于发现和捕捉转瞬即逝的信息火花，在繁忙的办报间隙见缝插针，具有倚马可待的本领，也是少见的办报创作两不误的"套种高手"。

他二十多万字的《三十六个挖宝人的命运》，是写青铜器与国家兴衰史的。华贵而狰厉的青铜器都有一串血泪史。这是大多作家轻易不敢涉猎的领域，因为青铜器一族属"冰冷的极地文化"，一如猛将使唤的刀戈剑戟，懦弱之辈难以操持。

所有的朝代都是被小人日弄倒塌的。他写的八篇《小人图》，直击古今人性与道德的劣根，骂小人骂到火星子乱溅；而大多作家温文尔雅修养极佳，宁与狗咬仗，不与小人骂，生怕陷入是非窝败下阵来。

他与他人合作的九章《甲午祭》，深度剖析了甲午战败的真正内因不是"国弱"，而是封建帝制积攒的弊端达到了"物必先腐，而后虫生"的顶尖，进而穷追"国殇"之本源，大胆鞭笞了一度流行的"非毛化"，堪称是给全民族不再重蹈甲午覆辙的一服清醒剂。而不少史家文人或是非混淆，本末倒置；或人云亦云，头疼医脚。

装神弄鬼始终是导致中华民族盛衰交替的顽疾。他写的十六篇《封神新榜》（在《美文》转载并出版散文集时改称《神态度》），痛陈横行了几千年的牛鬼蛇神的罪恶渊薮，将其押上文明的审判台，而谄媚鬼神、巴结讨好鬼神、与鬼神套近乎者，绝不会没事找事挑战鬼神，惹火烧身。

他这四部长篇作品，史海钩沉，点石成金；除奸革弊，怒斥群小；旁搜博采，援古刺今；画符念咒，封神打鬼；显然属于大境界、大纵深、大难度，也有大风险，当然也有大影响。贾平凹说是"大散文"，梁衡以为有"大思想"，穆涛评价"知难而进，敢涉险滩"。走进宝鸡，吕向阳可能是拥有最多"粉丝"的西府才子。

为国分忧、为民鼓呼是文学的灵魂，上关安邦定国、下联针头线脑，是文学的生命力。"阳春白雪"固然高贵，但"下里巴人"绝不卑贱。大散文写民愿民望，大题材写国情社情。与擅长写花草山水、儿女私情的文章比，吕向阳的作品长天大云、古风浸淫、长枪大戟、侠气纵横，大有韩愈"龙文百斛鼎，笔力可独扛"般的雄健气象，由此也奠定了他在中国散文界的地位与影响。

担当社会责任当仁不让，于险境困境常境求大境佳境深境。2015年，他以《老关中》为题，像用笊篱大海捞针似的将涝池、窑洞、厦房、门楼、戏楼、祠堂、油坊、磨坊、庙会、拴马桩、泥老虎、臊子面、铁匠、木匠、石匠、骟匠、簸箕匠和樵夫这十八样老掉牙的"古董代表"打捞出来，为古老的大关中重塑了生动而丰满的新形象，一下子把读者的目光从光怪陆离的现代，引回了深沉而雄浑的老关中的天空。

## 二

　　向阳的《老关中》是一部乡愁气息浓郁的大作，远接上古，气势恢宏，近接乡音，勾魂摄魄，往事如画，历历在目，接二连三碰撞出了人们对农耕时代老关中的记忆火花。远在北京的中国散文学会名誉会长王宗仁、武警《橄榄绿》主编温亚军、客居天津的著名散文家杨闻宇等关中游子，纷纷以"关中老谱新曲""闻到了泥土的暖，炊烟的香""让人梦回老家""自然中的大美"等给予热烈回应，《美文》常务副主编穆涛称赞有"大气度，大胸襟，大感染力"，《延河》总编阎安以为是"突出地域文化的典型代表作"，西安市作协主席吴克敬认为是"大题材中的大学养"。

　　《老关中》是一曲"深情而忧伤的赞歌"，是一个"沉重而焦灼的题材"。关中是中华文明的源头活水，这五千多年创造出的物质文明和精神文明成果数不胜数，深深影响着中国人的精神世界。提起文明，国人向来多以诗、易、礼、乐一类的精神产品为荣，但忘记了产生它们的"胎盘与产床"——史册里侧重记载的是帝王将相才子佳人之类的"上层建筑"，极少有创造文明创造财富的农人匠人走卒贩夫之类的"经济基础"。而历史是人民创造的，"下里巴人"是真正创造世界的主力。向阳说，为史册拾遗补阙，为底层树碑立传，为子孙见证来路，否则，后人们还误以为三皇五帝过的是神仙一样舒坦的日子，周秦汉唐生上世来就富得流油，大关中本身就是洋房汽车、钢铁塑料、微机手机的世界。

　　毋庸置疑，改革开放三十多年，老关中旧貌换新颜，但现代化也像一场超级台风，将关中大地老景象老模样不分青红皂白，摧折得所剩无几。向阳为此深深忧伤："这摇落的不仅是枯枝败叶，更有树根与树干！""名不见经传的这物那物、这匠那匠，都隐含着最初文明的曙光，也是原始文化发明创造的母体，是周秦汉唐的燃料与发动机，不能让辉煌的老关中成为一个遥远而缥缈的梦。""这是一个庞大而复杂的社会系统，像动物植物之间的生物链，离开了最底层，一切都像断了线的风筝。虽然它们时过境迁，大多已被历史淘汰，但却是一个不容忽视的永恒事实。"一个巨大的疑虑，一个紧迫而真切的重大课题，就这样在吕向阳脑海中构思开来。

《老关中》试图描绘与重现老关中的创业史。貌似土里土气的建筑、粗俗卑贱的匠人，却是文明的筋骨、艺术的宝库，他们汇聚起来，才是真正繁荣的底色，是原本的生活方式生产方式的印象，也是最基本最坚固的稳定与富强的力量。穆涛曾说："关中由周而秦，而如今，风雨浸淫砥砺几千载。尤其是周，是中国大历史里传统文明最富饶的大时代，政治的、思想的、文化的，乃至民风乡愿人俗的礼数，均奠基着直至今日的中国社会。可惜的是，在历史巨手的指缝间，我们疏漏的有价值的东西过多，有不少还是人为的。"向阳想，我们是考古大国，用大量人力物力寻找历史的蛛丝马迹，破解远古的回音，也开始注重非物质文化遗产，但却忽视了眼前的"实物实证"，这无异于刻舟求剑、牵羊寻羊。

《老关中》在搜寻与补充老关中的文明史。他在《易经》里找到了"编匠、木匠"，在《诗经》里找到了"铁匠、骟匠"，在《周礼》里找到了"门楼、庙会"，在《史记》里找到了"磨坊、油坊"，还从孔子、老子、墨子、荀子、韩非子等先贤论述中摘录了上百条珍贵线索，从而一鼓作气顺藤摸瓜，为《老关中》找回了许多活生生的影像。

《老关中》在回顾与抢救老关中的科技史。他从《齐民要术》《天工开物》等科技古籍查阅到大量第一手资料，同时查阅了数十本县志，到十多处现场体验生活、寻访老匠人，拍摄了许多珍贵的图像资料，也对"重农抑商""重文轻技"等结论提出了质疑，认为支撑农耕时代的

最活跃要素就是百堵皆作、百业兴旺。

《老关中》视角独特，主题新颖，得益于在古籍里"盗宝""盗火"。他坚信古籍或深藏或浅埋着大量古老而翔实的信息，只要细嚼慢咽，就不难发现其中的"酵面"与"卤水"。

《老关中》小中见大，俗中见雅，根子是报人这个杂家。报纸是文坛最大的杂交园林，像过日子离不开形形色色各种日用杂品一样，需兼容儒墨名法、兵农医商各家。向阳办报三十多年，善于在玉石杂糅、纷纭杂沓中剥茧抽丝、剪云织锦。

《老关中》纵横捭阖，思路开阔，可贵在推陈出新、古为今用。他的文章，以民俗为弩，以俚语为矢，不拘一格，信手拈来。"自古文士多，史才少。"吕向阳是学史的，他深知历史是一门厚重的大学问，是一座不需大开大挖的露天矿，之中充满了"和"与"争"的对立统一，也充满了"文"与"史"的相辅相成。学史几十年，他锤炼出了才、学、识兼而有之的本领。他认为，《史记》是文史结合的典范，堪称最优秀的散文，其中关于天文、地理、经济与生活方式的内容尤为精彩。这次他的《老关中》系列散文，无疑就是历史与共同文化传统的回声，是追寻老关中生存轨迹的又一次成功探索。

## 三

向阳是军人出身，其文风往往带着军人的勇猛与智慧，他深知文坛如战场，谋而后动，方能先声夺人，一枪戳下马。《老关中》通篇于长安十三朝轻描淡写，于民风民情浓墨重彩，涉及政治、经济、军事、哲学、宗教、建筑、音乐、美学、民俗、动物、植物、食物等多个学科领域，堪称一部内容丰富、形式多样的关中人文简明教科书。

《老关中》十八篇，既独立成章，又血肉相连。开篇一反常态，下笔就大肆渲染铺写谁也不会在意的涝池；落笔惊世骇俗，大写"伐木丁丁"的樵夫，可谓篇篇有新发现新见解，处处是新境界新思路。

丰富的想象，在《老关中》里随处可见。他在《石匠》中联想到女娲是补天的石匠，是石匠的老祖；在《骟匠》中联想到黄帝是驯兽的祖师，是骟匠的老祖，而骟匠是人类干预动物有序繁殖的"计生干部"；在《簸箕匠》中联想到万里长城是石匠的杰作，但也有簸箕匠编织的无数箩筐的功劳。

鲜活的群众语言，是《老关中》的鲜明特色。在《油坊》中，他不但深刻描述了"缺油的饭菜清汤寡味，缺油的堡子死气沉沉，缺油的三军腰长腿短"，而且记述了百姓分油时"油葫芦排队，毛主席万岁"的欣喜。在《戏楼》中，他以"老汉看了某某，三天不喝罐罐茶；小伙看了某某，三天打胡基都不乏"，生动刻画了百姓对秦腔名角的钟爱。在《门楼》中，以"驴粪蛋，外面光，不知道里面受恓惶"，讥讽一些公家竞相装潢门面。在《骟匠》则以"走东的不管西，劁猫的不骟鸡""猪呀羊呀你莫怪，你是人间一盘菜"来叙说农民的风趣。

细腻而精彩的描述，在《老关中》里随处可见。在《门楼》，他以"乡间最土、最小、最巧也是最亲的建筑"，说门楼是"每家每户的第一道风景"，"门楼是庄稼人夏天歇脚纳凉的好地方"，"门楼是家的关隘和哨卡"，"门楼与门像嘴唇与牙齿一样，是父子也是兄弟"，把人们司空见惯的门楼写活了写亲了。在《簸箕匠》中，他以"编筐编笼编簸箕，编箩编筛编篱笆，编绳编鞋编草帽。天地是一张硕大无朋的大网，用光线与时间、群星与云彩、雷电与山川编织着自己。人间也是一张无形有形的大网，有的人靠勤劳智慧，编成美梦；有的人信歪门邪道，编成噩梦"，把簸箕匠这个职业与社会生活紧密联系在一起。还有《涝池》，他认为涝池最能代表老祖母的记忆，它是村子的生命之魂，是老关中最原始生态系统的天然水缸。他这样深情地为之赞歌："在缺水少雨的关中旱塬，涝池是一个村子的脐眼，是男人的澡堂，是孩子的游泳池。""涝池是太阳、月亮、星星与流云的驿站，尤其是静静的夜晚，月牙或圆月漂荡在涝池里，自然让人联想到天宫、仙女，想到吴刚、嫦娥，有一种仙境的感觉。""而没有涝池的村子，树，发芽晚；花，绽放迟；连老狗的叫声也少气无力。"然而，曾经是关中人"存取自由的银行"一样的涝池干涸了废弃了，而迫在眉睫的井水下降、河流断流，才让人们发现失去了这块"海绵"的艰难与尴尬。

生动而独到的雕刻，在《老关中》比比皆是。他从司马迁"上事天，下事地，尊先祖而隆君师，是礼之三本也"，悟出了祠堂这古老场所，不是迷信而是感恩的神圣之地。他用"一粒米、一把柴、一锅水、一锨土、一页瓦，风不能吹来，鸟不会衔来，神不会送来，都是靠人像蚂蚁搬食才能到家"这样清晰的表述，把"大国工匠"作用与地位刻画得入木三分。

另外，清新而别致的结束语，既给人耳目一新的感觉，又充分展现了作者吹糠见米、披沙拣金的独特本领。他在《磨坊》中说："'磨'字缺了石头，念作麻痹大意的'麻'；'碾'字缺了石头，念作畏首畏尾的'畏'；'砘'字缺了石头，念作岂有此理的'岂'。缺了磨刀石，刀子钝得如门槛；缺了铺路石，车子颠得要散架；缺了门墩石，门楼轻得怕风吹。"而《铁匠》篇用"钢铁是怎样炼成的？好钢要用在刀刃上！"两句话结尾，像钢鞭、像豹尾一样甩开。还有《石匠》篇则用"玩瓷器玩鼻烟壶玩世不恭的民族，往往要败在玩石头的民族手里！"深刻揭示了英国一个小国为何曾经征服世界的奥秘，从一个侧面阐述了"我们的历史是用石头堆出来的。哪一个王朝哪一座王宫，都是用冷冰冰的石头做成了热乎乎的文章"。在《簸箕匠》篇中，他自信而饱含深情地为这块土地歌唱:"老关中没有走远,她活在《易经》《诗经》《史记》里,活在传说里歌谣里诗史里,更活在我们的中国梦里!"向阳是吃臊子面长大的。在《臊子面》中,他坚信"臊子面的香味自远古飘来",更憧憬着它"将飘向全球角角落落"。

非土不立,非谷不食。秦砖汉瓦,唐塔明墙。《老关中》的百行百业只是个序曲,向阳正以非凡的眼光,在关注着关中的老规矩、老讲究、老技艺、老味道以及老纸坊、老染坊、老绳匠……"我们必须向一切内行的人们(不管什么人)学经济工作。拜他们做老师,恭恭敬敬地学,老老实实地学。不懂就是不懂,不要装懂。"(毛泽东《论人民民主专政》)拳无定势,文无定法,只要扎根生活,扎根人民,像习近平同志说的"身入""心入""情入",一下笔就能出新彩,一出马就能打胜仗!

《老关中》像嘀嘀嗒嗒的军号,呼唤着无数关中赤子为故土添砖加瓦,像铮铮作响的箭镞,昭示着子孙后代为实现中国梦而勇往直前。

(宋天泉,陕西蒲城人,退役上校,陕西作家协会会员,宝鸡日报社专家。著有《人生观之歌》《拂晓劲旅——中国人民解放军第二十一军征战纪实》《回报》等。)

## 附录五

# 倾情铸魂老关中

—— 评吕向阳长篇系列散文《老关中》的情、魂、根

赵太国

一遍又一遍地读罢吕向阳的长篇系列散文《老关中》，如听神州国魂曲，如闻黄钟大吕声。掩卷沉思，我深深地感到，这是一篇倾真情、铸灵魂的佳作。其情，是浸润五千年民间文化的关中情；其事，是关乎民生社稷的家国事；其魂，是自强不息、厚德载物的中国魂；其根，是中国五千年文明的老树根。

吕向阳的《老关中》贵在有"情"。文章萌于生活，生于"情胎"。刘勰《文心雕龙》云："人禀七情，应物斯感。感物吟志，莫非自然。"无情无文章，小情小文章，大情大文章。

吕向阳生于斯、长于斯的关中，是炎黄文明的发祥地，是孕育中华民族五千年民间文化的母亲，是诗、易、礼、乐文化的生根处，是周、秦、汉、唐文明的至高点，是中国农业文明、民间文化的聚宝盆。数千年来，关中的先祖在这里播撒的文明种子俯拾皆是，洒下的智慧汗水满地成金，取之不竭。他对这样一位质朴、慈祥、智慧、富有的伟大母亲充满了深深的挚爱与敬畏。金人元好问在《送秦中诸人引》一文中说："关中风土完厚，人质直而尚义，风声习气，歌谣慷慨，且有秦汉之旧；至于山川之胜、游观之富，天下莫与为比。""老关中"在吕向阳心里，就是至高无上的神，就是牵心连肝的慈母，就是他一刻也离不开的命根子。

可以说，没有"老关中"，他无以为生、无以为家、无以为乐、无以为忧、无以为文。

《老关中》给予我们的重量，不仅仅是关中民间文化这个大题材的重量，也是赤子之于母亲的亲情重量，还是寻根问祖、叩问历史文化的重量。文章中那俯仰五千年关中厚土大地的大气度，那倾心关中民间文化的大情怀，那骨子里抹不去的一腔葱绿、晶莹，以及丝丝牵挂、缕缕忧思，全都通过作者的文字渗透到了"老关中"的生命天地里。

吕向阳写《老关中》十八篇，句句言物而动情，篇篇写人而倾情。他写《老关中》，如同赤子写父老，情纯而不杂；恰似孝子写慈母，情深而不诡；犹如儿子忆椿萱，情重而不浮；宛若膝下颂春晖，情真而不饰。他写的开篇之作《涝池》，这样写道："在缺水少雨的关中旱塬，涝池是一个村子的脐眼。"此为开篇第一句，恰似围棋国手执黑落子，给《老关中》十八篇定下了赤子之情的基调。古人有"脐为五脏六腑之本，元气归藏之根"之说。脐眼是脐带的留存，脐带是母亲连接孩子的重要器官，是母与子的生命线，也是母与子生死相依的营养传送带。一个婴儿与母亲的第一次离别，就是从剪断脐带开始的。孩子长大成人之后，内脏依然要靠肚脐获得部分的氧气。吕向阳将少儿时代印象中的涝池称为"脐眼"，是一个赤子对生养他的母亲的创造性的妙喻。他在《窑洞》一文中，同样也有类似的妙喻："我们的先祖从一出生就……在这个母腹般的圆洞中蠕动着、繁衍着、生息着。"关中土地无处不在的母爱滋润着《老关中》的每一行文字，他的文字流淌着赤子对关中母亲的殷殷深情。我强烈地感受到，只有最真挚最浓烈的赤子之情，才配得上《老关中》这最有精气神的文字，才能诞生珠光闪烁的大俗大雅的语言。试想，一个没有赤子之情的人，就是再擅长七十二变或隐遁绝招，其假情虚意，注定无处可藏。同样的题材，有的人写出来干干巴巴、寡汤淡水，有的人写出来却熠熠生辉、花美果甜，其区别就在于情的真伪与深浅。作者在《磨坊》中深情款款地写道："我记得幼时村子有磨坊十多处，村人把磨面叫作'打磨子'。母亲常常在半夜鸡叫时分，牵上牛套上磨，磨百十斤麦要磨到第二天太阳落山，脸上和头发上像落了一层雪，其辛苦状态不用多说。我们村公用石磨上有一摊擦不掉的血痕，听老人说，是民国年间一个叫旦旦的新媳妇，因遇见土匪捆绑，一头撞到石磨上洒下的。那个时候，土匪成群，也常盯谁家新媳妇乖巧漂亮。旦旦被盯上的那天，她打磨子起得很早，三个土匪一下子抱住了她，她便一头撞向石磨，顷刻断气，死时年龄只有十八岁。"吕向阳写《磨坊》，忆的是母亲的磨面情，写的是旦旦悲情撞磨的忧伤。文中充满了赤子对母亲的爱，对旦旦的怜，对磨坊的情。读来令人感叹而动容，悲悯而沉思。

吕向阳的《老关中》重在有"魂"。《老关中》是一篇有灵魂的大散文。汉代蔡邕《陈留太守胡公碑文》云："灵魂徘徊，靡所瞻逮。"说的是，人若无灵魂，生命、志向和精神就会失去依附和向往的所在。亚里士多德在《论灵魂》一书中说："灵魂是形式，肉体只是质料，灵魂是肉体的动因，是实体。灵魂有三个部分，有理性、感觉和营养的部分。"他告诉我们，灵魂也是一种有质感的精神实体，能产生思想、信念和意志，能像空气、阳光、粮食和水一样养育人的生命。

吕向阳的《老关中》具有铸造民魂国魂的特色，它直接反映的是我们中华民族可贵的精神品质与灵魂的高度。吕向阳无论是儿时读书、田间劳作，还是长大从军、入校任教、执笔办报，他朝朝暮暮情牵梦绕的地方，就是养育他的关中母亲，关中母亲赋予了他生命的灵魂。作为一名报人作家，吕向阳深知，灵魂的高度往往决定文章的厚度。那些流传于社会、充满低级趣味的作品，不是通俗；那些欲望满纸的文章，不代表希望；那些追求感官刺激的文字，不同于精神享受；那些高高在上的阳春白雪，并非就是文雅之作；那些不接地气的书斋呓语，称不上为民发声；那些追求艺术高度的妙笔，并非等于灵魂高度。他近大雅、远低俗，重铸魂、拒浮躁，用报人的责任，扛起铸造灵魂的重担；用报人和作家的良知，澄清腐蚀灵魂的尘埃；用正义的笔墨，绽放民族灵魂的高尚；推出了一篇篇有影响、有分量、有灵魂的获奖佳作。他的二十多万字的力作《三十六个挖宝人的命运》，铸的是关中农民为国捐宝的民魂；他的获奖散文《小人图》铸的是驱除小人品性雾霾的正气之魂；他驱鬼封神的长篇散文《神态度》，铸的是忧国之魂。

何为灵魂？灵是智慧，魂是精神。吕向阳笔下的《老关中》，虽然写的是民间文化，但归根结底写的是关中父老的智慧和精神，其智慧和精神的最高境界是灵魂。《厦房》写的是关中人造房的智慧与安居的精神，是人与树木、土地的生存关系，面对农村一座座小洋楼森林般地出现，作者感叹道："没有厦房的村子还是中国的村子吗？没有村子的中国就如同没有孩子的家庭。"作者写《门楼》，门楼就成了每家每户的第一道风景，甚至是一个家的帽子和脸面，有了漂亮的门楼，就如同吃了一碗香喷喷的羊肉泡馍，浑身就有了自豪的底气。作者在《戏楼》一文中写道："古戏楼像个大'合'字，敦实古朴，但台上却是活的人。它像把一座大房切开似的，一米高的台口铺上青石板，台子用木板铺成，两边的墙壁大都用瓦块砌得结实美观。粗壮的横梁上挂起油灯、汽灯，台子两边是吹拉弹奏的乐师，演员便在台子上吼叫起来，女子或戴着明晃晃的凤冠，或穿着大红大绿的古装，唯袖子能甩出半丈长；男人或戴着纱帽，穿着比砖头厚的鞋子，或脸涂得像狼窝子似的吓人，或像猴屁股似的通红，嘴里吐出的火像喷出的焰火，手中的钢鞭甩向从梁顶垂下的油灯，能溅起电焊似的火花，油灯还稳稳地在空中亮着……这就是我记忆中的戏楼。"戏楼是关中人的精神大食堂，也是作者记忆中灵魂的"油灯"。作者笔下的《祠堂》，写的是关中人祭祖敬宗的民俗文化，记的是一个村子不散的灵魂。《庙会》一文，表面上写的是祭祀神灵的民俗，实际上是在写关中父老心头的那一汪希望的清泉与祈福的心愿。一篇《拴马桩》，不仅拴着马，也拴着关中父老的心，牵着关中父老的魂。《泥老虎》，写的是泥的艺术、泥的老虎，更是用泥捏的智慧和灵魂，作者写道："一只老虎挂片就是一轮金灿灿的太阳，就是一朵红艳艳的牡丹，就是一个笑盈盈的美女，就是一片晴朗朗的天空。"那《木匠》《铁匠》《石匠》《骟匠》《簸箕匠》，写的就是千百年来关中人的智慧与自强不息的精神。

中华民族的伟大复兴，离不开民间文化的复兴，离不开民间文化的魂。吕向阳的《老关中》有了魂就如同水溶入了盐而有了滋味，天空有了星辰而有了光亮，大地有了山峰而有了高度，百花有了笑颜而有了俏丽，关中有了渭河而有了孕育生命的母爱。

《老关中》深在有"根"。根是草木之本，无根草木无以开花结果，无根万物无以繁衍生息，无根生命无以世代传承。根是老关中生命的化身，是老关中生命之树虬枝匝地的依托。吕向阳在《老关中》的字里行间，表现出来的对关中民间文化的敬畏和崇敬，就是对我们中华民族文化根基的顶礼膜拜。

习近平指出："人民是文艺创作的源头活水，一旦离开人民，文艺就会变成无根的浮萍、无病的呻吟、无魂的躯壳。能不能搞出优秀作品，最根本的决定于是否能为人民抒写、为人民抒情、为人民抒怀。"吕向阳写《老关中》，搜寻、查找和阅读了《诗经》《周易》《周礼》《史记》《齐民要术》《天工开物》《陕西通史》《中华民俗通鉴》等与老关中有关的图书资料，同时查阅了数十本关中地区的县志，并多次到关中古村农家现场采风，寻找老匠人，拍摄了大量珍贵的图像资料。许多鲜为人知的民风民俗细节，不少技艺卓绝的老匠人，都是他在关中的厚土里刨出来的民间文化之根，民风民俗之本。

白居易诗云："托根附树身，开花寄树梢。"吕向阳的《老关中》从某种意义上说，是关中民间文化的寻根之作、颂根之文、留根之章。五千年的关中文化，归结到根上，是中华文明之根，是炎黄文化之脉，是华夏农耕文明之泉。人类经历了农耕文明、工业文明，已进入了高速发展的信息化社会，关中乃至中华民族悠久而灿烂的古代文明，都受到了前所未有的巨大冲击，尤其是不少弥足珍贵的民间文化正在被人们遗忘或忽略。穆涛说过："关中由周而秦，而如今，风雨浸淫砥砺几千载。尤其是周，是中国大历史里传统文明最富饶的大时代，政治的、思想的、文化的，乃至民风乡愿人俗的礼数，均奠基着直至今日的中国社会。可惜的是，在历史巨手的指缝间，我们疏漏的有价值的东西过多，有不少还是人为的。"吕向阳的《老关中》，上通五千年中华文明的参天大树，下接关中厚土民间文化的千年老根，为史册拾遗补缺，为底层树碑立传，为子孙见证来路。他的笔墨，也因此充实而又光辉，灵动而有元气。他的《老关中》十八篇，时而在远古历史文明的奇山大川间闪转腾挪，时而在民间文化的苍茫大野中纵横捭阖，将思想的抽象性融入老关中形象的启示性和寻根文化的感召性之中，使读者感触到的不仅是老关中的复活与再现，更是关乎着中华文化源头的生机与活力、价值与取向、梦想与未来的根的希望。

吕向阳写《泥老虎》，曾多次到凤翔走村串户，寻根溯源，与民间泥塑艺人促膝交谈，掌握了大量珍贵的第一手资料。他写的《泥老虎》，寻之有根，溯之有源，查之有据，写之有数，写活了西周礼仪天下的大智大慧，写活了秦汉开疆拓土的赫赫虎威，写活了关中人热爱生命的独特塑造性和爆发力，写活了关中黄土地的地气、正气、虎气、勇气、灵气和豪气。有了根的底气和地气，吕向阳的《老关中》，如黄钟，叩之则鸣；如海潮，来不失时；如百花，开不误节；如老酒，品不失醇。不经意中，复涌源头活水；未渲染处，反显奇光异彩。其文，或迂曲通幽，蓬勃如阳春草木；或美味奇绝，馥馥似时花香果。字里行间，那长风振林的蓁蓁之绿，微雨湿花的纯纯之美，放眼可见；那岐山凤鸣的锵锵之声，秦岭翠鸟的嘤嘤之鸣，侧耳可闻。

吕向阳的寻根文字，充满了忧国忧民的表达方式。这种表达在《老关中》十八篇中，篇篇都能见到，声声都能听闻。一字字情的倾诉，本乎关中民意；一句句心的呼唤，系乎神州国魂；一行行爱的文字，归乎民间文化。吕向阳有了关中这个"根据地"，有了民间文化这个"主战场"，有了《老关中》这个"大果实"，就一定能够以笔为锄犁，以纸为良田，在关中民间文化的天地里，为中华民族的伟大复兴，耕耘出更大更美的丰收田野，为中国梦收获到更多更甜的累累硕果。

（赵太国，四川人，1956年12月生，军旅作家，上校军衔，现为退役军人。中国散文学会会员，陕西省作家协会会员。著有散文集《生命的绿色》《独步长征》，曾获光明杯中华精短散文奖等10多种奖项。散文《关中菜花香》《北方冬天的魂魄》入选初、高中语文教材。）